FRANK GOYKE

Der Geselle des Knochenhauers

Ein Hansekrimi

Die Hanse

Bibliografische Information Der Deutschen Bibliothek
Die Deutsche Bibliothek verzeichnet diese Publikation in der Deutschen Nationalbibliografie; detaillierte bibliografische Daten sind im Internet über http://dnb.ddb.de abrufbar.

3. Auflage 2012
Die Hanse | CEP Europäische Verlagsanstalt, Hamburg 2012

Umschlaggestaltung: Susanne Reizlein, Hamburg
Motiv: Detail aus Bartholomäus Bruyn d. Ä.,
»Junger Mann mit Handschuhen«, um 1550

Druck und Bindung: CPI Books GmbH
Printed in Germany

ISBN 978-3-86393-030-1

Informationen zu unserem Verlagsprogramm finden Sie im Internet unter www.europaeische-verlagsanstalt.de

Denn die geheime Macht der Gesetzwidrigkeit ist schon am Werk; nur muss erst der beseitigt werden, der sie bis jetzt noch zurückhält. Dann wird der gesetzwidrige Mensch allen sichtbar werden.

Apostel Paulus,
2 Thess. 2

DIE PERSONEN

Tile Brandis Kaufmann und Ratsherr in Hildesheim
Gesche Brandis dessen Frau
Frater Eusebius ein Dominikanermönch, zurück von der Pilgerfahrt nach Rom
Johannes ein junger Novize im Konvent des Heiligen Paulus
Balthazar Fannemann Weihbischof von Hildesheim
Arnold Friedag Domherr von Hildesheim
Johann Caspari Subdiakon von Sankt Godehard
Der bischöfliche *Offizial*
Harmen Sprenger Bürgermeister der Stadt Hildesheim
Die Ratsherren *Hinrich Einem*, *Dirich Raven* und *Eggert Unverzagt*
Christoph von Hagen, protestantischer Anführer der Majorisbäuerschaft
Heinrich von Alfeld Knochenhauer in Hildesheim
Johanna von Alfeld dessen Weib
Waldemar Klingenbiel Knochenhauer und Ratsherr in Hildesheim
Marie Klingenbiel seine junge Frau
Jacob Findling Geselle und Ziehkind des Knochenhauers Klingenbiel
Peter Groper Holzhändler und Brauer aus Einbeck
Hiltrud Groper dessen Frau
Wenzel ein Wandergeselle
Meister Hans Scharfrichter und Abdecker

PROLOG

Tod im Zuber

Ein scharfer Wind fuhr von Mitternacht durch die Gassen der Stadt. Er brachte Regenwolken mit, die sich schon seit Tagen immer wieder in heftigen Schauern entluden. Doch von den Unbilden der Witterung bekamen die beiden Männer in der Badestube wenig mit. Das Pfeifen und Heulen des Windes hörten sie zwar, doch das focht sie nicht an: Sie saßen im Warmen. Soeben hatten die Bademägde noch heißes Wasser nachgegossen, und als besondere Gabe des Baders an seine hohen Gäste hatte er ihnen erlaubt, zu den beiden Männern in den Zuber zu steigen. Auf den Brettern, die der Badeknecht über die Holzwannen gelegt hatte, standen je ein Krug mit edlem Malvasier und ein Becher aus Siegburger Keramik – die Männer ließen es sich gut gehen.

»Nun werden die Anhänger dieses Luther wohl bald die Geschicke auch Eurer Stadt in die Hand nehmen«, sagte der Kleinere der beiden. Es war der brauberechtigte Holzhändler Peter Groper aus Einbeck.

»Was wird schon so heiß gegessen, wie es auf den Tisch kommt, mein lieber Freund?« Der größere der Männer lehnte sich zurück und schloss die Augen. Er hatte ein eingefallenes, asketisch wirkendes Gesicht, und seine Augen lagen in tiefen Höhlen.

»Wo soll ich Euch massieren, Herr?«, fragte die Bademagd, die in seinem Zuber saß.

»Das weißt du doch, Dummchen.«

Peter Groper ließ nicht locker. »Ich meine nur, in allen Euren Nachbarstädten ist der Martinismus längst eingeführt. In Braunschweig, Goslar, auch bei uns in Einbeck. Und Euer altgläubiger Bürgermeister Wildefuer ist im letzten Dezember gestorben. Wer hält die Lutherschen noch auf?«

»Meine geringste Sorge.« Der Hildesheimer Knochenhauer und Ratsherr Heinrich von Alfeld seufzte. Er schob die Hand des Mädchens fort, öffnete die Augen und beugte sich vor. »Uns kann es doch gleichgültig sein, Peter. Essen die Lutherischen kein Fleisch? Trinken sie kein Bier? Na also. Sie können doch singen, was sie wollen. Sie können den Ablasshandel verteufeln, den Papst hassen, die sieben Sakramente in Zweifel ziehen und ihren Predigern die Ehe erlauben; sollen sie doch. Wenn sie vom Reformieren hungrig und durstig geworden sind, *müssen* sie essen und trinken.«

»Aber wir müssen auch um unser Seelenheil besorgt sein.« Peter Gropers rundliches Gesicht war stets mit einer zarten Röte überzogen, was ihm das Aussehen einer feisten Jungfrau verlieh, vielleicht weil er oft und ausgiebig seinem guten Bier selbst zusprach. Doch nun wurde es tiefrot, und das lag nicht nur am Malvasier.

»Ach, Peter, Peter!« Alfeld schüttelte den Kopf. Jeder Mensch musste sich stets um sein Seelenheil bemühen, durch den Erwerb von Ablässen etwa oder durch Spenden an die heilige Mutter Kirche, aber die Einbecker plagten noch ganz andere Kümmernisse. Vor zwei Jahren, Anno Domini 1540, war die Stadt bis auf die Grundmauern abgebrannt. Der Einbecker Patrizier Heinrich Diek hatte unter der Folter gestanden, einen Hirten für die Brandstiftung bezahlt zu haben, und zwar im Auftrag des katholischen Herzogs Heinrich des Jüngeren zu Braunschweig-Wolfenbüttel. Groper musste eigentlich einen Rochus auf die katholische Partei haben. Aber er gehörte nun einmal zu den letzten altgläubigen Bürgern Einbecks, die sich den Evangelischen widersetzten, wenn auch nur innerlich. Alfeld selbst schwankte noch, hielt aber Kontakt zu den jüngeren Honoratioren, die überwiegend der neuen Konfession zuneigten. Wenn ihr Einfluss in der Stadt noch größer wurde, würde auch von Alfeld die lutherischen Lieder lernen.

Der Hildesheimer Ratmann seufzte vor Behagen. Die Einbecker Bürger hatten zwar alles daran gesetzt, ihre Stadt so rasch wie möglich wieder aufzubauen – auch mit Darlehen aus Hildesheim im Übrigen. Aber das Braugewerbe lag am Boden. Es würde Jahre brauchen, um sich wieder zu erholen, wenn dies überhaupt gelang. Alfeld profitierte von der Einbeckischen Not; auch deshalb hatte Peter Groper ihn aufgesucht. »Lasst uns die Annehmlichkeiten der Badestube genießen«, hatte Alfeld vorgeschlagen. »Und später, bei einer anständigen Mahlzeit in meinem Haus, bereden wir die Dinge, die Euch hergeführt haben. Seid Ihr einverstanden?«

Heinrich von Alfeld schloss abermals die Augen und ließ sich von der Magd verwöhnen. Peter Groper lehnte sich zurück. Seine Miene blieb angespannt, aber auch er senkte die Lider.

Dann riss er plötzlich die Augen auf. Er fuhr sich an den Hals und betrachtete dann mit einem Ausdruck von Verwirrtheit, ja gar von Staunen seine Hand. Sie war mit Blut verschmiert. Die Bademagd in Gropers Arm brüllte auf wie am Spieß und entwand sich seinem Griff. Gropers Beine begannen wild zu zucken. In heftigen Stößen spritzte Blut in den Zuber und färbte das Badewasser im Handumdrehen rot. Aus seiner Kehle drang nur ein Zischen.

Auch die zweite Magd schrie, und Heinrich von Alfeld fuhr hoch und schaute zu seinem Freund. Dem sank der Kopf hintenüber, während sein massiger Körper langsam ins Wasser rutschte. Der Ausdruck von Erstaunen war einer sekundenlangen Todesangst gewichen, aber rasch brach Gropers Blick. Alfeld sprang auf, dass das warme Wasser im Zuber hochspritzte, und stieß die Magd von sich. Am Hals von Peter Groper klaffte eine riesige Wunde.

»Bader! Bader!«, schrie Alfeld. Er schaute zu dem Vorhang, der die beiden Wannen umgab. Der mit Vögeln und Pflanzen bestickte Stoff schwang leicht hin und her, bewegt von einem Luftzug, wie es schien.

Der Bader war bereits vom ersten Schrei alarmiert worden. Mit schreckensgeweiteten Augen kamen ihm die beiden Mägde entgegen, in dem Kleid, das Gott ihnen bei der Geburt geschenkt hatte. Als er den Umhang fortzog, prallte er zurück.

Der eine seiner Gäste, ein Hildesheimer Ratmann, den er seit langem kannte, stand aufrecht in seiner Wanne. Die rechte Hand hatte er nach dem zweiten Zuber ausgestreckt.

Der kleine, fette Mann, dem Bader bisher unbekannt, war unter der Wasseroberfläche verschwunden, so dass nur noch sein schütteres Haupthaar zu sehen war. Und das Wasser war rot wie schwerer Wein.

ERSTES KAPITEL

Der Ruf der Glocke

Der Ratsherr Tile Brandis blickte nachdenklich auf sein Gedenkbuch, das aufgeschlagen vor ihm auf dem Tisch lag. Kurz bevor die Bierglocke den Feierabend verkündete, hatte er sich in seine Schreibkammer zurückgezogen, Tinte angerührt und den Federkiel geschärft. Nicht jeden Tag, sondern in unregelmäßigen Abständen pflegte er alle Denkwürdigkeiten aufzuschreiben, die ihn bewegten: Ereignisse in Stadt und Bistum, Geschehnisse im Reich, aber auch Familiäres. Bereits sein Vater Henning, aus dessen dritter Ehe Tile stammte, hatte Gedenkbücher geführt, und Tile setzte diese Tradition fort, um seinen Kindern und Kindeskindern Bericht zu erstatten von den Zeitläuften und um ihnen Rechenschaft abzulegen von seinem Tun und Lassen.

Brandis schaute zum Fenster. Der März ging seinem Ende entgegen, aber vom Frühling war noch wenig zu spüren. Stürmische Winde und anhaltender Regen ließen es geraten erscheinen, die meiste Zeit des Tages im Haus zu verbringen, aber das war einem Mann von Tiles Bedeutung nicht möglich. Nicht nur dass er zweimal in der Woche an Ratssitzungen teilnahm, am Montag und am Freitag, wenn der Zeiger am Rathausturm nach den Consules civitatis rief; als Angehöriger einer der reichsten Familien Hildesheims hatte er auch noch viele andere Verpflichtungen für das Gemeinwesen. So war er Oldermann des Knochenhaueramtes und der Tuchhändler, Gildemeister der Wollenweber und vom Rat eingesetzter Ältermann des Großen Heilig-Geist-Spitals bei der Andreaskirche. Er hatte erheblichen Grundbesitz zu verwalten, und seinen eigenen Geschäften – unter anderem dem Handel mit Tuchen und Gewürzen, mit kostbarem Glas und nicht minder kostbaren Pelzen, mit Bier und Wein – musste er schließlich auch noch nachgehen. Einige von ihnen konnte er zwar in der Schreibkammer abwickeln, aber sie zwangen ihn auch immer wieder, sein Haus in der Saustraße zu verlassen.

Tile Brandis reckte sich. Der Knecht hatte zwar den Ofen geheizt, aber richtig warm wollte es in der Kammer nicht werden.

Der Ratmann ließ seinen Blick durch den Raum schweifen. Den Kupferstich an der Wand hatte Tile bei einem Buchführer auf dem Markt erworben, und er gefiel ihm ausnehmend gut. Der Kupferstecher hatte eines der seltsamsten Wesen der Welt dargestellt, ein Tier, von dem die Christenwelt erst im Jahr des Herrn 1515 Kenntnis erlangt hatte. Damals hatten es Seefahrer nach Europa gebracht, aber sie waren im Mittelmeer gekentert, so dass man dieses gepanzerte Geschöpf nur tot hatte bergen können, um es hernach auszustopfen. Der Namen dieses unheimlichen Tieres, das ein Horn auf der Nase trug, war Rhinozer, und ein sehr berühmter Meister aus Nürnberg hatte den Stich angefertigt. Sein Name war Albrecht Dürer.

Consul Brandis wandte sich endgültig seinem Gedenkbuch zu. Er tunkte die Feder in die Tinte und begann zu schreiben.

Den gestrigen Morgen ging der Kohlenträger Peter Lüders in den Einbeckischen Keller, um dort so viel Branntwein zu trinken, dass er erstickte und tot zu Boden fiel, notierte er. Die ganze Stadt sprach davon, nicht weil der Tod eines Kohlenträgers den Bürgern besonders nahe ging, sondern wegen der Umstände seines Ablebens. Das Aqua vitae diente im Allgemeinen als Heilmittel, aber der Ratskellermeister war gern bereit, auch unbekömmliche Mengen auszuschenken, wenn man es ihm bezahlte. *Helfe uns Gott!*, schrieb Tile, während er überlegte, wie sich ein Kohlenträger solche Unmengen Branntwein überhaupt leisten konnte. Aber vielleicht war die Gesundheit dieses Lüders bereits angegriffen gewesen, so dass ein paar Gläser genügt hatten, um ihm den Garaus zu machen.

Der Ratmann rührte noch einmal die Tinte um. Unlängst waren Nachrichten aus Speyer eingetroffen, die es ebenfalls wert waren, niedergeschrieben zu werden.

Um Mittfasten wurde ein Reichstag gehalten zu Speyer, darin eine allgemeine Türkensteuer beschlossen wurde.

Die Türkengefahr war allgegenwärtig, auch wenn wohl kaum damit zu rechnen war, dass die Ungläubigen eines Tages vor Hildesheim standen. Ihre Belagerung von Wien im Jahre 1529 war allerdings ein großer Schock für die gesamte Christenheit gewesen, und sie hatte auch die Hildesheimer beschäftigt. Im Einbecker Keller, dem Ratskeller der Stadt, hatten die besseren Bürger schon überlegt, dass es gar nicht mehr darauf ankäme, welcher der christlichen Konfessionen man sich zuwende, sondern dass man besser erwäge, ob man nicht Muselmann werden solle. Tile Brandis schüttelte den Kopf. Ihm war klar, dass sich hinter diesen Scherzen eine große Angst versteckte, denn die Türken galten als rücksichtslos und grausam. Der Dom als Moschee, wie die Muselmanen wohl ihre Kathedralen nannten – das war eine entsetzliche Vorstellung. Immerhin hatten die Türken die Hagia Sophia in Konstantinopel auch in eine Moschee verwandelt. Außerdem betrieben sie Vielweiberei und pressten Frauen aus den eroberten Ländern in ihre Harems; so hieß es jedenfalls. Angesehene Hildesheimer Bürgertöchter als Liebesdienerinnen eines Sultans oder Wesirs? Helfe uns Gott!

Tile Brandis betrachtete, was er bisher geschrieben hatte. Es gab auch noch eine familiäre Neuigkeit, die der Niederschrift bedurfte: Seine Frau Gesche, eine Tochter des im letzten Dezember verstorbenen Bürgermeisters Hans Wildefuer, war schwanger. Wenn alles gut ging, würde sie im September, dem Monat der Obsternte, ein Kind gebären, und Tile hoffte sehr auf einen Knaben.

Tile Brandis hatte die Gänsefeder noch einmal erhoben, als plötzlich die Glocken läuteten. Der Ratmann legte die Feder auf den Tisch und sprang auf. Wenig später stürzte sein Knecht Bertolt in die Schreibkammer, die pelzgefütterte Schaube über dem Arm und das Barett in der Hand. Tile fuhr in den langen Mantel, den der Knecht ihm reichte. Der Ruf der Glocke war eindeutig, er verlangte von allen Bürgern, sich sofort zu versammeln. Und als der Ratsherr sein Haus verließ, hörte er auch den lauten Ruf »To jodute, to jodute!«, mit dem das Opfer oder der Zeuge eines Verbrechens die Untat beschrie.

Jacob Findling war zutiefst enttäuscht. Alles hatte er versucht. Er hatte auf Knien gelegen. Er hatte ewige Treue geschworen. Er hatte Verse vorgetragen. Sogar geweint hatte er. Aber sie – sie hatte nur gelacht.

Sie lachte gern, obwohl es Sünde war, denn das Lachen hatte der Teufel gemacht. Die Kirche verlangte, dass man das irdische Jammertal mit hängenden Schultern und gesenktem Kopf durchquerte. Jeder Mensch und das Weib zumal neigte zur Sünde, und die Kirche wurde nicht müde, jederzeit daran zu erinnern.

Jacob zog den Kopf ein und ließ die Schultern hängen. Er war einer der größten Sünder von Hildesheim. Davon war er überzeugt. Er begehrte eine Frau. Weil er sie begehrte, hatte er sündige Gedanken. Weil er sündige Gedanken hatte, verübte er Schandtaten an sich selbst. Aber nicht nur deshalb lief er mit eingezogenem Kopf und hängenden Schultern die Stobenstraße entlang; er tat es vor allem wegen des Regens.

Jacob war ein Findelkind. Irgendeine verzweifelte Mutter, die ihn nicht ernähren konnte, hatte ihn vor fast zwanzig Jahren vor der Tür des Knochenhauers Waldemar Klingenbiel abgelegt, vermutlich weil sie wusste, dass er nicht nur ein wohlhabender Mann war, sondern auch ein freigebiger Christenmensch. Klingenbiel hatte für die Andreaskirche einen Altar, ein Vikariat und jährlich zehn Wachskerzen gestiftet. Und er hatte den Findling aufgenommen, obwohl er damals schon eigene Kinder ernähren musste.

Jacob hatte den Hohen Weg erreicht und wandte sich nach rechts. Nachdem er von dem Mann, den er Vater nannte, aus der Gosse aufgelesen worden war, hatte Klingenbiels Frau Dorothea noch weitere vier Kinder entbunden. Zwei von ihnen waren bereits im Wochenbett eingegangen, eines im ersten

Lebensjahr, und das letzte war mit seiner Mutter gestorben. Klingenbiel, damals zweiunddreißig Jahre alt, hatte die fünfzehnjährige Marie Roden zur Frau genommen und war mit ihr nunmehr seit neun Jahren verheiratet. In Marie Klingenbiel war Jacob verliebt. Er begehrte die Frau seines Meisters, die er täglich sah, denn zuerst als Lehrjunge und nun als Geselle lebte er mit Meister und Meisterin unter einem Dach. Wenn Klingenbiel das Haus verließ, um in einen Gasthof oder zu einer Versammlung seiner Zunft zu gehen, empfing Marie den Gesellen heimlich in ihrem Schlafgemach. Sie schäkerte mit ihm, was ihn nur noch verliebter machte, verweigerte ihm aber die Erfüllung seines drängendsten Wunsches. Gern würde er mit ihr schlafen, aber ihr Allerheiligstes öffnete sie ihm nicht.

Jacob eilte den Hohen Weg ein, zwei Klafter entlang, um dann zum Andreaskirchhof abzubiegen. Der Wind warf ihm Regen ins Gesicht, und dann begannen mit einem Mal die Glocken zu läuten. Jacob erschrak. Es dämmerte bereits, und wenn zu dieser Stunde die Glocken geschlagen wurden, musste etwas Beunruhigendes geschehen sein.

Da der Knochenhauer Waldemar den Jungen nicht an Kindes Statt angenommen hatte, war aus Jacob nie ein echter Klingenbiel geworden. Er hieß ja nicht einmal Jacob. Den Namen hatte sich der Herr Vater ausgedacht. Seine unbekannte Mutter hätte ihn womöglich lieber anders genannt. Vielleicht Johannes. Johannes wie der Evangelist. Der war immerhin der Lieblingsjünger von Gottes Sohn gewesen.

Wie der Lieblingsjünger von Gottes Sohn würde Jacob gern heißen. Doch weil Waldemar Klingenbiel das Findelkind am Namenstag des Heiligen aus dem Dreck gezerrt hatte, hieß er eben Jacobus. Jacobus Findling zu allem Überfluss.

Die Glocke rief die Bürger zusammen, doch Jacob galt der Ruf nicht. Er hatte im Haus seines Ziehvaters das Metzgerhandwerk gelernt und war seit einem Jahr Geselle, und als Geselle genoss er nicht das Bürgerrecht. Weil er nicht adoptiert worden war, konnte er das Bürgerrecht auch nicht erben. Nur wenn es ihm gelang, eine Meisterin zu heiraten, würde er vor dem Rat den Bürgereid ablegen können. Oder wenn er selbst ein Meister wurde. Aber wie sollte ihm das gelingen?

Natürlich konnte er die Zunftgenossen des Knochenhaueramts um die Eschung ersuchen. Aber vermutlich würden sie ihn eher auslachen, als ihm die Aufnahme in die Zunft zu gewähren. Er hatte weder Geld für den Erwerb des Bürgerrechts noch für Kerzen in der Kirche, für eine Waffe zur Verteidigung der Stadt oder gar für die Meisterköste: Jeder neu aufgenommene Meister musste seinen zechlustigen Amtsbrüdern Essen und Bier ausgeben. Vor allem jedoch konnte Jacob nicht nachweisen, dass er echt und recht geboren sei. Er war ein Findelkind, niemand wusste also, ob er ehelich oder unehelich geboren war, doch die Ämter nahmen nur ehelich Geborene auf. Aber Jacob Findling wollte um keinen Preis länger ein gewöhnlicher Beisasse sein. Er wollte hoch hinaus und war bereit, sogar Klingenbiels jüngste Tochter Magdalena zu ehelichen, die Einzige, die der Vater noch nicht unter die Haube gebracht hatte. Sie war erst zwölf, und sogar die alte Kirche würde eine solche Verbindung geißeln – aber für einen entsprechenden Obolus fand sich immer ein Priester bereit, seinen Segen zu erteilen. Die neue Kirche war nicht so leicht zu kaufen. Jacob verstand nicht viel von solchen Dingen, doch der Vater bekannte sich zu den Martinianern. Und er hatte Magdalena schon einem Sohn des Ratsherrn Heinrich von Alfeld versprochen. Jacob würde sie also nicht heiraten können. Außerdem liebte er Marie. Und die war verheiratet.

Jacob überquerte den Andreaskirchhof und erreichte, bis auf die Haut durchnässt, das Haus *Blauer Schwan*, in dem er seit beinahe zwanzig Jahren lebte. Er war hier glücklich gewesen, denn Klingenbiel hatte ihn nicht schlechter behandelt als seine leiblichen Kinder. Dafür liebte er den Mann, den er Vater nannte. Er war ihm sehr dankbar dafür, dass er ihm Lesen, Schreiben und Rechnen beigebracht hatte. Das hatte der Vater selbst getan, er hatte das Findelkind nicht auf eine Schule geschickt.

Und Jacob war ein gelehriger Schüler gewesen, nicht weil er gern lernte, sondern aus Dankbarkeit.

Als Jacob die Diele des Hauses betrat, traf er auf den Hausknecht Matthias, der Klingenbiel schon seit sehr langer Zeit diente. Er war alt geworden bei dem Meister, versah seine Arbeit aber noch immer so, wie es von ihm erwartet wurde.

»Na, Geselle?«, fragte er und feixte. Matthias war damit beschäftigt, einen Sack Gerstenmalz durch die Diele zu wuchten. Oftmals grinste er, wenn er Findling sah, belächelte oder verspottete ihn sogar. »Wieder mit anderen Gesellen beim Bier gesessen und sich die Köpfe heiß geredet über diesen Mönch und seine Schriften, die ihr doch sowieso nicht versteht?«

»Du etwa? Verstehst du sie?«, fragte Jacob; er wusste schließlich, dass der Knecht nicht einmal lesen konnte. Aber Matthias hatte Recht: Viele der oftmals aufmüpfigen Gesellen hatten vom Rat verlangt, die evangelische Konfession in Hildesheim zuzulassen, weil sie sich davon eine Verbesserung ihrer Lage erhofften. Manchmal hatten sie sogar handfeste Argumente verwendet und Ratmannen angegriffen. Sie redeten auch gern von Luther und Melanchthon und selbst von Müntzer, dem Verbrecher. Aber Jacob beteiligte sich nie an diesen Gesprächen, er lauschte nur.

Matthias zuckte mit den Schultern – und grinste. Jacob hasste dieses herablassende Grinsen des Knechts, der ihm immer schon zu verstehen gegeben hatte, was Jacob, der gern Johannes heißen würde, in Wahrheit war: Bloß ein Kind aus dem Abtritt. Ein Nichts, verurteilt zu ewiger Dankbarkeit seinem Adoptivvater gegenüber. Ja, dankbar musste er sein, immer nur dankbar. Aber er konnte lesen, schreiben und rechnen, er beherrschte das Handwerk des Knochenhauers, warum also sollte er nicht Meister werden? Mit einer Meisterin an seiner Seite, mit einem eigenen Haus, mit einem Scharren im Haus des Knochenhaueramtes von Sankt Andreas – eines von drei Schlächterämtern der Stadt – und mit Gesinde, Lehrjungen, Gesellen?

Die Verfassung der Stadt und die Zunftordnung sprachen

dagegen, und das waren eherne Regeln, die niemand auch nur in Zweifel zog. Wenn nicht ein Wunder geschah, konnte nur Klingenbiels Tod ihm helfen.

Auf dem Markt hatten sich beim Pipenborn, der Hildesheimer Wasserkunst, etliche bewaffnete Bürger versammelt, die nicht gerade glücklich waren, bei Sturm und Regen zusammengerufen worden zu sein. Tile Brandis entdeckte auch einige Ratsherren sowohl des sitzenden als auch des ruhenden Rates, die sich um Bürgermeister Harmen Sprenger geschart hatten. Bei ihnen war Brandis' Platz, also gesellte er sich dazu.

»Was ist denn geschehen?«, verlangte er zu wissen.

»Einem auswärtigen Kaufmann wurde die Kehle durchgeschnitten«, sagte Consul Dirich Raven und strich sich über den Kugelbauch, wie er es häufig tat. Selbst der lange und weite dunkle Mantel vermochte den Bauch nicht zu verbergen, und das sollte er auch gar nicht; man sagte Raven nach, dass er sehr stolz auf seine Beleibtheit war, weil sie von Wohlstand sprach. Der Ratsherr gehörte zu den reichsten Kaufleuten der Stadt, rangierte in der Schoßliste gleich nach Brandis und aß sehr gern und viel. Er hielt es nicht mit den Mönchen, die mehr als zwei Mahlzeiten am Tage für tierisch ansahen. Und warum sollte er auch? Er war kein Mönch, und mochte seine Esslust auch tierisch sein, ihm schmeckte es.

»In der Badestube«, ergänzte Hinrich Einem, der am Sonnabend nach den Drei Königen aus dem sitzenden Rat ausgeschieden war. Er gehörte damit immer noch dem Rat an, musste aber an dessen Sitzungen nur noch teilnehmen, wenn es um lebenswichtige Entscheidungen ging.

»In der Badestube?« vergewisserte sich Tile Brandis. »Das ist ja eine besonders gemeine Tat. Im Zuber ist ein Mensch ganz nackt und hilflos.«

Hinrich Einem nickte. Im Schein der Fackeln und Traglampen wirkten seine wasserblauen Augen mehr wässrig als blau.

Die Glocke war mittlerweile verstummt, und gewiss waren

auch längst alle Tore verschlossen worden, damit der Täter nicht entwischen konnte – wenn er sich überhaupt noch in der Stadt aufhielt.

»In der Lovekenstube«, sagte Eggert Unverzagt. Er war nicht weniger dick als Raven, versuchte aber im Gegensatz zu diesem, seinen Bauch mit allerlei bunter Kleidung zu verbergen, womit er jedoch noch besonders auf seine Fettleibigkeit aufmerksam machte.

Aus der Saustraße eilte gerade Christoph von Hagen mit einem Dutzend seiner Anhänger herbei. Von Hagen stand nicht nur einem der sechs Stadtquartiere vor, die man Bäuerschaften nannte, und zwar der Großen Bäuerschaft, die sich um den Andreaskirchhof und den Großen Markt erstreckte, er war auch Führer der Hildesheimer Protestanten. Christoph war sehr groß und hatte breite Schultern. Man sagte ihm nach, dass er stark sei wie ein Bär. Tile Brandis konnte das nicht beurteilen, da er seine Kräfte weder mit Bären noch mit von Hagen maß.

»Und woher stammt das Opfer?«, fragte er den Proconsul Sprenger.

»Aus Einbeck.« Sprengers eng stehende Augen verliehen seinem Fuchsgesicht einen schwer zu deutenden Ausdruck. Manche hielten ihn für listig, andere für dumm. Tile Brandis neigte zu Letzterem, sprach es aber niemals aus, nicht einmal hinter geschlossenen Türen; dafür war er wiederum zu klug.

Der Bürgermeister winkte Christoph von Hagen zu sich. Der Vorsteher der Majorisbäuerschaft wischte sich mit einem Tuch das Regenwasser aus dem Gesicht.

»Man hört von Mord«, sagte er.

»In der Lovekenstube«, sagte Unverzagt noch einmal.

»Unmöglich!« Von Hagen war genauso überrascht, wie Brandis es gewesen war.

»Wir müssen die ganze Stadt nach dem Verbrecher durchkämmen«, sagte Bürgermeister Sprenger. »Am besten Bäuerschaft für Bäuerschaft. Christoph, teile du die Leute ein.«

»Kennen wir den Untäter denn?«, fragte dieser.

»Noch nicht.« Harmen Sprenger schüttelte den Kopf. »Nimm erst einmal jeden fest, der verdächtig aussieht und sich verdächtig verhält. Ich begebe mich mit dem Rat zur Lovekenstube, um den Bader, seine Mägde und Knechte sowie unseren Freund Heinrich von Alfeld zu verhören. Wenn wir Genaueres in Erfahrung bringen, schicke ich dir einen Boten.«

»Heinrich von Alfeld?«, fragte Tile Brandis.

»Er war mit dem Einbecker in der Badestube«, erklärte Ratsherr Raven. »Offenbar sind sie Geschäftspartner. Gewesen.«

»Christoph, du weißt, was zu tun ist?« Bürgermeister Sprenger drängte zum Aufbruch; ihm war deutlich anzusehen, dass er den unwirtlichen Markt so schnell wie möglich verlassen wollte. Christoph von Hagen nickte. Er wandte sich zu seinen Männern um und erteilte ihnen ein paar knappe Befehle, dann ging er zu den bewaffneten Bürgern beim Pipenborn. Nachdem er sie eingewiesen hatte, strömten sie in kleinen Gruppen in alle vier Himmelsrichtungen auseinander. Einige versuchten sogar, Pechfackeln zu entzünden, aber wenn es ihnen überhaupt gelang, die durchfeuchteten Fackeln in Brand zu setzen, blies der Sturm sie rasch wieder aus.

Bürgermeister Sprenger seufzte. Er schlug den Pelzkragen hoch, schaute seine Ratsleute aufmunternd an und forderte sie mit einem Nicken in Richtung der Saustraße auf, ihm zu folgen.

»Wir wissen ja nicht einmal, ob der Verbrecher noch in der Stadt ist«, sagte Consul Einem.

»Oder *die* Verbrecher«, gab Eggert Unverzagt zu bedenken.

»Für eine Ausjagd ist es ja wohl zu dunkel«, meinte der Proconsul Sprenger unwirsch.

»Und dann dieses Wetter!«, stöhnte Dirich Raven und strich sich über den Bauch.

Heinrich von Alfeld hockte, mittlerweile vollständig angekleidet, auf einer Bank beim Kamin und ließ den Kopf hängen. Die beiden Bademägde, ebenfalls nicht mehr nackt, kauerten auf dem kühlen Steinboden. Immer wieder brachen sie in Tränen aus. Der Knecht wiederum lehnte an der Wand und starrte vor sich hin. Niemand verlor ein Wort, und keiner wagte, den Blick zu heben und zu dem Badezuber zu schauen, in dem die Leiche des Einbeckers versunken war. Der Vorhang war noch immer aufgezogen, und wer genau hinschaute, konnte die Blutspritzer an der weiß gekalkten Wand sehen, aber es schaute eben keiner hin.

Der Bademeister wartete trotz des Unwetters vor seinem Haus in der Stobenstraße. Er war es gewesen, der das Verbrechen lauthals beschrien hatte, wie es das Gesetz verlangte. Außerdem hatte er die Nachbarn dazu angehalten, die Büttelei zu verständigen, und dafür gesorgt, dass die Glocke geläutet wurde. Immerhin war er ein Bediensteter der Stadt, er wusste genau, was von ihm erwartet wurde, Umsicht nämlich und Wohlverhalten.

Einer der Büttel war sofort zu ihm geeilt, hatte einen angewiderten Blick in den Badezuber geworfen und wartete nun mit ihm auf die Ratsherren. Diese hatten keinen allzu langen Weg zurücklegen müssen. Sie waren durch die Saustraße gehastet, die den Markt an seiner südwestlichen Ecke verließ und in der viele hoch angesehene und reiche Bürger lebten, hatten den Hohen Weg überquert und dann bereits den Anfang der Stobenstraße erreicht, die sozusagen die westliche Verlängerung der Saustraße darstellte. Als er die Ratmannen entdeckte, ging der Bader unverzüglich auf sie zu.

»Ihr Herren!«, rief er. »Welche Not, welche Not!«

»Ja, ja!« Bürgermeister Sprenger schob den Bader beiseite. Sein Hermelinmantel hatte sich mittlerweile vollgesogen wie ein Schwamm, und er eilte voran zur Lovekenstube, also dorthin, wo man zumindest vor dem Regen Schutz fand.

»Berichte!«, forderte Tile Brandis den Bademeister auf, während sie dem Bürgermeister folgten. Auch die übrigen Consules schlossen sich ihnen an.

»Ich weiß nichts«, beteuerte der Bader. »Drei Gäste kamen heute nur …«

»Drei?«

»Ja, Herr! Der hochlöbliche Ratmann von Alfeld, sein Freund aus Einbeck und der Knochenhauer von Sankt Andreas, der hoch angesehene Herr Waldemar Klingenbiel ...«

»Der war auch im Bad?«

»Nein, Herr. Er leidet seit Wochen unter Heiserkeit und Magendrücken. Ich habe ihn zur Ader gelassen.«

»Ach was, Magendrücken?« Consul Raven zog die Brauen hoch. »Das kommt wohl von der Völlerei ...«

Die Männer betraten eine kurze und schmale Diele, von der mehrere Räume abgingen. Der Bader wies nach links. Dunst schlug den Ratsherren entgegen, als sie in die eigentliche Badestube einrückten.

Heinrich von Alfeld hob den Blick. Er war selbst Ratmann, und doch stand er auf, als er den Primus inter pares zwischen Brandis, Raven, Einem und Unverzagt ausmachte, schließlich war er ein höflicher Mann selbst noch in einer Situation, in der niemand von ihm Höflichkeit erwartete. Der Knecht trat einen Schritt vor, die Mägde klammerten sich aneinander. Nach wie vor boten sie ein Bild des Jammers.

»Wo?«, erkundigte sich Sprenger. Der Bader wies zu den beiden hölzernen Wannen. Sprenger ging sehr langsam auf sie zu. Er schaute in den rechten Zuber, und seine Gesichtshaut wurde augenblicklich weiß. »Teufel auch«, flüsterte er.

Tile Brandis trat ebenfalls näher, während sich die drei übrigen Ratsherren lieber im Hintergrund hielten. Vornübergesunken schwamm ein nackter Mensch im Zuber. Ein Brett lag quer über der Wanne, auf dem eine Weinkruke und ein Becher umgestürzt waren. Der Rebsaft war über das glatte Holz gelaufen und dann in das Wasser getropft, aber nicht er hatte für dessen blutige Farbe gesorgt. Brandis drehte sich um.

»Büttel!«, rief er. Dann deutete er zu dem Toten. »Hebe ihn heraus!«

Der Büttel tat, wie ihm geheißen. Er packte den schweren Körper und mühte sich redlich, aber allein schaffte er es nicht, ihn aus dem Wasser zu zerren. Allerdings gelang es ihm, den Toten wenigstens aufzurichten. Dessen Kopf fiel sofort nach hinten. Sprenger und Brandis wichen einen Schritt zurück. Eine tiefe Wunde mit glatten Rändern, die offenbar bis zu den Wirbeln reichte, gähnte unterhalb des Kehlkopfs. Es sah aus, als habe der Tote einen zweiten, riesigen Mund, der die Ratsherren blutig angrinste.

»Gott im Himmel!«, murmelte Tile Brandis und schaute rasch zu Heinrich von Alfeld. »Wer dies auch immer angerichtet hat, wie konnte er nur entkommen?«

Balthazar Fannemann, Dominikanermönch, Professor der Theologie, seit seiner Ernennung durch Papst Paul III. am zwanzigsten August im Jahr des Herrn 1540 Titularbischof von Missene, Weihbischof von Hildesheim und damit Vikar Bischof Valentins in pontificalibus, setzte sich zu Tisch. Da er nicht gern allein speiste, hatte er ein paar Vertraute um sich versammelt: den bischöflichen Offizial, der für die geistliche Gerichtsbarkeit im Stift zuständig war, den Subdiakon Johann Caspari von Sankt Godehard, der ihm bei vielen seiner Weihehandlungen half und gelegentlich delikate Aufträge erledigte, den Domherrn Arnold Friedag sowie als Ehrengast einen gerade aus Rom zurückgekehrten Pilger.

Eigentlich war es nicht üblich, dass Wallfahrer zum Essen auf die Domburg eingeladen wurden, aber Bruder Eusebius war nicht irgendwer. Er gehörte ebenso wie Fannemann dem Dominikanerorden an, die beiden Männer kannten sich, und zwar seit langem. Sie hatten gemeinsam die theologische Fakultät der Universität von Paris besucht, waren sich bei Kapiteln der Ordensprovinz Saxonia gelegentlich wieder begegnet und hatten so manche gelehrte Disputation geführt, denn Eusebius war ein ausgesprochen schriftkundiger Mann und der Weihbischof immerhin Professor. Vielleicht war es zu hochgegriffen, von einer Freundschaft zu sprechen, aber Balthazar und Eusebius standen sich durchaus nahe. So nahm es nicht wunder, dass Bruder

Eusebius nach seiner Ankunft in Hildesheim sogleich seinen alten Bekannten aufsuchte, von dessen beachtlicher Karriere er bereits auf seiner Reise gehört hatte.

Fannemann hatte ihn gebeten, zum Essen dazubleiben, auch weil er von ihm Neuigkeiten aus dem Dunstkreis der päpstlichen Kurie zu erfahren hoffte. Die Bedienmagd hatte kaum die Gurkensuppe mit Safran, Pfeffer und Honig aufgetragen, da sprach er ihn sofort darauf an. »Nun verrate uns doch, lieber Bruder Eusebius, was pfeifen die Spatzen in Rom von den Dächern?«, bat er mit einem Lächeln.

»Das lässt sich nicht mit ein paar Worten sagen, Eminenz«, entgegnete der Mönch. Der Weihbischof lehnte sich zurück und verschränkte die Arme vor der Brust. Eusebius sah angegriffen und erschöpft aus, aber er hatte ja auch eine lange, eine sehr lange Reise hinter sich.

»Nicht doch!« Fannemann winkte ab, ohne die verschränkten Arme voneinander zu lösen. »Wir sind Ordensbrüder, also vergiss die Formalitäten.« Immerhin hatte Fannemann sein schwarz-weißes Habit angelegt und auf alle Zeichen seiner bischöflichen Macht und Würde verzichtet, die ohnehin nur geborgt waren; als Weihbischof vertrat er den Hildesheimer Oberhirten Valentin von Teteleben bei allen kirchlichen Amtshandlungen. Bischof Valentin hielt sich nur selten in seiner verarmten Diözese auf. Er war nicht nur Episcopus Hildensemensis, sondern auch Domherr zu Mainz, aber nicht wegen der dortigen Anwesenheitspflicht war er so häufig abwesend. Der Grund war seine Domherrnpfründe, aus der er das Geld bezog, das er so dringend brauchte. Außerdem hatte Teteleben am Reichstag zu Speyer teilgenommen, wo er dem päpstlichen Gesandten am dritten März ein Memorial überreicht hatte, an dessen Abfassung Fannemann beteiligt gewesen war: ›Ich fand die hildesheimische Kirche verwahrlost in geistlicher und irdischer Hinsicht und beraubt aller bischöflichen Tafelgüter, so dass sie mir den Lebensunterhalt nicht bietet. Nichtsdestoweniger habe ich durch fleißige Reform meiner Kirche und

Haltung einer bischöflichen Synode die erforderliche Ordnung im Bistum zurückgeführt; ich habe einen Weihbischof und Offizial, desgleichen Seelenhirten und Kirchen-Rektoren an Orten der Stadt und Diözese Hildesheim angestellt, die dem Volke im Dienste der gesunden Lehre und in Verwaltung der Sakramente durch Wort und Beispiel Führer und Helfer sind, so dass durch Gottes Gnade bis jetzt meine Kirche mit genügend gutem Erfolge regiert ist.‹ Auf diese Schrift, die er seinem Bischof quasi in die Feder diktiert hatte, war Fannemann nicht wenig stolz. Und stolz war er auch auf seine Stellung innerhalb des Bistums, die er allein Eusebius zu Ehren an diesem Tag nicht betonen wollte. Fannemann regierte das Stift. Das wurde von Tag zu Tag schwieriger, aber noch gelang es ihm, das Schiff um alle Klippen zu steuern. Die größte und gefährlichste Klippe waren die Protestanten. Es wurden immer mehr.

»Auch wir sind erpicht, von Rom zu hören«, sagte Domherr Friedag. Fannemann schaute Eusebius an und zuckte die Schultern. Er wusste, dass Friedag ihm nur nach dem Munde redete. Was den Weihbischof bewegte, das bewegte scheinbar auch das Kapitel. Aber Fannemann war schon seit langem klar, dass die Domherren nur ihren eigenen Interessen folgten, die mit Lehen und Pfründen zu tun hatten und nicht mehr mit dem Glauben. Der größte Fehler bestand darin, ihnen zu vertrauen. Fannemann vertraute niemandem, nicht einmal dem Bischof, sondern nur sich selbst. Und er vertraute Eusebius, weil der ihm nicht gefährlich werden konnte.

Der Mönch tunkte seinen Löffel in die Suppe.

»Am meisten hat den Hof unseres Pontifex und wohl auch ganz Rom ein Fresko erregt«, sagte er, bevor er den Löffel zum Mund führte.

»Ein Fresko?«, fragte Johann Caspari. Weihbischof Fannemann nickte. Er hatte schon davon gehört.

»Eine Wandmalerei von ungeheurer Wucht und Größe«, erklärte Eusebius. »Paul hat einen sehr berühmten Florentiner Maler damit beauftragt, die Sixtinische Kapelle auszumalen.

Michelangelo Buonarroti heißt dieser Maler, und er arbeitete sechs Jahre an einem Jüngsten Gericht. Am Abend vor Allerheiligen Anno Domini 1541 wurde es enthüllt.« Der Dominikanerpater nahm rasch noch einen Löffel von der Gurkensuppe, bevor die Magd sie forttrug. Wenige Augenblicke später wurde gesottener Karpfen in Rosinensoße aufgetischt. Da Fannemann sich in erster Linie als Ordensbruder sah, achtete er streng auf die Speisegebote. Die Verlotterung der Sitten in den Klöstern und beim Klerus allgemein bekämpfte er, soweit es in seiner Macht lag, und deshalb kam bei ihm kein Vierfüßlerfleisch auf den Tisch. Er war sicher, dass Eusebius diese Strenge zu schätzen wusste. Dieser schien gerade mehr mit der Sättigung seines gesunden Appetits beschäftigt und blickte hungrig auf den Karpfen. Allzu viele Berichte aus der ewigen Stadt konnten sie wohl nicht von dem weit gereisten Mönch erwarten, sonst würde dieser am vollen Tisch des Weihbischofs verhungern.

»Und was machte dieses Fresko zum Gesprächsgegenstand der Kurie?«, wollte Friedag denn auch wissen. Die Magd legte auf.

»Nun, sehr vieles. Man warf dem Maler Unzüchtigkeit vor, ja sogar Ketzerei. Christus ist dargestellt wie ein jugendlicher heidnischer Titan – und ohne Bart! Die Engel sehen aus wie Ringkämpfer, Johannes der Täufer gar ist vollkommen nackt. Bei der heiligen Katharina sieht man den baren Busen, und …«, Eusebius schluckte, »und bei vielen männlichen Figuren das Geschlechtsteil.«

»Unerhört!«, rief der Offizial. »Das ist Blasphemie!«

Weihbischof Fannemann zuckte nur die Achseln. Er freute sich über den Besuch seines Mitbruders Eusebius und war mild gestimmt. Davon abgesehen, wusste er über das Geschlechtsleben seines Offizials genau Bescheid. Es war mehr als blasphemisch, aber Fannemann schwieg dazu: Als Weihbischof setzte er seine Bediensteten wie Schachfiguren, und Schachfiguren hatten keine Seele. Er liebte dieses Spiel, und das *Schachzabelbuch* des Konrad von Ammenhausen kannte er beinahe auswendig.

Die Dombibliothek besaß eine Abschrift, die aber in den Listen des Küsters als ständig ausgeliehen erschien: Fannemann las neben der Heiligen Schrift Konrads Werk als Einschlafhilfe. Von Ammenhausen war ein Benediktiner gewesen und hatte dieses wunderbare Buch im Sankt-Georgen-Kloster in Stein am Rhein verfasst. Eigentlich handelte es weniger vom Schach als von der Moral. Moral konnte die Menschheit dringend gebrauchen. Sie war notwendiger als Nahrung, denn ein großer Teil der Geschöpfe Gottes hatte keine mehr.

»Nun ja«, Eusebius gelang es, rasch ein Stück Fisch in den Mund zu schieben, das er hastig verschluckte, denn die Magd war mit dem nächsten Gang erschienen. Wenn man ihm noch weiter Löcher in den Bauch fragte, würde er vermutlich an der reich gedeckten Tafel seines Ordensbruders verhungern.

Fannemann hatte es immerhin zum Weihbischof gebracht. Trotz dessen aufmunterndem Lächeln fühlte sich Eusebius ziemlich klein neben ihm. Und Eusebius liebte das Werk dieses verrückten Michelangelo ebenso wie sein Papst. Es war vermutlich nicht ganz der Schrift treu, aber es war erhebend. »Der Heilige Vater jedenfalls sank vor dieser gewaltigen Arbeit sofort auf die Knie.« Eusebius warf einen verstohlenen Blick auf den kross gebratenen Kapaun.

Doch bevor sich die Herren dem verschnittenen Hahn widmen konnten, erschien ein bischöflicher Beamter.

»Da sind zwei Weltgeistliche, Eminenz, die Euch dringend zu sprechen wünschen«, meldete er.

»Später«, sagte der Weihbischof mit säuerlicher Miene. »Wir essen jetzt.«

»Das sehe ich, Herr«, sagte der Beamte. »Aber die beiden Priester wirken ziemlich abgehetzt. Es scheint sich um eine wichtige Angelegenheit zu handeln.«

Eusebius griff schnell nach einem Flügel und brach ihn ab. Fannemann nickte ihm aufmunternd zu, während er zu dem Beamten sagte: »Dann bitte sie in Gottes Namen herein.«

Nachdem sie mit Heinrich von Alfeld und den Bademägden gesprochen hatten, konnten sich die Ratsherren ein ungefähres Bild von der Tat machen. Irgendjemand hatte sich in die Badestube geschlichen, den Vorhang hinter seinem Opfer beiseite geschoben, ihm mit einem schnellen, kräftigen Schnitt die Kehle durchtrennt und war dann unerkannt hinausgelaufen in Regen und Sturm. Der Mörder war ein ziemlich hohes Risiko eingegangen, denn immerhin hatte der Ratmann von Alfeld direkt neben seinem Opfer gesessen, oder der Bader und sein Knecht hätten ihn überraschen können. Sie befanden sich zwar in einem Nebenraum, wo sie den Knochenhauer Waldemar Klingenbiel zur Ader ließen, aber es hätte immerhin sein können, dass einer von ihnen die eigentliche Badestube betrat, um sich nach dem Befinden der Gäste zu erkundigen. Waldemar Klingenbiel hatte übrigens von dem Ereignis nichts mitbekommen. Erschöpft vom Aderlass, war er eingeschlafen, und er schlief immer noch.

»Und Ihr habt wirklich nichts gesehen?«, fragte Bürgermeister Sprenger den Ratskollegen Meister Alfeld.

»Ich sagte doch schon, dass ich die Augen geschlossen hielt«, erwiderte Heinrich. »Ich wollte das Bad genießen …«

Mehr wohl die geschickten Hände und Lippen der Magd, dachte Tile Brandis, sagte jedoch nichts; er behielt seine Meinung lieber für sich, solange ihm nicht ausdrücklich ein Kommentar abverlangt wurde.

»Aber du?« Sprenger deutete auf die jüngere der Bademägde. Sie trug eine sehr offenherzige Bluse, und Brandis war sicher, dass sie Männern für Geld in jeglicher Hinsicht dienstbar war. »Oder du?« Sprenger zeigte auf die andere Magd, die weitaus älter und bereits grauhaarig war und züchtig tat. Beide schüttelten den Kopf. Sie sahen noch immer verheult aus, weinten aber nicht mehr.

»Warum ist Peter Groper überhaupt nach Einbeck gekommen?«, fragte Tile Brandis von Alfeld.

»Wir wollten über ein Geschäft sprechen«, antwortete der Metzgermeister.

»Welche Art von Geschäft?«

»Peter lieferte mir Bier«, erklärte von Alfeld. »Zehn Fuder im Frühjahr und zehn Fuder im Herbst, also vierzig Fässer pro Jahr. Zwanzig Fässer kaufte ich im Auftrag des Rates für den Ausschank im Einbeckschen Keller. Die andere Hälfte habe ich nach Braunschweig weitergehandelt.«

»Und er brachte Euch das Bier nach Hildesheim?«

»Natürlich nicht. Ihr wisst doch genau, Tile, dass die Einbecker Brauer normalerweise Zwischenhändler benutzen. Aber was sollen diese Fragen?«

Tile Brandis schaute den Ratsherrn und Knochenhauer ernst an. »Mein lieber Heinrich, warum sind wir hier?«

»Ja, natürlich. Verzeiht!« Heinrich von Alfeld fuhr sich über die Augen. »Ich habe einen Freund verloren … Doch fragt weiter, ich will Euch Rede und Antwort stehen.«

»Danke.« Tile Brandis blickte zu den anderen Ratsherren. Consul Raven bemühte sich um eine undurchdringliche Miene, während er sich über seinen Bauch strich. Aus den Gesichtern von Hinrich Einem und Eggert Unverzagt war deutlicher Widerwille abzulesen, und das Interesse von Bürgermeister Sprenger galt vor allem den Mägden. Doch alle vier, das spürte Brandis, wären froh, wenn er die Untersuchung übernahm. Das war nicht seine Aufgabe, er war im Rat nicht für die Gerichtsangelegenheiten zuständig. Über den Mörder zu Gericht zu sitzen, wenn man seiner denn habhaft wurde, war allerdings Sache des ganzen Rates. Tile war vor allem neugierig. Und dass hier etwas faul war, lag auf der Hand.

»Ich nehme also an, Heinrich«, er wandte sich wieder dem Knochenhauer zu, »dass Ihr nach Einbeck fuhrt, um das Bier zu holen?«

Heinrich von Alfeld nickte. »Meine Knechte fuhren«, sagte er.

»Wann hätten sie wieder fahren sollen?«

»Sobald das Wetter besser ist.«

»Ja, seht Ihr, und das verwirrt mich. Es regnet und stürmt seit Tagen …« Ratmann Brandis ließ sein Gegenüber nicht aus den Augen. »Und ausgerechnet bei diesem Unwetter macht sich Peter Groper auf den Weg nach Hildesheim, um mit Euch ein Geschäft zu besprechen?«

Heinrich antwortete mit einem Schulterzucken.

»Worum ging es denn?«

»Das weiß ich nicht!« Alfeld setzte einen gequälten Ausdruck auf. »Er ist heute angekommen. Deshalb habe ich einen Abend in der Badestube vorgeschlagen: damit er sich nach der Reise so richtig durchwärmen kann. Über die Geschäfte wollten wir erst beim Essen sprechen.«

»Wo ist sein Reisegepäck?«

»In meinem Haus. Peter war mein Gast, also hat er auch bei mir gewohnt.«

»Ich finde, das genügt jetzt«, mischte sich Proconsul Sprenger ein.

Brandis vermutete, dass es den Bürgermeister zur Abendsuppe und zum Rheinwein zog, aber er überging den Einwand. »Ich möchte das Gepäck sehen.«

»Ich bringe es aufs Rathaus«, sagte Alfeld.

»Gut. Büttel!« Tile Brandis drehte sich abrupt um.

»Ja, Herr?«

»Sorge dafür, dass auch der Leichnam zum Rathaus gebracht wird«, befahl Brandis. »Dann rufe den Stadtphysikus, damit er die Wunden vermessen kann.«

So verlangte es das Gesetz. Vom Umfang und der Tiefe der Wunden hing ab, wie hoch der Schadenersatz war, den der oder die Täter den Angehörigen des Opfers zu leisten hatten – wenn man ihn oder sie denn fand. Groper war kein Bürger Hildesheims. Dennoch hatte seine Familie Anspruch auf Rechtsbehelf durch den Hildesheimer Rat, was Brandis richtig fand. Einbeck gehörte zur Sächsischen Städtekonkordie. Deren Gründungsurkunde war im Jahr des Herrn 1384, also vor Brandis' Geburt, von Goslar, Braunschweig, Hildesheim, Hannover, Lüneburg, Einbeck, Helmstedt, Göttingen, Halberstadt, Quedlinburg und Aschersleben besiegelt worden. Anno 1426 hatte man den Vertrag nicht nur bekräftigt, sondern ihn auch erweitert. Magdeburg, Halle an der Saale, Osterode und Nordheim waren aufgenommen worden, und man hatte sich gegenseitiger Rechtshilfe versichert. Wurde in einer der Städte ein Verbrechen begangen, oder wurde ein Bürger dieser Städte Opfer einer Untat, waren alle Städte verpflichtet, den Täter zu verfolgen. Tile Brandis hielt diesen Vertrag für ein ausgesprochen kluges und ehrenwertes Dokument, zumal er an seiner Abfassung mitgewirkt hatte.

»So soll es sein«, sagte Harmen Sprenger. Offenbar wollte er so schnell wie möglich den Ort der Untat verlassen.

»Bader, eines möchte ich von dir noch wissen.« Tile Brandis sprach zwar den Bademeister an, schaute aber auf Alfeld.

»Ja, Herr?«

»Als du Klingenbiel zur Ader ließest, war dein Knecht bei dir, nicht wahr? Warum?«

»Er musste das ausströmende Blut in einer Schale auffangen«, entgegnete der Bader.

»Hochwürden, ein Mord!«, sagte einer der beiden Kleriker, kaum dass sie das bischöfliche Speisezimmer betreten hatten. Der Schweiß lief ihm über das Gesicht.

»Ein Mord?« Der Offizial richtete sich auf.

»In der Stadt«, sagte der zweite Geistliche. Er war jünger und schwitzte nicht so stark. »Ein Holzhändler aus Einbeck ... In der Badestube ... erstochen.«

»Auf städtischem Rechtsgebiet?«, erkundigte sich Domherr Friedag. Die Geistlichen nickten. Bruder Eusebius legte den Hahnenflügel zurück auf den Teller.

»In der Badestube?« Fannemanns Mund umspielte ein kaum wahrnehmbares Lächeln. Bruder Eusebius bemerkte es und war verwundert, denn ein Mord war ein verdammenswertes Verbrechen, über das man nicht schmunzelte. Traurig blickte er zu dem Kapaun. Eine innere Stimme sagte ihm, dass der Vogel unverzehrt in die Küche wandern würde.

»Wenn das Verbrechen auf städtischem Grund begangen wurde«, sagte der bischöfliche Offizial, »dann ist der Rat für die Verfolgung und das Gericht zuständig.«

»Was heißt: Wenn?«, fragte Fannemann sichtlich vergnügt. »Wir wissen doch, dass die Untat dem Stadtrecht unterliegt, schließlich wurde sie in einer städtischen Badestube begangen. Sie geht uns also überhaupt nichts an.«

»So ist es«, bestätigte Eusebius. Noch stand der Kapaun auf dem Tisch, und der Mönch hatte mittlerweile solchen Hunger, er würde ihn auch kalt verschlingen, wenn das nicht unangemessen wäre.

»Für den Rat ist das natürlich eine unerfreuliche Angelegenheit«, meinte der Weihbischof. »Morde gibt es ja häufiger, aber stellt euch mal vor, was geschieht, wenn sich herumspricht, dass der Rat nicht in der Lage ist, Fremde innerhalb der Stadtmauern vor Übergriffen zu schützen. Danke!« Fannemann bedeutete den beiden Weltgeistlichen mit einem Fingerzeig, dass sie sofort verschwinden sollten. Sie gingen hinaus, begleitet von dem bischöflichen Beamten. Eusebius starrte nicht mehr den Kapaun, sondern seinen Ordensbruder an: Fannemann brütete offensichtlich einen hinterhältigen Gedanken aus. »Man könnte die Tat auch als Verletzung des Gastrechts sehen«, spann dieser seinen Einfall fort, nun ohne unberufene Zeugen. »Ein Zeichen des Chaos, ausgelöst von den Lutheranern. Denkt an die Einbecker. Sie haben 1529 die evangelische Konfession eingeführt, und elf Jahre später brennt die Stadt ab. Ein Strafgericht Gottes?« Fannemann hatte sich in eine Hochstimmung geredet, aber nur Eusebius bemerkte es.

»Den Brand hat man doch aber Heinrich dem Jüngeren angelastet, und der ist bekanntlich seit dem Tod Herzogs Georg von Sachsen der einzige katholische Fürst im Norden des Reiches«, gab Johann Caspari zu bedenken. »Mehr noch, als Kaiser Karl 1538 in Nürnberg den Heiligen Bund gründete, bestellte er Herzog Heinrich zum Bundeshauptmann für Norddeutschland ...«

»Ja, ja, das ist bekannt.« Balthazar Fannemann wischte den Einwand mit einer herrischen Geste fort. »Angelastet, hast du richtig gesagt. Es wurde ihm *angelastet.* Glaubst du es denn? Warum sollte der Herzog eine solche Brandstiftung in Auftrag geben? Man hat einfach einen Schuldigen gesucht, und ein katholischer Reichsfürst passt den Martinianern natürlich am besten ins Konzept.« Er trank einen Schluck Wein. »Aber selbst wenn es wahr wäre – das ist vollkommen gleich. Nicht die Wahrheit entscheidet, sondern das, was man dafür ausgibt. Caspari, hole meinen Sekretär!«

Der Subdiakon stand auf und verließ schnurstracks den Raum. Balthazar Fannemann lächelte Bruder Eusebius zu. Der begann sich ein wenig unbehaglich zu fühlen, weil er nicht wusste, womit er dieses Lächeln verdient hatte. Der Weihbischof plante etwas, das war ihm an der Nasenspitze anzusehen. Eusebius war klug und gebildet, er verfügte auch über Menschenkenntnis, und doch ahnte er nicht, was Bruder Balthazar vorhatte. Immerhin war sein alter Freund ein Mann der Macht. Wenn solche Männer etwas ausheckten, kam selten etwas Gutes dabei heraus.

Der bischöfliche Secretarius erschien sofort, als hätte er in einem Nebenraum auf die Befehle seines Herrn gewartet. Fannemann diktierte ihm ein Schreiben an alle Prediger des Stifts, die dem Bischof unterstellt waren. Er wies sie an, in ihren Kanzelreden die von den Protestanten verursachte Unordnung und seelische Verwirrung für den Mord in Hildesheim verantwortlich zu machen. Sie sollten aber nicht die Gelegenheit nutzen, die Badestube als Ort der Sünde zu brandmarken; es komme allein darauf an, das Verbrechen als Ausdruck religiöser Wirren zu deuten. Nur ein Mensch, der gegen Gottes ewige Ordnung eingestellt sei, könne einem anderen Menschen, der von Kleidung und Waffen entblößt ein Bad nähme, Derartiges antun.

»Gegeben zu Hildesheim etc. pp., D. theol. Fannemann, Vikar des Episcopus Valentin in pontificalibus etc. pp.«, beendete der Weihbischof sein Diktat und lehnte sich zufrieden zurück.

Eusebius war beeindruckt. Negativ beeindruckt, wenn es so etwas gab. Fannemann war ein brutaler Fuchs. Und der Kapaun war mit Sicherheit eiskalt. »Schreib es nun schnell in der notwendigen Anzahl ab und bringe es mir zum Siegeln in mein Kabinett«, befahl der Weihbischof seinem Sekretär. »Ich möchte, dass es morgen nach Sonnenaufgang von Boten verbreitet wird.«

»Wie Ihr wünscht, Hochwürden.« Der Secretarius dienerte und verließ eilig den Raum.

Fannemann blickte in die Runde. »Die Tafel ist aufgehoben«, verkündete er. Etwas ratlos standen die Gäste auf. Niemand hatte etwas von dem Kapaun gegessen, und eigentlich wurden noch zwei weitere Gänge erwartet. Man war auf eine angenehme Plauderei eingestellt gewesen – und auf eine erlesene Speisefolge natürlich –, aber da der höchste geistliche Würdenträger der Diözese nach dem Bischof allein zu sein wünschte, musste man nun aufbrechen.

Doch Fannemann wollte offenbar keineswegs allein sein.

»Eusebius, ich bitte dich, noch ein wenig zu bleiben«, sagte er. Eusebius runzelte überrascht die Stirn, schwieg jedoch und nahm wieder Platz. Caspari, Friedag und der Offizial verabschiedeten sich mit den üblichen Höflichkeitsfloskeln, Balthazar Fannemann rief nach der Magd und verlangte Wein und Gebäck. Dann legte er seinem Ordensbruder die Hand auf den Arm und senkte vertraulich die Stimme.

»Weißt du schon, wo du dich niederlassen wirst?«, erkundigte er sich.

Frater Eusebius zuckte die Schultern. Die Frage war berechtigt. Nachdem er im Alter von zwölf Jahren in das Braunschweiger Paulinerkloster eingetreten war, hatte er fast zwei Jahrzehnte mit dem Studium der Heiligen Schrift und der Kirchenväter, der theologischen Gelehrten und sogar der Schriften von Häretikern und des Martin Luther verbracht, aber auch mit Seelsorge und mit der Verkündigung von Gottes Wort getreu dem Motto des Thomas von Aquin: ›Beschauen und das in der Beschauung

Erkannte an andere weitergeben‹. Er hatte die Einheit von Theologie, Seelsorge und Predigt gelebt in der festen Überzeugung, es bis an sein Lebensende in Braunschweig zu tun. Dann jedoch führte der Rat am fünften September Anno incarnacionis Domini 1528 die evangelische Konfession in der Welfenstadt ein. Sowohl die Franziskaner als auch die Dominikaner leisteten Widerstand, und das wurde beiden Orden zum Verhängnis. Ihnen wurde der Gottesdienst verboten, und bereits im April 1529 verließen die Franziskaner die Stadt. Die Predigerbrüder hielten länger durch. Aber sie wurden in ihren Konvent eingesperrt, der Rat zog all ihr Hab und Gut ein, und sie litten Hunger und Jammer. Anno 1536 kehrten auch sie Braunschweig den Rücken. Für immer.

Das war vor sechs Jahren gewesen. Immer schon hatte Bruder Eusebius eine Wallfahrt zu den Stätten der Heiligen unternehmen wollen, um sich von seinen Sünden zu reinigen und um Gott besonders nahe zu sein. Sechs Jahre hatte seine Pilgerreise gedauert, nicht etwa weil er so ein schwerer Sünder gewesen wäre, sondern weil er eine neue klösterliche Heimat gesucht hatte. Er war in Aachen gewesen, in Einsiedel, in Santiago de Compostela und in Rom. Monatelang hatte er in der Basilica Santa Croce jeden Tag gebetet und einmal in der Woche die Beichte abgelegt, aber all diese Übungen hatten seine Furcht nicht überwinden können. Eusebius' Ängste waren auf seiner jahrelangen Reise durch Europa nur noch stärker geworden: Der Predigerbruder fürchtete sich vor einem unmittelbar bevorstehenden Weltende.

Viele Zeichen sprachen dafür. Die Türken stellten eine beständige Gefahr für das Heilige Römische Reich dar, und in allen Weissagungen hieß es, dass am Ende der irdischen Welt fürchterliche und Blut trinkende Völker die Christenheit heimsuchen würden. Frater Eusebius war auf seiner Wanderung in den dritten Krieg Kaiser Karls V. gegen den französischen König Franz I. geraten und hatte das Wüten der kaiserlichen Landsknechte aus nächster Nähe beobachten können. In Rom hatte er die Folgen des Sacco di Roma gesehen, jener Plünderung der Ewigen Stadt durch Karls Truppen im Jahr des Herrn 1527, von der die Römer immer noch mit gesenkter Stimme sprachen. Monatelang hatten die Kaiserlichen in Rom geraubt, vergewaltigt und gemordet, fünfzigtausend Menschen waren den Massakern und der Pest zum Opfer gefallen – für die Stadt eine wahrhafte Apokalypse. Nahm man die Lehre des Martin Luther, den mit ihr verbundenen Abfall etlicher Christen vom rechten Glauben und schließlich die Vertreibung der Bettelorden aus Braunschweig hinzu, so konnte es kaum Zweifel daran geben, dass Gottes Zorn über die Christen hereingebrochen und der Antichrist geboren war.

Doch noch etwas anderes war mit Eusebius in Rom geschehen: Ein schmerzhaftes Heimweh begann ihn zu quälen. Er sehnte sich nach seiner Heimat Saxonia, und als er von einem Bediensteten der Kurie erfuhr, dass Hildesheim als letzte der sächsischen Städte dem Luthertum noch widerstand, wurde aus der Sehnsucht Gewissheit. Er musste zurückkehren. In Hildesheim, das in der Nähe von Braunschweig lag, würde er endlich zur Ruhe kommen.

Auch seine Rückreise wurde eine Wallfahrt. Er besuchte Altötting und das Heilige Blut in der Sankt-Alexandri-Stiftskirche zu Einbeck. Dort unternahmen die Bürger, unter ihnen vielleicht auch der getötete Peter Groper, zwar alles, um ihre Stadt wieder aufzubauen, aber die Spuren des schrecklichen Stadtbrands waren noch überall zu sehen: apokalyptische Zeichen also auch hier.

»Du bist nachdenklich, Bruder Eusebius?«, fragte Weihbischof Balthazar. »Und du zögerst?«

»Nein, ich zögere nicht.« Eusebius straffte seinen Oberkörper. »Ich möchte den Rest meines Lebens im Paulikloster von Hildesheim verbringen.«

»Ausgezeichnet, mein Lieber. Ganz ausgezeichnet.« Fannemann presste den Arm des Mönchs. »Ich möchte dir einen Auftrag erteilen. Ich weiß, unser Orden untersteht allein Rom, aber wir gehören ihm beide an. Nimm es also als Bitte von Ordensbruder zu Ordensbruder, als freundschaftlichen Auftrag gewissermaßen.« Der Weihbischof gab seiner Stimme einen schmeichelnden Ton, der Eusebius sofort misstrauisch machte. Fannemann war mehr als ein gewöhnlicher Ordensbruder, und wenn er um etwas bat, tat er es aus einem Machtbewusstsein, das Widerspruch gar nicht zuließ. Eusebius mochte Menschen wie Fannemann nicht besonders. Aber er war vom Wohlwollen des Weihbischofs abhängig.

»Was soll ich tun?«, fragte er.

»Höre dich in der Stadt um. Trage alles zusammen, was einen Anhänger Luthers mit dem Mord in der Badestube in Verbindung bringen könnte.«

»Und wenn es nun kein Lutheraner war?«

»Ich spreche nur von Möglichkeiten, mein Freund«, sagte Fannemann, lehnte sich zurück und verschränkte die Arme vor der Brust. Bruder Eusebius war von dessen Ansinnen alles andere als begeistert. Er war Seelsorger und Prediger und für Spitzeldienste nicht geeignet. Jedoch war er nicht nur ein wissbegieriger, sondern auch ein neugieriger Mensch, und so gab er Fannemann zwar keine Zusage, aber er lehnte auch nicht rundheraus ab.

Der Büttel und der Badeknecht hatten die sterblichen Überreste des Einbecker Holzhändlers Groper auf einem Handwagen zum Rathaus geschafft und sie dort in einer Kammer aufgebahrt. Obwohl sie den Wagen mit einer Plane abgedeckt hatten, war die Haut des Toten noch immer feucht. Und sehr weiß war sie, so weiß die das Fleisch eines gekochten Huhns: Groper hatte sehr viel Blut verloren, ja er war regelrecht ausgeblutet.

Die Ratsherren stand um den Tisch herum, auf dem die Leiche lag. Der Stadtphysikus, ein auf der Universität ausgebildeter Arzt, breitete seine Instrumente aus, mit denen er die Wunde vermessen wollte. Diese Aufgabe hätte auch ein Wundarzt oder sogar der Bader übernehmen können, denn auch sie waren Heilkundige, aber das Zeugnis des Physikus wog schwerer, weil es amtlich war.

»Ich weiß nicht, ich weiß nicht«, sagte Consul Raven ein ums andere Mal. Sein Gesicht war von Ekel verzerrt. Auch Tile Brandis spürte einen starken Druck im Magen, sagte aber nichts.

»Was weißt du nicht?«, wollte Eggert Unverzagt wissen und zog unwillkürlich seinen gelben Umhang fester um sich. Er wandte den Blick von dem Toten mit der klaffenden Halswunde ab und seinem Ratskollegen zu. Der Stadtphysikus begann sein Werk.

»Ich kann einfach nicht glauben, dass der Mörder unerkannt entkommen konnte«, erklärte Raven.

»Aber Heinrich hat's uns doch erklärt«, sagte Bürgermeister Sprenger. »Ich schließe auch die Augen, wenn ich ein Bad nehme.«

»Aber die Mägde!«, sagte Raven.

»Du weißt doch, wie sehr sie beschäftigt sind«, sagte Hinrich Einem mit einem wasserblauen Augenzwinkern und sprach damit aus, was Tile bereits in der Lovekenstube gedacht hatte.

»Was meinst du damit?«, fragte Harmen Sprenger scheinbar entrüstet. Brandis schwieg weiterhin. Natürlich wusste der Bürgermeister ganz genau, was Einem gemeint hatte. Vermutlich nahm auch er die verschwiegenen Dienste der Bademägde gern in Anspruch und spielte vor allem aus diesem Grund den Empörten.

Hinrich Einem wurde einer Antwort enthoben. Der alte Knecht des Knochenhauers von Alfeld brachte zwei Satteltaschen, das Gepäck des Peter Groper. Er wurde angewiesen, es auf einen weiteren Tisch in der Nähe des Fensters zu legen und sich sofort zu trollen. Alle Ratsherren drehten dem Toten den Rücken zu und nahmen die Taschen in Augenschein. Consul Brandis öffnete sie.

In der einen Satteltasche befanden sich ein Regenumhang sowie ein Wams und Beinkleider zum Wechseln, in der zweiten ein Nachtgewand, die Schlafmütze, ein Lederbeutel für die

Wegzehrung und ein Schlauch für Wasser oder Wein. Brandis breitete all dies auf dem Tisch aus. Dann fuhr er mit den Händen noch einmal in beide Taschen. Er tastete ihr Inneres gründlich ab und stutzte.

»Keine Papiere«, stellte er fest.

»Unmöglich«, meinte Raven. »Er war ein Kaufmann auf der Fahrt, Tile. Reist du ohne Papiere?«

»Natürlich nicht.« Tile Brandis deutete auf die Kleidungsstücke des Toten, die ebenfalls aufs Rathaus gebracht worden waren. Gemeinsam mit Dirich Raven durchsuchte er auch sie. Die beiden Männer fanden dort zwar die Geldkatze des Holzhändlers und Brauers, die zwei Mariengroschen und drei Kreuzgroschen enthielt, ansonsten aber leer war.

»Wir werden Heinrich von Alfeld fragen müssen, ob er etwas über den Verbleib der Papiere weiß«, sagte Brandis. Die Ratmannen nickten. Dann wurde die Tür geöffnet, und Christoph von Hagen betrat die Kammer. Er warf rasch einen Blick auf den Toten, zuckte nur die Achseln und widmete seine Aufmerksamkeit den Herren des Rates. Seine kotigen Stiefel hinterließen feuchte Spuren auf den Dielen, als er näher trat.

»Wir haben ein paar zwielichtige Gestalten in Gewahrsam genommen«, verkündete er. »Zwei Bettler, die sich an der Stadtmauer beim Dammtor herumgetrieben haben, einen Tagelöhner, der laut grölend auf das Kreuztor zugewankt ist, obwohl er gar nicht in der Neustadt wohnt, und einen Wandergesellen, der in der Taverne *Bunter Ochse* lautstarke Reden wider Papst und Kaiser geführt hat.«

»Die üblichen Verdächtigen also«, murmelte Tile Brandis.

»Wie meinen?« In Christoph von Hagens Gesicht breitete sich Zornesröte aus.

»Nichts.« Brandis winkte ab.

»Wo sind sie?«, wollte Sprenger wissen.

»Im Keller, wo sonst?«

»Ich bin fertig«, meldete sich nun der Stadtarzt zu Wort. Alle drehten sich zu ihm um.

»Zu welchem Ergebnis bist du gekommen?«, erkundigte sich Eggert Unverzagt.

»Ich denke«, sagte der Stadtarzt und deutete auf ein Pergament neben dem Toten, das er nicht nur mit Maßen bekritzelt, sondern auch mit blutigen Fingerabdrücken versehen hatte, »drei Mariengroschen ist die Wunde wert.«

Jacob Klingenbiel konnte wie so oft nicht schlafen. Er teilte sich die kleine, stickige Kammer neben den Lagerräumen des Hauses *Blauer Schwan* mit den Lehrjungen Michael und Jonas, die er um ihre unbeschwerte Jugend beneidete. Zwar waren Lehrjahre weiß Gott keine Herrenjahre, und die Burschen mussten nicht nur alle möglichen niedrigen Arbeiten verrichten, sie wurden auch für kleinste Verfehlungen an den Ohren gezogen, in den Hintern getreten oder gar mit dem Stock geprügelt. Wenn Michael und Jonas abends in das Bett fielen, das sie miteinander teilten, schliefen sie sofort ein. Aber niemand konnte ihnen ihre kindliche Fröhlichkeit nehmen, keine Drohungen und auch kein Wutausbruch des Meisters. Sie waren arbeitsam und zeigten sich anstellig, auch wenn sie manchmal noch etwas ungeschickt waren und zu harmlosen Streichen aufgelegt, doch immerhin hatten sie ein Ziel: ihre Lossprechung. In einigen Jahren konnten sie Gesellen werden. Allein die bloße Möglichkeit spornte sie an.

Jacob *war* Geselle, doch was hatte er davon? Gar nichts. Wenn Klingenbiel an einer der Morgensprachen des Sankt-Andreas-Knochenhaueramtes teilnahm, um auf dieser Zusammenkunft mit den anderen Meistern über zünftische Angelegenheiten zu beraten, um einen neuen Meister in das Amt aufzunehmen, was aus Brotneid immer seltener geschah, oder um sich schlicht und einfach voll zu fressen und zu besaufen, dann fand seine junge Frau immer einen Grund, die Lehrlinge und das Gesinde mit Aufträgen aus dem Haus zu schicken. Jede Morgensprache dauerte lange und endete mit einer Zecherei, denn immer gab es Metzger, die gegen die Zunftordnung verstießen, indem sie zu viel schlachteten oder ihre Gewichte manipulierten oder schlechte Waren feilboten, und daher war die Kasse mit den Strafgeldern gut gefüllt.

Waren Meister und Gesinde außer Haus, erwartete Marie den Gesellen in ihrer Schlafkammer. Sie lag nackt unter der Daunendecke, die sie anhob, wenn Jacob kam. Jacob schlüpfte zu ihr, und ihm war fast alles erlaubt. Er durfte die Gattin seines Meisters küssen und überall berühren, wo er nur wollte, allein von ihrem Nest, ihrer Höhle, vom Sitz der Sünde konnte er nur träumen, wenn er nachts in seinem Bett lag und den Atemzügen der Lehrjungen lauschte. Aber er wollte sie besitzen, so wie Klingenbiel sie besaß. Er wollte die Erlaubnis zum Betreten der fremden Welt zwischen den Schenkeln des Weibes, und zwar eine Erlaubnis nicht nur von Marie, sondern eine mit kirchlichem Segen. Der Traum genügte ihm nicht mehr.

Jacob legte Hand an sich. Er achtete darauf, keine Geräusche zu verursachen, aber das altersschwache Bett knarrte, selbst wenn er sich noch so vorsah. In Maries Höhle wollte er stundenlang verweilen. In seinem Bett ging alles viel zu schnell.

Nachdem es vorbei war, atmete Jacob noch eine Zeit lang heftig. Er hatte sich der Sünde der Selbstbefleckung hingegeben, aber das war mit zwanzig Vaterunsern und einem halben Pfennig für die Armenkollekte aus der Welt zu schaffen. Bei jeder Beichte bekannte er, was er Nacht für Nacht tat, und manchmal hatte er das Gefühl, dass der Priester seinem Geständnis nicht nur angehaltenen Atems lauschte, sondern dass sich seine Hände dabei unter die Soutane verirrten.

Knecht Matthias täuschte sich, als er vermutet hatte, Jacob hätte am Abend Bier getrunken. Der Geselle war keineswegs in einer Schänke gewesen, weder im *Bunten Ochsen* noch im *Pferdekopf* oder in der *Sau*, sondern er hatte im Frauenhaus Befriedigung gesucht. Neben Kost und Logis bekam er von Vater Klingenbiel auch ein wenig Geld, das er in einen kleinen Lederbeutel tat, den er auf einem Balken in der Diele versteckte. Andere Gesellen setzten ihre mehr als bescheidenen Einkünfte in

Bier um, Jacob trug sie zu den losen Frauen, denn es lohnte sich nicht, das Geld zu sparen: Für Eschung und Bürgereid würde es niemals reichen. Und im Frauenhaus bekam man ein passables Weib bereits für einen halben Kreuzgroschen, den Preis von einem Pfund Schweinefleisch oder einem Pfund Hirsch.

Aber es nutzte nichts, die Hübschlerinnen verschafften ihm nur eine kurzzeitige Erleichterung. Er hatte eine Favoritin, Kristin, die fünfzehn Jahre alt war, aber manchmal trieb er es auch mit der Hurenmutter, mit Madame Catherine, wie sie sich nannte, seitdem ihr irgendein Durchreisender erzählt hatte, Kaiser Karl sei am burgundischen Hof aufgewachsen und beherrsche nur Französisch. Katharina, wie sie wirklich hieß, behauptete gern, als junges Mädchen dem Enkel des im Volk sehr beliebten Kaisers Maximilian oft zu Willen gewesen zu sein, dabei hatte sie Hildesheim nie verlassen. Und sie war entsetzlich ungebildet: Sie hielt Burgund für eine spanische Provinz. Doch Jacob hörte ihr gern zu, wenn sie ihn in die Arme nahm und ihn ihren Kaiser nannte. Sie tippte auf seine Nase, strich ihm über die Stirn, berührte sein Kinn und erklärte, Karl, der Kaiser des Heiligen Römischen Reiches Deutscher Nation, der König von Spanien und Neapel, der Herr der Niederlande und Herrscher über Amerika sehe eigentlich aus wie er. Jacob Findling, der ein Nichts war, genoss diese Schmeicheleien. Er genoss das Gefühl von Geborgenheit, das er nur bei Katharina hatte, er genoss, dass er ihr mit seinem Wissen überlegen war, und er genoss, dass er mit ihr reden konnte; Kristin kicherte immer nur, wenn er von sich und seinen Träumen sprach.

Aber Befriedigung, wirkliche Befriedigung verschafften ihm beide Frauen nicht. Die erhoffte er sich allein von Marie, die sich verweigerte. Denn sie liebte er.

Jacob war der festen Überzeugung, sie zu lieben. Er liebte sie so sehr, dass er sie heiraten wollte.

Heiraten wollte er sie auch, um aufzusteigen. Um nicht mehr Jacob Findling zu sein, sondern Meister Johannes Klingenbiel.

ZWEITES KAPITEL

Die Freiheit eines Christenmenschen

Als sich Bruder Eusebius in seiner Zelle im Paulikloster auf die Lagerstatt legte, begann die Welt um ihn zu kreisen. Die Wände und die Decke des engen Raums verwandelten sich zu lebendigen Wesen, in denen Blut floss; anders war doch gar nicht zu erklären, dass sie hin und her, hoch und nieder wogten. Eusebius richtete sich sofort wieder auf. Bruder Balthazar hatte ihn mit zu viel Wein traktiert.

Eusebius stöhnte. Er hatte den guten Rheinwein quasi auf nüchternen Magen genossen, und das bekam nicht einmal dem stärksten Ritter. Obwohl das Rittertum ja quasi – quasi, dachte Eusebius – vernichtet worden war. Jedenfalls quasi ausgeschaltet: Vor zwanzig Jahren, als ein gewisser Franz von Sickingen durch das Heer der Kurfürsten von Trier und der Pfalz und vom hessischen Landgrafen besiegt worden war und tödlich verwundet auf dem Landstuhl starb. Das Rittertum hatte sich einfach überlebt. Niemand brauchte Ritter, wenn man mit Landsknechten auskam. Die wollten nur Geld und keine Lehen. Obwohl, Ritter neigten – wenn sie keine Raubritter waren – eher zur Treue. Quasi. Landsknechte wechselten die Fronten, wenn sie unzufrieden waren. Die kämpften für den, der besser bezahlte. Quasi!

Geld, dachte Eusebius. Geld, Geld, Geld! Er krümmte und streckte seine Zehen. Quasi, quasi, Geld, Geld! Der Augsburger Geldsack Anton Fugger hatte so viel von diesem sündigen Stoff, dass er es sich leisten konnte, den Kaiser zu finanzieren. Ein Augsburger Handelsherr kaufte Kaiser, als wären sie Bergwerke; das musste man sich doch einmal vorstellen! Vermutlich war er der Antichrist.

Ich hätte nicht so viel Wein trinken dürfen. Und das hier ist doch gar nicht meine Zelle!

Es könnte aber seine Zelle werden. Der Prior, der ihn so freundlich als Gast aufgenommen hatte, hätte sicher nichts dagegen, wenn der weit gereiste Eusebius von Braunschweig seinem Konvent beitreten würde.

Immerhin kannte er seine Schrift *Des Doctor Luthers Irrtümer von der Gnade Gottes nebst einer Apologie der sieben Sakramente, so notwendig sind für die Erlangung ewiger Seeligkeit.* Gedruckt wurde sie ja nicht, während man diesen Luther vertausendfacht hat. Quasi vertausendfacht.

Mein armer, armer Kopf, dachte Eusebius und tippte an denselben. Der weiche Kern unter der harten Schale verfertigte seine Gedanken. Im Moment jedoch war sein Hirn ein Weinfass.

»Was wollte Bruder Balthazar eigentlich von mir?«, fragte Eusebius die Wand, die er anstarrte. Dann erbrach er sich.

»Wer bist du?« Tile Brandis beugte sich vor. Der Wandergeselle stand mit verschränkten Armen vor ihm. Christoph von Hagen hatte ihn nicht ohne Grund in das Verlies gesperrt, das unmittelbar neben dem Einbecker Keller gelegen war. Manche Gefangenen zermürbte es, wenn sie das fröhliche Zechen von nebenan hörten.

Doch der Wandergeselle sah nicht aus, als könne ihn irgendetwas rasch zermürben.

»Ein Geschöpf des Herrn«, sagte er. Das traf zweifellos zu, aber der arrogante Ton forderte Brandis heraus.

»Bist du Protestant?«

»Was ist das?«

»Mir scheint, dass du dir deiner Lage nicht bewusst bist«, sagte Brandis sanft. Ihm war es durch seine Beredsamkeit – und auch weil er einer der reichsten Familien angehörte – gelungen, die anderen Ratsherren und sogar den Proconsul davon zu überzeugen, dass sie sich um die Bettler und den betrunkenen Tagelöhner kümmern sollten, die Christoph von Hagen neben dem Wandergesellen ins Loch eingeliefert hatte. Für sie interessierte sich Tile Brandis nicht. Sie waren verdächtig, weil sie zu den Armen gehörten, aber was bedeutete das schon? Jede Stadt, die er kannte, litt darunter, dass die Schicht der Armen immer größer wurde. Das war eine enorme Gefahr. Und aus diesem Grund befasste er sich mit dem Protestantismus und wollte alles über die lutherische Konfession in Erfahrung bringen. In allen befreundeten Städten hatte sie sich, nach anfänglichen Ausbrüchen von Zorn, als probates Mittel erwiesen, die Gärung der Massen in anständiges Bier zu verwandeln. In ein Bier, das seine außerordentliche Würze obendrein dadurch erhielt, dass man Kirchengüter für die Stadtkasse einzog. Um Glaubensdinge, wie dieser komische Augustiner in Wittenberg wohl noch immer hoffte, ging es längst nicht mehr. Luther träumte, und das fand Tile Brandis durchaus sympathisch. Doch seine Anhänger machten Politik.

Und Politik machte auch Brandis, denn er war Ratsherr.

»Ich erkläre es dir. Auf dem Reichstag zu Speyer Anno tausendfünfhundertneunundzwanzig setzte Ferdinand, unser König und der Bruder sowie Statthalter des Kaisers, das Wormser Edikt wieder in Kraft. Dieses Edikt verhängte immerhin die Reichsacht über Martinus Luther! Außerdem hob Ferdinand jene Passagen eines Reichsabschieds von 1526 ... Weißt du, was ein Reichsabschied ist?«

Der Wandergeselle schüttelte den Kopf. Sein Blick drückte nicht das geringste Interesse aus; eher schon schien es, als würde er durch den Ratsherrn hindurchsehen.

»Ein Reichstagsbeschluss«, erklärte Brandis. »Beim ersten Reichstag zu Speyer rechneten alle noch mit einem Konzil, also beschloss man, dass sich jeder Stand gegenüber seinen Untertanen so verhalten möge, wie ein jeder solches gegen Gott und die kaiserliche Majestät hofft und vertraut zu verantworten. Im Grunde bedeutet es, dass jeder Reichsstand – also die Kur- und Reichsfürsten, die Reichsgrafen und die Reichsstädte – die Konfession seiner Untertanen selbst entscheiden darf. Eine Art Religionsfrieden, könnte man sagen.«

»Kommt zur Sache, Herr!«, verlangte der Geselle. Tile Brandis fuhr zurück. Das war ja eine unerhörte Frechheit: Ein Mensch ohne Bürgerrecht bot ihm die Stirn und forderte ihn auf, ihm langatmige Erklärungen zu ersparen. Aber Brandis beherrschte sich.

»Wie gesagt, auf dem zweiten Speyrer Reichstag wollte König Ferdinand diese Beschlüsse aufheben, weil ein Konzil nicht zustande gekommen war. Die evangelischen Reichsstände legten aber eine *protestatio* gegen Ferdinand und seine katholischen Verbündeten ein, und seither nennt man die Martinianer auch Protestanten.«

»Aha.«

»Mehr hast du dazu nicht zu sagen?«

»Ich bin ein einfacher Mann, Herr.«

»Und führst im *Bunten Ochsen* laute Reden gegen Papst und Reich«, fügte Tile Brandis hinzu.

»Nicht gegen das Reich, Herr, sondern gegen den Kaiser«, sagte der Wandergeselle. Diese Antwort machte Tile Brandis stutzig: Der Mann verstellte sich und war klüger, als es den Anschein hatte. Dass er zwischen Kaiser und Reich unterschied, bewies, dass er über Rechtskenntnisse verfügen musste. Die verfassungsrechtliche Formel *Kaiser und Reich* setzte die beiden Seiten nicht etwa in eins, sie schied sie voneinander: Kaiserliche und Reichsinteressen waren beileibe nicht mehr identisch. Frankreich und Karl V. führten Krieg gegeneinander, weil sich der französische König aus der Umklammerung durch die Habsburger befreien wollte; alle Landgrenzen Frankreich stießen an habsburgisches Territorium. Der Krieg gegen Franz I. lag aber allein im Interesse des Kaisers, Reichsinteressen wurden von ihm eigentlich nicht berührt. Aber konnte ein Wandergeselle so etwas wissen? Es fiel ja sogar Brandis nicht leicht, es zu durchschauen. War der Wandergeselle am Ende gar keiner, sondern ein lutherischer Prädikant? Die Neugierde des Consuls war endgültig herausgefordert.

»Aus welcher Stadt stammst du?«

»Aus Nordhorn.«

»Und was ist dein Beruf?«

»Zimmermann, Herr.«

»Wie Joseph?«

»Ja, aber ich habe keinen Sohn.« Der angebliche Geselle lächelte. Brandis' Zweifel wuchsen nur noch. Sogar etwas wie Witz schien der Mann aus Nordhorn zu haben, wenn er denn wirklich aus dieser Stadt kam.

»Was willst du in Hildesheim?«

»Ich suche Arbeit, Consul.«

»Im *Bunten Ochsen*?«

»Ihr kennt meine Wege nicht, Herr. Kreuz und quer bin ich durch die Lande gezogen, aber niemand brauchte mich. Auch in Hildesheim habe ich bei drei Zimmerleuten vorgesprochen. Und ich beherrsche mein Handwerk. Aber nein, leider kein Bedarf. Ich erhielt ja nicht einmal die Gelegenheit zu zeigen, was ich kann, also musste ich meinen Ärger mit ein paar Bier wegspülen.«

»Um dann gegen den Heiligen Vater zu lästern«, sagte Tile.

»Er betrügt uns, Herr.«

»Und der Kaiser?«

»Der betrügt uns auch. Das Reich ist ihm doch schnurz – er kann ja nicht mal Deutsch. Aber Geld will er. Eine Türkensteuer. Was gehen mich die Muselmanen an? Für mich sind sie weit weg. Bei den Hungarn ... Wo ist das? Jedermann ist doch der Rock näher als die Hose. Auch Euch, Ratsherr. Oder ist Euch das Magyarenreich wichtiger als Hildesheim?«

»Man darf nicht nur an sich selbst denken«, sagte Brandis ohne große Überzeugungskraft, denn nichts anderes tat er üblicherweise. Seine Familie – und Gott natürlich – bildeten den Mittelpunkt seiner Welt. Gesche war schwanger. Er wünschte sich einen Sohn. Das und seine Geschäfte beherrschten sein Denken sogar mehr als die Ratsangelegenheiten seiner Heimatstadt; insofern hatte der Wandergeselle schon Recht. Aber wenn Tile vor seinem Gedenkbuch saß, zwang er sich zu einem weiten Horizont. Die Nachwelt sollte nicht nur sehen, dass er ein guter

Geschäftsmann und ein liebevoller Familienvater gewesen war, sondern auch ein Homo politicus.

»Ihr habt auch keine Arbeit für mich, Herr?«, fragte der Geselle.

»Kennst du die Lovekenstube?«, wollte Tile Brandis wissen; auf die Frage des Gesellen ging er vorerst bewusst nicht ein.

»Wie?«

»Die Lovekenstube?«

»Nein, Herr. Ist das eine Badestube?«

»Allerdings.«

»Mit drallen Bademägden?« Der Wandergeselle lächelte.

»Kann man so sagen.«

»Ich kenne sie nicht ... würde sie aber gern kennen lernen.«

»Nun, heute ist sie geschlossen«, sagte Brandis. »Aber vielleicht kann man sie morgen wieder besuchen ... Wie ist dein Name?«

»Wenzel«, sagte der Geselle.

»Nun, Wenzel, auch ich habe keine Arbeit für dich.« Consul Brandis erhob sich. »Ich habe meine Hände zwar in vielerlei Geschäften, aber das Handwerk der Zimmerleute gehört nicht dazu. Tut mir Leid.« Er begab sich zur Tür und schlug dreimal gegen sie. Wenige Lidschläge später öffnete der Büttel. »Er kann gehen«, sagte Brandis mit einer Kopfbewegung hin zu dem Verdächtigen.

»Was, Herr Consul?«

»Spreche ich so undeutlich? Er ist entlassen.«

»Nicht mal als Knecht?«, fragte der Wandergeselle. »Ich mache alles, selbst die schmutzigsten Arbeiten.«

»Ich habe Knechte«, erwiderte Tile und ging hinaus.

»Tot?«, fragte Johanna von Alfeld. Ihr Gesicht war bleich.

»Ja, tot«, sagte Heinrich. Er hatte nicht die geringste Lust, über den Vorfall in der Lovekenstube zu sprechen. Hunger hatte er, aber die Weinsuppe war längst erkaltet. Heinrich von Alfeld brach sich ein Stück vom Brot.

»Soll ich die Suppe aufwärmen lassen?«, fragte Johanna.

»Ich wäre dir sehr dankbar«, entgegnete Heinrich.

»Nun, dann sage ich der Magd Bescheid.« Johanna blieb aber sitzen. Weiber waren nun mal furchtbar neugierig. »Wer hat es denn getan?«

»Weiß ich doch nicht.« Heinrich von Alfeld hatte die Nase voll. Seine Ratskollegen hatten ihn bereits mit inquisitorischen Fragen gequält, nun wollte er in Ruhe gelassen werden.

»Hast du nichts gesehen?«

»Geh ins Bett!«, sagte von Alfeld müde. Er mochte kein weiteres Wort mehr wechseln, mit niemandem.

»Heinrich!« Jetzt machte Johanna auch noch diese Kuhaugen, von denen sie glaubte, sie würden ihn erregen. Und sie neigte den Kopf zur Seite – das war alles andere als verführerisch. Die Frau, mit der Heinrich von Alfeld seit elf Jahren verheiratet war, widerte ihn nur noch an.

»Ins Bett! Oder ich hole den Stock!«

»Das darfst du nicht.« Johanna zog die Lippen kraus. Sie hatte Recht, als Ehemann durfte er seine Frau zwar schlagen, aber nur in Maßen. Übertrieb er die Züchtigung, würde man ihn vor den Rat zitieren, und sein blödes Weib hätte Anspruch auf Entschädigung. Warum hatte er sie nur geheiratet? Eine rhetorische Frage: Sein Vater hatte die Ehe gestiftet. Johanna war schließlich eine Raven, und die Raven waren reich. Deshalb hatte er die dumme Kuh ehelichen müssen. Pecunia non olet! Aber sie, sie stank ihm.

»Sofort ins Bett mit dir!«, befahl er erneut. Nun endlich gehorchte sie und verschwand.

Als junger Mann hatte er immerhin noch gehofft, dass Liebe aus Gewohnheit entstand. Aber aus Gewohnheit entstand nur Hass.

Heinrich von Alfeld schenkte sich Wein ein. Er handelte zwar mit Einbecker Bier, das als das beste Bier der Welt galt, aber als wohlhabender Knochenhauer und Ratsherr trank er natürlich am Abend einen Krug guten Franzenweins. Das konnte er sich leisten, auch dank Johannas üppiger Mitgift. Sie hatte dafür gesorgt, dass er sich zu den angesehensten Bürgern Hildesheims zählen durfte. Aber nun brauchte er sie nicht mehr. Er stand auf eigenen Füßen, und zwar sehr sicher.

Heinrich von Alfeld erhob sich und ging zur Tür. Schon lange grübelte er darüber nach, wie er sein Weib auf gewandte Weise beseitigen konnte. Den Beischlaf vollzog er seit Jahren nicht mehr; wenn ihn die Geschlechtslust ankam, ging er entweder in die Badestube oder zu seiner Tochter Anna. Anna war ein liebes Mädchen, sehr nachgiebig und mit einer sehr weichen Haut.

Heinrich riss die Tür auf. Im Vorraum hockte die Magd Frieda auf einer Bank, schwankend zwischen dem Bedürfnis, sofort einzuschlafen, und der Furcht, dass ihr Herr noch Wünsche äußern könnte.

Ihr Herr hatte einen Wunsch.

»Frieda, bring mir meinen Sohn!«, ordnete er an.

»Welchen, Herr?«

»Ja, welchen schon, dummes Stück?! Den ältesten natürlich.«

»Peter?« Frieda war noch nicht ganz bei sich.

»Ich habe nur einen ältesten Sohn«, sagte Alfeld und schlug die Magd ins Gesicht. Das stimmte nicht ganz, denn seinen ersten männlichen Nachkommen hatte er vor vielen, vielen Jahren mit Frieda gezeugt; Johanna war damals zu jung und nicht empfängnisbereit gewesen. Das Kind, das nicht einmal getauft worden war, hatte er sofort nach der Entbindung in der Abortgrube versenkt. Er wollte keine Bankerte – die verursachten nur Schuldgefühle und Kosten.

Frieda, die dick geworden war und Alfeld längst nicht mehr gefiel, machte sich unverzüglich auf den Weg. Heinrich kehrte in die Stube zurück und setzte sich auf die Bank vor dem Ofen, denn Wärme konnte er jetzt gebrauchen, und der einzige Wärmespender in seinem Haus war der Kamin. Und Anna, seine Tochter.

Peter erschien im Nachtgewand. Er war nun neunzehn Jahre

alt und musste alsbald verheiratet werden. Waldemar Klingenbiel war seit langem scharf auf Peter. Seine Tochter Magdalena war zwölf, also heiratsfähig. Heinrich stand dieser Verbindung nicht im Wege. Waldemar war zwar kein Ratsherr, und das Sankt-Andreas-Knochenhaueramt war nicht das führende, aber Klingenbiel hatte Geld. Hundert Mariengroschen war ihm die Ehe wert. Das war keine gigantische Summe, aber Alfeld würde seinen Sohn endlich loswerden.

»Setz dich zu mir«, bat Heinrich. Peter nahm Platz, am äußersten Ende der Bank. Heinrich von Alfeld wusste, dass sein Sohn ihn abgrundtief hasste, ging aber gelassen darüber hinweg. In seinem Haus hasste jeder jeden. Nur Anna, die hasste nicht. Sie liebte ihren Vater.

»Was wollt Ihr, Herr Vater?«, fragte Peter. Er schaute an Heinrich Alfeld vorbei und musterte die Ofenkacheln, als hätte er sie noch nie gesehen.

»Ja, was denkst du denn? Was soll ich wohl wünschen? Dass du krepierst?«

»Wünscht Ihr das, Herr Vater?«

»Ach was! Ich bin Knochenhauer, ich handle mit Fleisch. Und du bist ein Stück Fleisch für mich, das ich günstig verkaufen möchte.«

»An Waldemar Klingenbiel, Herr Vater?«

»Genau, Sohn. Du wirst seine Tochter Magdalena heiraten.« Heinrich von Alfeld lächelte. Magdalena war ein ausgesprochen süßes Mädchen. Peter würde sie zwar heiraten, aber Alfeld hoffte, auch etwas von dem Kuchen abzubekommen. Besser konnte es doch gar nicht sein. Nur Gott würde dieser sündhaften Konstruktion nicht gewogen sein; deshalb hatte Alfeld bereits vorsorglich päpstliche Ablassbriefe erworben, die ihm 99 999 Jahre Sündenablass und Schutz vor dem Fegefeuer gewährten, und dann konnte man weitersehen. Ein Vermögen hatten diese Briefe gekostet, doch sie waren ihren Preis wert.

»Ich liebe dieses Mädchen aber nicht, Herr Vater«, wagte Peter einen schwachen Einwand. Ernst nehmen musste Alfeld ihn nicht, denn Peter wollte erben, und das konnte er nur, wenn er sich wohl verhielt.

»Ja, das ist Pech«, sagte Heinrich. »Aber du weißt selbst, dass es Heiraten aus Liebe nur bei den Armen gibt. Büdner, Tagelöhner, Gaukler und anderes Gesindel dürfen ihrem Herzen folgen oder, wenn du so willst, auch ihrem Schwanz. Unsereiner setzt eben andere Prioritäten. Klingenbiel gibt Magdalena eine beachtliche Mitgift. Ich habe schon mit meinem Schwager Dirich Raven gesprochen. Er verkauft uns ein Haus in der Jacobistraße, auf dem auch die Braugerechtigkeit liegt. Ich meine, Junge, du bist vollkommen missraten, was nur deiner Mutter geschuldet sein kann. Du kannst überhaupt nichts. Dass du zum Knochenhauer taugst, habe ich gar nicht erwartet. Aber deine Mutter wollte doch, dass du Priester wirst. Ich habe dein Studium an der Universität Erfurt finanziert ... Und du? Ein Jahr hast du durchgehalten. Du bist dumm, Peter, so dumm wie deine Mutter. Theologie und Jurisprudenz sind für dich Bücher mit sieben Siegeln. Aber vielleicht, habe ich gedacht, wird ein anständiger Kaufmann aus ihm, wenn er schon in der Stadt versagt, in der Adam Riese tätig war. Adam Riese, sagt dir das was? Nein? Natürlich nicht. Du kannst ja nicht einmal rechnen! Genauer gesagt, du rechnest wie ein Lutheraner: Eins mit eins ist vier. So rechnet dieser Luther doch.«

»Herr Vater, so dürft Ihr nicht reden«, sagte Peter leise.

»Nein? Ich darf in meinem Haus nicht reden, wie mir der Schnabel gewachsen ist? Weil mein missratener Erstgeborener ein Martinianer ist? Dein Luther bringt doch nur Unordnung ins Reich. Ich bin Metzger, ich weide Tiere aus und verkaufe das Fleisch, und mit Gott bin ich im Reinen.« Heinrich von Alfeld klopfte sich auf die Schulter. »Wirst du Magdalena Klingenbiel heiraten?«

»Wenn Ihr es wünscht.«

»O ja, das tue ich.«

»Dann heirate ich sie.«

»Brav, Peter.« Alfeld nahm den Schürhaken und stocherte in

der Glut. »Im Sommer soll die Hochzeit sein. Und nun kannst du gehen. Gute Nacht!«

Die Brüder sangen. Sie lobpreisten den Herrn, was bei Predigerbrüdern nicht weiter verwunderlich war. Eusebius konnte zwar den Text nicht verstehen, aber er erkannte die Melodie. Eigentlich hatte er vorgehabt, am Stundengebet teilzunehmen. Durch das kleine, mit Sackleinen verhängte Fenster drang nicht viel Licht in die Zelle, aber Eusebius war klar, dass es längst tagte.

Er konnte nicht aufstehen. *Mors est quies viatoris – finis est omnis laboris*, dachte er: Der Tod ist die Ruhe des Wanderers – er ist das Ende aller Mühsal. Nicht, dass er sich prinzipiell den Tod wünschte; trotz seiner apokalyptischen Visionen lebte er gern. An diesem Morgen allerdings hätte er lieber die Ruhe des Wanderers genossen. Tote mussten nicht aufstehen. Sie konnten einfach liegen bleiben, und das für immer. Genauer gesagt, bis zum Jüngsten Gericht.

Eusebius hatte nicht nur Kopfschmerzen, vor allem peinigte ihn ein flaues Gefühl im Magen. Natürlich würde ihm der Bruder Arzt helfen können: ein Kräutertrank, und alles Übel war beseitigt. Die Frage war nur, wie es ihm gelingen sollte, zum Bruder Arzt zu kommen.

Unmöglich, dachte Eusebius und schloss die Augen, heute tue ich keinen Schritt.

»Ehrwürdiger Vater?«, fragte jemand. Es musste ein Mensch sein, denn nur Menschen waren der Sprache mächtig. Dieser Mensch war in Eusebius' Zelle eingedrungen, ohne dass er es bemerkt hatte. Der Dominikanerpater öffnete die Augen und linste zur Tür. Dort stand ein blutjunger Novize.

»Nein«, sagte Eusebius.

»Nein, Ehrwürdiger Vater?«

»Nein, nein und nochmals nein.«

»Der ehrwürdige Prior meinte, ich solle mich um Euch kümmern.«

»So, meinte er das?« Eusebius ließ den Kopf auf das dünne

Kissen sinken. Vermutlich hatte sich im Konvent längst herumgesprochen, dass er am vergangenen Abend mit dem Hildesheimer Weihbischof gesoffen hatte. Seiner Reputation war das offenbar nicht abträglich, denn immerhin hatte ihm der Prior einen hübschen Novizen geschickt.

»Ich habe hier einen Kräutertrank vom Bruder Arzt«, sagte der Knabe. »Trinkt ihn, und alle Eure Leiden sind ... Der Bruder Arzt hat so ein komisches französisches Wort benutzt, als er mir den Trank gab. Ich bin doch nur ein Bauernsohn, Ehrwürdiger Vater!«

»Perdu?«

»Ja, so sagte er. Per dü!« Der Novize setzte sich zu Eusebius aufs Bett und lächelte. Aus dem Becher in seiner Hand dampfte es, und es roch nach Minze und Kamille.

Pater noster qui es in coelis, betete Eusebius still vor sich hin. *Et ne nos inducas in tentationem* – und führe uns nicht in Versuchung. »Wie heißt du?«, fragte er.

»Johannes, Ehrwürdiger Vater«, sagte der Novize stolz. Das war ein schöner Name. Der Täufer hieß so und der Lieblingsjünger Jesu ebenfalls. Aber andererseits ist es nichts Besonderes, dachte Eusebius, die Welt ist voll von Johannessen, und sie wird dennoch bald untergehen.

»Und du bist der Sohn eines Bauern?«, fragte Eusebius. »Warum hat dich dein Vater in den Konvent geschickt?«

»Ihr wart in Rom, Vater?«, erkundigte sich der Novize rasch. Eusebius horchte auf; die Frage nach seiner Herkunft war dem Jungen offenbar unangenehm.

»Ja, ja«, Eusebius machte eine abwehrende Handbewegung, »aber es ist sehr unhöflich, eine Frage mit einer Gegenfrage zu beantworten. Also noch einmal: Warum hat dich dein Vater in den Konvent geschickt?«

»Ich weiß nicht, Herr. Es hat etwas mit der Stiftsfehde zu tun. Habt Ihr von der Stiftsfehde gehört? Ich verstehe das ja alles nicht. Ich bin viel zu jung. Und ich kann noch nicht mal richtig lesen. Aber das Land meines Vaters ... also, das hat alles irgendwie mit dem Bischof zu tun. Und mit dem Herrn von Calenberg. Aber das müsst Ihr den Prior fragen, Heiliger Vater. Der weiß Bescheid.«

»Johannes!«, sagte Eusebius streng. Allmählich fühlte er sich ein wenig besser, obwohl er den Tee noch nicht angerührt hatte. »Ich bin kein Heiliger Vater. So nennt man nur den Papst.«

»Habt Ihr den Heiligen Vater gesehen?«, fragte der Knabe. Er stellte den Becher mit dem Heiltrank auf den Fußboden und schaute Eusebius in einer Weise an, die den Mönch sofort den Blick abwenden ließ. Es war nicht nur kindliche Wissbegier und ein ebenso kindlicher Eifer, die Eusebius in den Augen des Novizen gesehen zu haben glaubte. Eusebius galt als weit gereister Mann, und bei einem Knaben, den man in einen Konvent eingesperrt hatte, erregte ein solcher Mann natürlich ein gewaltiges Interesse. Aber Johannes schien noch etwas anderes von Eusebius zu erwarten, etwas, was er bei den anderen Männern im Konvent nicht fand – und was Eusebius beunruhigte. »Wie ist er?«, fuhr der Junge fort. »Was hat er gesagt? Vater, bitte erzählt mir vom Papst.«

»Ich habe nicht mit ihm gesprochen«, Eusebius schmunzelte. »Aber er mit mir.«

»Und?«, fragte der Knabe atemlos. »Was hat er gesagt?«

»Benedicamus Patrem et Filium cum Sancto Spiritu«, sagte Eusebius.

»Vater, Latein kann ich auch nicht.« Johannes rang die Hände. »Ich will ja ... Ich will lernen! Könnt Ihr mir nicht alles beibringen? Ihr kennt doch die Welt.«

Kenne ich sie?, fragte sich Eusebius. Ja, ich kenne sie. Und sie ist schmutzig. Habgier und Laster beherrschen sie, mordende und plündernde Landsknechte machen sie unsicher, Päpste, Könige, Kaiser streiten bis aufs Blut noch um das kleinste Stück Land. Sie sprechen vom Glauben und meinen doch immer nur Macht und Besitz.

»Lasset uns preisen den Vater und den Sohn samt dem Heiligen Geist«, murmelte er.

»Ja, das ist das Tedeum«, sagte Johannes eifrig. »Das kenne ich. Aber der Heilige Vater muss doch ... Hat er denn nichts anderes zu Euch gesagt?«

»Nein.«

»Was? Ihr habt Euch mit dem Stellvertreter Gottes auf Erden getroffen, und er hat nur das Tedeum gesprochen?« Johannes schaute den Frater verständnislos an.

»Ja, mein Junge. Ecco, wie die Italiener sagen: So ist es! Es war während einer Generalaudienz. Paul III. nahm mich in der Menge nicht einmal wahr. Und die Audienz fand außerdem in der neuen Peterskirche statt, die ja noch eine Baustelle ist. Um nicht zu sagen ein Trümmerfeld. Ob sie wohl jemals fertig wird?«

»Dafür erhebt der Heilige Vater ja den Peterspfennig«, sagte der Novize.

Eusebius schmunzelte angesichts des Eifers, mit dem der Junge sein Wissen unter Beweis stellen wollte. »Ecco.« Er richtete sich mühsam auf. Es war möglich, ohne dass ihn Übelkeit überkam. »Wie alt bist du, Junge?«

»Fünfzehn.«

»Und wie lange im Konvent?«

»Seit sechs Jahren, Ehrwürdiger Vater.«

»Dann kennst du dich aus in der Stadt?«

»Ich verlasse das Kloster nur selten, Vater.« Johannes ging auf die Knie und zog Eusebius die Sandalen an. »Es gibt so viel zu tun. Ich muss vor jedem Stundengebet neue Kerzen aufstecken, ich muss die Kirche kehren und den Kreuzgang und den Klosterhof, ich muss dem Bruder Arzt im Kräutergarten zur Hand gehen und auch dem Bruder Koch. Na ja, und ich muss noch sehr viel lernen. Die vielen gelehrten Bücher im Armarium, die will ich irgendwann alle lesen. Wenn ich richtig lesen kann. Und Latein beherrsche. Aber der Bruder Kantor bringt es mir bei. Ich kann meinen Namen schreiben, und wenn ich mir sehr viel Mühe gebe, schaffe ich die erste Seite der *Summa theologica.*« Johannes schnürte die Sandalen zu und schaute Eusebius von unten traurig an. »Ich verstehe sie aber nicht«, gab er zu.

»Nicht mal die erste Seite?«

Der Novize schüttelte den Kopf.

»Ich werde dir alles erklären.« Eusebius entsann sich wieder des Auftrags, den Weihbischof Fannemann ihm erteilt hatte – bevor der Wein so reichlich geflossen war. »Aber du musst mir auch helfen, Johannes.«

»Gern, Vater.«

»Von dem Mord in der Badestube hast du gehört?«

»Ich war heute schon auf dem Markt. Die ganze Stadt spricht davon.«

»Und was sagt man?«

»Dass es eine abscheuliche Untat ist.« Johannes richtete sich auf.

»Sicher. Aber haben die Leute auch Mutmaßungen? Wen halten sie für den Täter?«

»Darüber reden sie doch nicht mit mir, Vater«, entgegnete Johannes. »Ich bin für sie ein Mönchlein. Die Leute mögen uns nicht. Sie glauben, dass wir uns auf ihre Kosten bereichern. Dabei besitze ich nichts. Nicht mal meine Kutte gehört mir.«

»Schau auf den Tisch«, verlangte Eusebius. Johannes tat es. »Dort siehst du eine Geldbörse. Nimm ein paar Groschen und beschaffe uns unauffällige Kleider.«

»Aber das darf ich nicht, Vater!«

»Johannes, kannst du schweigen?«

»Das jedenfalls hab ich hier gelernt.«

»Ich habe für den Weihbischof einen geheimen Auftrag zu erledigen«, sagte Eusebius. Das war ein wenig übertrieben, denn Geheimhaltung hatte Balthazar nicht verlangt. Aber es wirkte: Johannes machte große Augen, und seine Wangen röteten sich.

»Wir unterstehen aber nicht der Diözese, sondern direkt dem Papst«, sagte der Junge. »Der Weihbischof kann uns doch gar keinen Auftrag erteilen?«

»Einen geheimen schon«, behauptete Eusebius und ließ Johannes nicht aus den Augen. Es sollte doch mit dem Teufel zugehen, wenn ein bisschen Geheimniskrämerei bei einem neugierigen Jüngling nicht auf fruchtbaren Boden fiel. »Außerdem möchte der Prior doch, dass du mir zur Seite stehst?«

»Das möchte er.«

»Also tust du, was ich dir befehle. Und du schweigst!«

»An welche Art von Kleidung dachtet Ihr, Ehrwürdiger Vater?«

»An bürgerliche«, sagte Eusebius. »Aber schlicht.«

»Nun langt doch zu, lieber Waldemar!« Heinrich von Alfeld deutete auf den Rinderbraten mit Oliven und Senf. »Nicht dass Ihr hinterher sagt, Ihr hättet beim künftigen Schwiegervater Eurer Tochter Hunger leiden müssen.«

»Aber mein lieber Heinrich, ich bin satt.« Waldemar Klingenbiel lehnte sich erschöpft zurück. Nach der Biersuppe mit Brot hatte er Biber, Schwanenfleisch und Schweinskopf gegessen, alles erlesene Speisen. Heinrich von Alfeld wollte offensichtlich beweisen, wie gut es ihm ging. Klingenbiel, der Knochenhauer war wie Alfeld, sah mit nur einem Blick auf den Rinderbraten, dass das Fleisch ganz frisch war. Er zögerte. Erst einmal nahm er einen Schluck von dem guten Einbecker Bier.

»Wir könnten auch Wein trinken«, sagte von Alfeld.

»Ich bin zufrieden«, entgegnete Klingenbiel.

»Aber Ihr esst doch noch? Halb verhungert lasse ich Euch nicht gehen.«

»Nun denn.« Klingenbiel zückte sein Messer, schnitt eine dicke Scheibe vom Rinderbraten, bestrich sie mit Senf und belegte sie mit Oliven. Völlerei war eine Sünde, aber es wäre auch Sünde, den Braten kalt werden zu lassen.

»So gefallt Ihr mir«, meinte von Alfeld. »Es gibt dann auch noch Konfekt und Nüsse.«

»Und wir sind uns einig?«, fragte Klingenbiel, um sich noch einmal zu vergewissern, dass alles Wichtige verhandelt worden war; immerhin ging es um die baldige Hochzeit seiner Tochter.

»Wie besprochen. Peter und Magdalena heiraten zu Sankt Johannes Baptista.«

»Das ist gut. Bis zum vierundzwanzigsten Juli bleibt uns noch genug Zeit, die Hochzeit vorzubereiten.« Klingenbiel biss ein Stück vom Braten ab. Das Fleisch war zart und saftig, und das gelang bei Rind nicht immer.

Auch Heinrich von Alfeld bediente sich.

»Damit sich Magdalena an Peter gewöhnt, könnte sie schon heute bei uns einziehen«, schlug er vor.

Um nicht gleich antworten zu müssen, spülte Waldemar Klingenbiel das Fleisch mit Bier hinunter. Alfelds Vorschlag gefiel ihm nicht. Es gab gewisse Gerüchte, dass sich sein Gegenüber gern mit sehr jungen Mädchen vergnügte. Vielleicht war an den Gerüchten nichts dran – Klingenbiel versuchte, sich selbst davon zu überzeugen. Im Hause von Alfelds wäre Magdalena aufs Beste versorgt. Ihr würde es an nichts fehlen. Heinrich von Alfeld war reich, viel reicher als er selbst. Und immerhin zählte auch Klingenbiel zu den wohlhabenden Bürgern. Fast nichts war ihm wichtiger, als seiner Tochter ein gutes Auskommen zu verschaffen. Vielleicht musste sie dafür das eine oder andere Opfer bringen.

Klingenbiel seufzte. »Ein ungewöhnlicher Gedanke«, murmelte er.

»Wir sind handelseinig?«

»Heinrich, das wisst Ihr doch.« Klingenbiel reichte seinem Gegenüber nach kurzem Zögern die Hand. »Es ist immer ein Vergnügen, mit Euch Geschäfte zu machen.«

»Zwei Wünsche noch, wenn es erlaubt ist.« Heinrich von Alfeld ergriff Klingenbiels Hand.

»Selbstverständlich.«

»Erstens: Lass uns Du sagen. Und zweitens: Wir sollten uns verwöhnen. Was hältst du von ein paar Stunden in der Badestube?«

»Eigentlich viel. Aber du traust dich da noch hin?«

»Was soll schon passieren?« Heinrich von Alfeld schlug Klingenbiel auf die Schulter. »Jetzt ist die Badestube doch noch sicherer als Abrahams Schoß.«

Jacob Findling hatte sich entschieden. Er musste handeln, und ihm blieb nur ein Weg. Wieder hatte Marie den Gesellen zu sich gerufen, hatte ihn gelockt und mit ihm zärtliche Worte gewechselt, um ihn dann abrupt von sich zu stoßen. Jacob fühlte sich zutiefst gedemütigt. Aber er verstand Marie auch: Zwischen ihnen stand nun einmal sein Ziehvater, der bei Marie die Rechte eines Ehemanns beanspruchen konnte. Das wollte Jacob endlich auch.

Am späten Vormittag hatte Waldemar Klingenbiel sein Haus verlassen. Jacob hatte eigentlich mit den Lehrjungen Schinken machen sollen, aber das konnten die Jungen auch allein. Er hatte sie instruiert, und dann war er seinem Ziehvater gefolgt. Es regnete nicht mehr, und auch der Wind hatte nachgelassen. Jacob hob den Blick. Der Himmel sah aus, als könne er noch unendlich viele Unwetter verfertigen, aber noch hielt er sich zurück.

Klingenbiel war nicht weit gegangen, nur vom Andreaskirchhof zur Saustraße. Im Haus *Güldener Hirsch* war er verschwunden. Jacob wusste, wer in diesem Haus mit den überkragenden Obergeschossen wohnte, der Ratsherr und Knochenhauer von Alfeld nämlich. Über dem Tor prangte ein mit Goldbronze bestrichener Hirschkopf. Hier in der Saustraße lebten die reichsten Männer Hildesheims. Von Alfelds Nachbar war Consul Tile Brandis. Sein fünfgeschossiges Haus war noch prächtiger. Das Fachwerk war mit allegorischem Schnitzwerk versehen, das die Gründungslegende Hildesheims darstellte, und dort, wo Jacob die Wohnstube vermutete, gab es einen ausladenden Erker. So reich wie die Familie Brandis würde Jacob sicher nie sein. Aber er befand sich auf dem besten Weg zu einem Wohlstand, der es ihm erlauben würde, Bürger und Meister zu werden.

Jacob tastete nach dem linken Ärmel seines Mantels. Dort befand sich der Dolch.

Wenn Klingenbiel tot war, stand er ihm bei Marie nicht mehr im Wege. War die Trauerfrist verstrichen, würde Jacob um ihre Hand anhalten – zu einem Zeitpunkt, da niemand mehr einen Zusammenhang mit dem Mord vermutete. Marie genösse dann das Witwenrecht, sie konnte das Handwerk ihres Gatten weiterführen, mit einem Gesellen oder eben mit einem neuen Ehemann. Und dieser Ehemann würde Jacob heißen.

Heute noch würde Waldemar Klingenbiel sterben, sollte Jacob den Mut aufbringen, seinen Vorsatz in die Tat umzusetzen. Er war fest entschlossen, hatte zugleich aber Angst. Wenn die Tat nun misslänge? Sich vorzustellen, einen Menschen zu töten, war das eine. In der Vorstellung genügte ein überraschender Stoß ins Herz. Aber Jacob hatte noch nie jemanden getötet. Vielleicht war das ja viel schwieriger, als er es sich ausmalte. Vielleicht würde Klingenbiel Widerstand leisten.

Und doch musste es sein.

»Du wirkst nachdenklich, Tile«, sagte Gesche Brandis. Da der Arzt ihr Ruhe verordnet hatte, befand sie sich noch in ihrer Schlafkammer, hatte sich aber ausgerichtet. Tile setzte sich zu ihr. Er hatte bereits gearbeitet und die ersten beiden Stunden nach der Morgenandacht in der Schreibkammer verbracht, um seine Geschäftskorrespondenz zu erledigen. Dann hatte ihn die Sehnsucht zu seiner Frau getrieben. Er streichelte ihren Bauch. Wenn er der Urinbeschau des Stadtarztes Vertrauen schenken durfte, wuchs dort ein Sohn heran.

»Ja, ich bin nachdenklich. Der Prediger der Andreaskirche meinte heute Morgen, dass Lutheraner hinter dem Mord an Peter Groper stecken. Er hat die Anhänger des Martinismus in Bausch und Bogen verdammt. Das ist ja nichts Neues. Aber wie man hört, werden sie von allen Kanzeln nicht nur eines unmoralischen Lebenswandels geziehen, sondern auch der Mordlust. Der Mord an Groper passt Weihbischof Fannemann ausgezeichnet ins Konzept.«

»Aber was hast du mit den Lutheranern zu schaffen?« Gesche

nahm die rechte Hand ihres Mannes und hielt sie fest. »Als mein Vater noch Bürgermeister war, wagten sie nicht den Kopf zu heben.«

»Das stimmt nicht. Den Kopf gehoben haben sie schon ...«

»Aber sie hatten nichts zu sagen.«

»Wohl wahr«, sagte Tile.

»Mein Vater hat eine Delegation nach Burgos geschickt, die Kaiser Karl ein Wappenprivileg für unsere Stadt abringen sollte, was ihr ja auch gelungen ist. Mittlerweile habe ich jedoch den Eindruck, dass seine Verdienste um unsere Stadt sehr schnell in Vergessenheit geraten sind. Das Wappen ist zu einer Selbstverständlichkeit geworden, und über meinen Vater spricht man nicht mehr!«

»Ich schon, Gesche. Ich habe nicht vergessen, dass dein Vater ein verdienstvoller Mann war. Warum regst du dich auf?«

»Ich rege mich nicht auf!«

»Und ob.« Tile streichelte seiner Frau das Gesicht. Gesche musste sich sehr zusammenreißen, um ihn nicht anzulächeln, das spürte er.

»Ich frage mich nur, warum du auf Seiten der Protestanten stehst«, sagte sie.

»Dort stehe ich ja nicht«, widersprach Tile. »Was dieser Luther über Gott und die göttliche Gnade, was er von der Sünde und den Sakramenten denkt, ist mir egal. Ich bin Ratmann, Gesche, ich stehe auf Seiten meiner Stadt. Und schau dir Hildesheim an. Überall findest du geistliche Immunitäten, wo die Rechtsmacht des Rates nichts gilt. Und das betrifft nicht nur die Domfreiheit. Jedes gottverdammte Kloster verfügt über unbeweglichen Besitz, wo nur geistliches Recht gilt. Jeder Mörder braucht bloß ein paar Straßen weit zu laufen, und schon ist er der städtischen Gerichtsbarkeit entzogen.«

»Komm, Tile, die geistlichen Immunitäten achtet der Rat doch schon lange nicht mehr«, sagte Gesche.

»De facto nicht, da hast du Recht. Aber ich möchte, dass wir auch de jure nicht mehr vor den klerikalen Sonderrechten den

Hut ziehen müssen. Wenn der Klerus enteignet ist, fällt auch seine ihm eigentümliche Jurisdiktion.«

»Du bist Lutheraner aus Geldgründen?« Gesche schüttelte den Kopf.

»Du willst mich einfach nicht verstehen. Seit der Stiftsfehde ist Hildesheim arm. Wenn wir das Kirchenvermögen kassieren, steht unsere Stadt viel besser da. Und sie ist endlich ein einheitliches Rechtsgebiet.«

»Und das möchtest du?«

»Das möchte ich, Gesche. Ich will mich nicht länger von Geistlichen an der Nase herumführen lassen, die das Wort Gottes, das sie verkünden, nicht einmal lesen können. Ich bin Geschäftsmann. Mein Alltag wird vom Handel und vom Geld bestimmt. Aber ich gebe es wenigstens zu. Die Kirche wird reich mit Ablässen, aber sie tut so, als gehe es ihr nur um den Glauben. Sie ist eine Mastgans, Gesche, und es wird Zeit, sie zu schlachten.«

»Aber wo bleibt Gott?« Gesche legte ihren Kopf an Tiles Schulter. »Wir dürfen Gott nicht vergessen.«

»Das tue ich auch nicht. Im Gegenteil. Aber der Papstkirche ist Gott längst gleichgültig geworden. Sie ist ein Handelsunternehmen wie die Fuggerei. Gott haben sie vergessen. Sie huldigen nur noch dem Mammon.«

»Und Martin Luther?«

»Er klärt den Glauben zu dem, was er sein sollte: eine persönliche Zwiesprache mit dem Herrn.«

»Du glaubst also nicht, dass Hildesheimer Protestanten hinter dem Mord an Groper stecken?«, fragte Gesche.

»Nein, das ist dummes Zeug. Sie haben ja kein Motiv.« Tile küsste seine Frau auf die Nasenspitze. Er hatte Gesche allein aus dem Grund geheiratet, dass sie die Tochter des nunmehr verstorbenen Bürgermeisters Hans Wildefuer war. Doch mittlerweile liebte er sie, und ihr Körper weckte seine Begierde.

»Ich liebe dich für deinen Eigensinn«, sagte Gesche.

»Nur deshalb?«

»Nicht nur. Du bist ein großer, starker Mann.«
»Und du magst große, starke Männer?«
»Nicht alle. Nur einen.«
»Heißt er Tile?«
»Mhm.«
»Und welche Folgerungen soll ich daraus ziehen?«
»Die Antwort findest du unter meinem Hemd.«
Und in der Tat fand Tile dort die Antwort.

DRITTES KAPITEL

Ein zweiter Mord

Die Dinge fügten sich. Heinrich von Alfeld war so kaltschnäuzig, dass er Waldemar Klingenbiel zu einem Bad in der Lovekenstube einlud, wo vorgestern direkt im Zuber neben ihm ein Einbecker Holzhändler ums Leben gebracht worden war. Angeblich ein Freund von Alfelds, aber das konnte wohl kaum zutreffen: Wer ging schon nach so kurzer Zeit dorthin, wo ein Freund gestorben war?

Wie der Ratsherr von Alfeld Jacobs Ziehvater davon überzeugt hatte, ihm zu folgen, wusste Jacob natürlich nicht. Die beiden Männer unterhielten sich auf dem kurzen Weg von der Sau- zur Stobenstraße und bemerkten nicht, dass Jacob ihnen folgte. Er hielt einen großen Abstand, so dass er nicht hören konnte, worüber sie sprachen. Jacob ahnte auch nur den Grund für ihren Besuch in der Badestube: Vermutlich wollten sie den Ehevertrag begießen, den sie für ihre Kinder abgeschlossen hatten, und sich mit den Bademägden vergnügen.

Als von Alfeld und Klingenbiel durch die niedrige Tür ins Badehaus schlüpften, begann es zu nieseln. Jacob versteckte sich in einem Torweg schräg gegenüber, wo er vor dem Regen geschützt war, aber die Lovekenstube beobachten konnte. Noch war er nicht sicher, wann er seinen Plan ausführen würde. Sollte er in die Badestube eindringen und seinen Meister im Zuber erledigen, so wie es der andere Mörder getan hatte? Das war nicht ohne Gefahr, denn er riskierte, vom Bader, dessen Knecht, den Mägden oder auch von Alfeld gesehen zu werden. Andererseits: Wenn er es geschickt anstellte, würde man das Verbrechen vielleicht jenem Unbekannten anlasten, der den Einbecker auf dem Gewissen hatte. Jacob würde man nicht hinter der Tat vermuten. Der Vater hatte so viel Gutes für ihn getan, jedenfalls glaubte das jeder. Warum sollte das Findelkind also das Messer wider seinen Wohltäter erheben? Das erschien doch jedem vollkommen sinnlos, und so sollte es auch erscheinen.

»Heute tue ich es. Heute ist mein Tag.« Jacob sprach diese beiden Sätze leise vor sich hin. Er betete sie fast wie einen Rosenkranz, um seine Angst niederzukämpfen. Denn Angst hatte er immer noch: Würde man ihn erwischen, wäre sein junges Leben nicht viel wert. »Heute tue ich es. Heute ist mein Tag.«

Der Regen wurde stärker. Auch ein heftiger Wind erhob sich wieder und fuhr durch die Gasse. Er rüttelte an den Fensterläden und ließ Jacob selbst in dem geschützten Torweg frösteln.

»Was machst du hier?«, fragte jemand in seinem Rücken. Jacob fuhr erschrocken herum. Der Böttchermeister Olrich Stubber starrte ihn an.

»Ich warte auf meinen Herrn«, sagte Jacob.

»Aber nicht hier. Ich schließe jetzt das Tor. Scher dich auf die Straße!«

»Bei diesem Wetter jagt man nicht mal einen Hund ...« Weiter kam Jacob nicht.

»Nein, einen Hund nicht«, sagte Stubber. Sein Atem und die geplatzten Äderchen in seinen Augen verrieten, dass er getrunken hatte. »Mein Hund liegt vor dem Kamin und wärmt sich das Fell. Ich kenne dich. Bist du nicht der Geselle von Klingenbiel?«

»Ja, Meister.«

»Dein Herr schuldet mir noch zwei Mariengroschen für Bierfässer«, sagte Stubber laut. »Sag ihm das! Zwei Mariengroschen. Die hätte er bereits in der Karwoche zahlen müssen ...«

»Ich richte es aus«, versprach Jacob, obgleich er das nicht vorhatte.

»Das will ich dir auch geraten haben. So, und nun raus mit dir!«

Jacob trat auf die Straße. Meister Stubber schlug hinter ihm das Tor zu. In ganz Hildesheim wusste man, dass er zur Trunksucht neigte und seine Fässer nichts taugten. Vermutlich deshalb hatte Klingenbiel noch nicht gezahlt. Der Böttcher sollte sogar schon aus seiner Zunft ausgeschlossen werden, aber ihm war es irgendwie gelungen, die anderen Meister zu überzeugen, ihm keinen Tritt zu verpassen. Wahrscheinlich hat er ihnen ein paar Fässer Bier gestiftet, Fässer von so schlechter Machart, dass das Bier durch die Ritzen floss; deshalb mussten die Meister es schnell trinken. Und als sie betrunken waren, fand sich plötzlich keine Mehrheit für den Ausschluss.

Was für ein widerlicher Mensch! Nun stand Jacob im Regen, während es sich Klingenbiel in der Badestube wohl sein ließ. Und sogar Stubbers Hund hatte es besser.

Jacobs Vorsatz begann zu wanken. Die Unbilden des Wetters hatte er nicht mit eingerechnet. Heinrich von Alfeld und Jacobs Meister ließen es sich in der Badestube gut gehen, der Geselle würde in einer halben Stunde bis auf die Haut durchnässt sein. Außerdem fror er schon jetzt, und mit klammen Fingern ließ sich ein Dolch nicht gut führen. Jacob war drauf und dran aufzugeben, jedenfalls für diesen Tag. Als er zu allem Überfluss auch noch den städtischen Wagmeister aus der Hohen Straße auf sich zukommen sah, ließ er die Ausführung seines Plans fürs Erste fallen, denn der Wagmeister verkehrte in Klingenbiels Haus. Von ihm in der Stobenstraße gesehen zu werden war zu gefährlich. Stubber konnte man als betrunken abtun. Meister Andreas Breithaupt hingegen war ein sehr reputierlicher Mann. Jacob würde auf eine neue und bessere Gelegenheit waren müssen.

Breithaupt hatte seinen Dienst im Waagekeller offenbar beendet und befand sich auf dem Heimweg. Als er Jacob erreicht hatte, lächelte er trotz des üblen Wetters.

»Na, Junge«, sagte er, »was stehst du hier im Regen herum und hältst Maulaffen feil? Hast du nichts zu tun?«

»Eigentlich soll ich Schinken machen«, erwiderte Jacob. Vielleicht sollte er das wirklich tun. Er konnte Klingenbiel auch in der warmen Metzgerstube auflauern, wo an scharfen Messern kein Mangel bestand, und dann den Eindruck erwecken, der Meister wäre Einbrechern zum Opfer gefallen.

»Ja, und warum machst du keinen Schinken?« Breithaupt schlug dem Jungen auf die Schulter und zwinkerte ihm zu. »Sei ehrlich! Hast du eine Liebste in der Stobenstraße?«

»Na ja …«

»Da musst du doch nicht rot werden.« Der Wagmeister kniff Jacob in die Wange. Seine gute Laune war unerträglich, und so fröhlich wie er konnte nur ein Mann sein, der sich keineswegs auf dem Heimweg befand, sondern auf dem Weg in eine Schänke. »In deinem Alter hat man eine Liebste. Komm, lass uns in den *Bunten Ochsen* gehen. Ich habe Durst. Du bist eingeladen, Junge. Aber du musst mir alles über deine Liebste erzählen!«

»Ich muss doch aber Schinken machen«, sagte Jacob. Wenn Meister Breithaupt ein Feierabendbier zu trinken gedachte, dann blieb es gewiss nicht nur bei einem.

»Ach, der Schinken macht sich doch von selbst.« Meister Breithaupt pfiff die ersten Töne des lutherischen Liedes *Ein feste Burg ist unser Gott.* »Los, wir trinken ein anständiges Hildesheimer Bier. Auf meine Zeche. Einverstanden?«

Jacob nickte. Etwas anderes blieb ihm eh nicht übrig.

Johannes breitete die Kleidungsstücke, die er auf dem Großen Markt erworben hatte, vor Eusebius aus. Er hatte sie gebraucht gekauft, das sah man sofort, denn sie waren geflickt und die Säume zerrissen. Einen oder anderthalb Pfennige hatte sich der Knabe vermutlich eingesteckt. Er hatte in seinem Leben sicher noch nie Geld besessen, also hatte Eusebius ein gewisses Verständnis. Allerdings ließ er sich nicht gern bestehlen; wenn Johannes Geld wollte, sollte er es sagen.

Eusebius war drauf und dran, dem Novizen eine Moralpredigt zu halten. Er kam aber nicht dazu, denn der Prior des Konvents Sankt Paul betrat seine Zelle. Und er betrat sie nicht bloß, er stürmte sie regelrecht. Mit heftigem Schwung warf er die Tür zu.

»Um eines klarzustellen, Bruder Eusebius«, sagte er sofort,

grüßte also nicht einmal, »Ihr mögt ja ein weit gereister und weltgewandter Mann sein, aber ich möchte nicht, dass Ihr meine Novizen zu irgendwelchen zweifelhaften Dingen missbraucht.«

»Hier ist nur ein Novize«, meinte Eusebius.

»Ja, aber es ist Johannes. Wir lieben ihn, aber er ist dumm. Mit dem kann jeder machen, was er will.«

»Er ist nicht dumm, Ehrwürdiger Vater, sondern ungebildet. Das ist ein großer Unterschied.«

»Und die erste Seite der *Summa theologica* kann ich immerhin lesen«, schlug Johannes in Eusebius' Kerbe. Dabei hatte der Mönch doch alles andere vorgehabt, als den Jungen in Schutz zu nehmen.

»Zwischen Lesen und Verstehen hat Gott eine hohe Mauer errichtet«, sagte der Prior und traf damit den Nagel auf den Kopf. Johannes schaute beschämt auf seine Füße. »Ihr seid gestern beim Weihbischof gewesen?«, fragte der Prior Bruder Eusebius.

»So achtest du das Schweigegebot?« Eusebius versuchte, Johannes in die Augen zu schauen, aber das war unmöglich; der Knabe blieb bei seinen Füßen.

»Also, es ist doch wohl normal, dass ein Novize seinen Prior von ungewöhnlichen Vorgängen im Konvent in Kenntnis setzt«, sagte der Klostervorsteher.

»Es gibt aber keine ungewöhnlichen Vorgänge ...«

»Ach, Bruder Eusebius, nun tu doch nicht so.« Der Prior setzte sich an den kleinen, etwas wackligen Tisch. »Fannemann hat dir doch einen Auftrag erteilt, nicht wahr?«

»Du bist wirklich ein ... ein Verräter«, sagte Eusebius zu Johannes. Der Knabe wurde rot.

»Laste es mir an, Bruder, denn ich habe ihn ausgequetscht«, erklärte der Prior. »Ihr wollt euch also verkleiden, ja? Eine kleine Maskerade ... Als was wollt ihr euch denn ausgeben?«

»Als reisenden Kaufmann vielleicht? Und Johannes als meinen Handlungsgehilfen?« Eusebius hatte die Stimme gehoben.

Zwar sprach er den Prior an, wollte den Novizen aber immer noch seine Wut über den Verrat spüren lassen.

»Verstehst du denn etwas von der bürgerlichen Nahrung? Ich meine, ihr werdet es mit Leuten zu tun bekommen, die euch sofort durchschauen, wenn ihr nicht wisst, was ein Wechsel ist und was ein Darlehen.«

»Das lasst getrost meine Sorge sein.« Eusebius blieb bei der Höflichkeitsform, obwohl der Prior zum vertraulichen Du übergewechselt war.

»Ja, bitte, bitte!« Der Prior winkte ab. »Was du vielleicht nicht weißt, Eusebius: Ich war lange Zeit der Beichtvater von Hans Wildefuer. Das war ein richtig guter Bürgermeister; ein Altgläubiger, wie man das heutzutage nennt. Leider ist er im Dezember verstorben, und im Januar haben die Ratsherren diesen Idioten Harmen Sprenger zum Proconsul gemacht. Was ich sagen will: Ich kenne ein paar der führenden Männer Hildesheims. Männer, die in konfessionellen Fragen noch schwanken. Sie beschäftigen sich zwar mit Luther, aber sie halten auch noch Kontakt zu unsereinem. Ich könnte dir eine Empfehlung mit auf den Weg geben. Sie wird dir manche Tür öffnen.«

»Das wäre sehr freundlich«, erwiderte Eusebius. Mit einer solchen Wendung hatte er nicht gerechnet, und seine Stimme wurde etwas sanfter. Johannes wagte es wieder, ihn anzusehen.

»Vor allem solltest du dich an den Knochenhauer Heinrich von Alfeld halten«, riet der Prior. »Er war schließlich dabei, als dieser Einbecker umkam. Alfeld hat einen Scharren im neuen Knochenhaueramtshaus am Markt. Zur Marktzeit triffst du ihn dort an. Abends geht er ganz gern zechen, und zwar entweder in den Einbecker Keller oder in den *Bunten Ochsen*. Wenn er Geschäfte aushandelt oder mit den Ratsherren trinkt, triffst du ihn im Einbecker Keller, denn das ist die Schankstube des Rats. Wenn er sich nur von seinem Tagwerk erholen will, findest du ihn im *Bunten Ochsen*. Oder, das aber ganz selten, in der *Grauen Glocke*.«

»Auch verkleidet bleibe ich ein Predigerbruder«, wandte Eusebius ein. »Betrinken wollte ich mich eigentlich nicht.«

»Aber Bier und Wein lösen die Zunge«, sagte der Prior. »Wenn du überhaupt etwas in Erfahrung bringen willst, dann gehe in die Tavernen. Ich erlaube Johannes, dich zu begleiten, denn das möchtest du ja wohl. Gib ihn aus, wofür du willst, aber sorge dafür, dass er nicht alle Stundengebete versäumt. So!« Der Prior stand auf. »Mit den Schänken fängst du am besten an. Morgen kannst du dir das Empfehlungsschreiben an die Ratsherren bei mir abholen. Der eine oder andere Consul wird dich sicher empfangen. Alles andere überlasse ich deinem Geschick.«

»Na, Jacob, nun erzähle schon.« Der Wagmeister Breithaupt hatte im *Bunten Ochsen* einen Krug Hildesheimer Bier und zwei Becher bestellt. »Was ist das für ein Mädchen, das dich bei Regen wie einen verliebten Kater durch die Stobenstraße streifen lässt? Eine hübsche Magd?«

Jacob seufzte. Dass ein Geselle wie er sich höchstens in Mägde verliebte, schien für Meister Breithaupt so sicher zu sein wie das Amen in der Kirche. Breithaupt legte Jacob freundschaftlich die Hand auf den Arm, wohl weil er den Seufzer als Zeichen seiner Verliebtheit missdeutete.

»Also, Junge?«

»Eine Magd, Ihr habt Recht.«

»Dachte ich's mir doch.« Andreas Breithaupt winkte dem Schankmädchen. Noch waren viele der langen Bänke in der Taverne unbesetzt, aber im Laufe des Tages würden sicher noch viele Zecher eintreffen; gerade bei schlechtem Wetter waren Besuche in den Schänken sehr beliebt. »Wenn du schon nicht dazu gekommen bist, Schinken zu machen, sollst du wenigstens welchen essen«, sagte der Wagmeister, kaum war die Bedienmagd an den Tisch getreten. »Als erste Tracht nehmen wir eine Schüssel Schinken«, befahl er. »Dann vielleicht den Rinderbraten.«

»Wie Ihr wünscht, Herr«, sagte das Schankmädchen. »Noch mehr Bier?«

»Natürlich.«

»Kommt sofort.« Die Bedienmagd verließ den Tisch.

Meister Breithaupt beugte sich vor. »Hast du deiner Liebsten schon etwas versprochen?«, wollte er wissen.

»Was soll ich ihr denn versprochen haben?«

»Na, was man einer Frau verspricht. Die Ehe.«

»Aber dafür brauche ich das Einverständnis von Meister Klingenbiel«, sagte Jacob.

»Man verspricht doch einer Frau die Ehe nicht nur, um sie dann wirklich zu heiraten«, belehrte der Wagmeister den Gesellen.

»Warum sonst?«, fragte Jacob wenig interessiert. Der Wirt höchstselbst brachte den neuen Krug mit Bier. Das Schankmädel war in der Küche verschwunden, im Reich der Wirtin.

»Wohl bekomme es den Herren«, wünschte er und beugte seinen kahlen Kopf. Er war bekannt für seine Liebedienerei, und immerhin war der Wagmeister ein städtischer Bediensteter; außerdem wollte der Wirt natürlich ein gutes Geschäft machen.

»Danke.« Breithaupt nickte.

»Also, warum noch?«

»Du musst noch viel lernen über die Weiber«, stellte der Wagmeister fest. »Um sie gefügig zu machen natürlich. Damit man ihnen beiwohnen kann. Hast du deiner Liebsten denn noch nicht beigewohnt?«

»Meister, ich …«, begann Jacob, aber dann wurde seine Aufmerksamkeit von zwei neuen Gästen in Anspruch genommen. Ein ungleiches Gespann betrat die Gaststube: ein Mann, der die Lebensmitte längst hinter sich hatte, und sein sehr junger Begleiter. Den Mann hatte Jacob noch nie gesehen, der Junge kam ihm irgendwie bekannt vor. Aber er konnte ihn nicht kennen, denn nach der geflickten Kleidung zu urteilen, hatten die beiden eine lange Reise hinter sich. Außerdem trug der Ältere einen Pilgerstab und eine Mütze, an der eine Jakobsmuschel befestigt war; er hatte also das Grab des heiligen Jacobus in Santiago de Compostela besucht, das Grab von Jacobs Namenspatron. Das erweckte sofort sein Interesse.

»Oh, zwei Wallfahrer«, bemerkte Meister Breithaupt nur. Der Geselle hatte den Eindruck, dass er lieber über Weiber sprechen wollte.

»Heilige Männer«, sagte Jacob. Die Fremden nahmen an einer Bank in der Nähe der Küchentür Platz.

»Na ja, Männer? Der Junge ist doch fast noch ein Kind.«

»Aber er ist in Santiago gewesen«, sagte Jacob.

»Na und? Da waren schon viele. Willst du etwa auch dorthin?«

»Es ist ein weiter Weg«, meinte Jacob versonnen. Er hatte noch nie an eine Pilgerfahrt gedacht, aber wenn er die Sünde eines Mordes auf sich lud, sollte er vielleicht eine unternehmen. Sofern er es richtig verstanden hatte, zog dieser Doktor Luther, von dem alle Welt ständig redete, den Sinn von Wallfahrten in Zweifel, aber man konnte nie wissen. Für eine Pilgerreise bekam man einen Sündenablass, und den würde Jacob bald gebrauchen können.

»Geh doch nach Einbeck, Junge«, schlug Breithaupt vor. »Die Einbecker haben eine Heilig-Blut-Reliquie. Oder nach Wilsnack. Das ist nicht so weit, und dort gibt es auch ein Wunderblut. Aber dafür, dass du einer Magd die Ehe versprochen hast, um ihr beizuschlafen, musst du gar nicht pilgern. Da genügt die Beichte.«

»Ich habe keiner Magd die Ehe versprochen«, widersprach Jacob. Breithaupts Unterstellungen gingen ihm allmählich gewaltig auf den Trichter.

»Nein?« Breithaupt trank einen großen Schluck Bier. »Befasst du dich mit Luther?«

»Wie meint Ihr das?«

»Du hast doch von ihm gehört?«

»Ja, sicher. Den kennt doch jeder. Und falls Ihr es nicht wisst, Meister, ich kann lesen und schreiben.«

»Dann hast du ja eine große Zukunft vor dir.« Breithaupt lächelte.

Jacob, der sich durchschaut fühlte, erschrak.

»Ich will dir etwas sagen, junger Mann.« Der Wagmeister senkte die Stimme. »Es ist nur noch eine Frage der Zeit, dann wird der Martinismus auch in Hildesheim eingeführt. Das pfeifen doch die Spatzen längst von allen Dächern. Und Wildefuer ist tot!«

»Weiß ich«, sagte Jacob und schaute zu dem Pilger und seinem Begleiter. Der Wirt war zu ihnen an die Bank getreten.

»Unser Rinderbraten ist sehr beliebt«, hörte Jacob ihn sagen. »Wir servieren ihn mit Senf und mit einer sehr kräftigen Soße. Ein Schuss Rotwein kommt natürlich auch daran.«

»Luther hat die Pilgerreisen verdammt«, sagte Breithaupt.

Weiß ich doch, dachte Jacob. Dann zuckte er zusammen. Heinrich von Alfeld betrat die Schänke und schaute sich kurz um. Offenbar erwartete er noch jemanden, denn er hielt die Tür geöffnet. Jacob ahnte natürlich, dass es sich nur um seinen Meister handeln konnte.

»Rinderbraten klingt gut, oder?«, fragte der Pilger gerade seinen jungen Begleiter. Der Knabe nickte. Irgendwie sah er aus wie einer der Novizen des Pauliklosters, die manchmal im Knochenhauerhaus Geflügel kauften. »Wir nehmen den Rinderbraten«, rief der Pilger dem Schankmädchen zu.

In diesem Moment erschien tatsächlich Klingenbiel in der Gaststube.

»Es gibt Rinderbraten«, sagte von Alfeld zu ihm, was Klingenbiel mit einem säuerlichen Lächeln quittierte. Von Alfeld deutete auf die Wallfahrer. »Und hier sitzen ein weit gereister Pilger und sein Gehilfe.« Mit dieser Bemerkung lud er sich zu ihnen an den Tisch ein. Der Pilger lächelte.

Waldemar Klingenbiel ließ seinen Blick ebenfalls durch den Raum schweifen. Jacob wurden die Knie weich.

»Da sitzt ja mein Geselle!«, rief denn auch sein Ziehvater und deutete auf Jacob. Der schloss die Augen.

»Sechs Jahre sind wir von Wallfahrtsort zu Wallfahrtsort gezogen«, berichtete Eusebius. Er hatte auch den Wagmeister und den Gesellen zu sich an den Tisch gebeten, weil er mit möglichst vielen Hildesheimern sprechen wollte. Der Geselle, der Jacob hieß, hatte sich bei seinem Meister dafür entschuldigt, dass er das Schinkenmachen den Lehrburschen überlassen hatte. Der Metzgermeister, Klingenbiel mit Namen, nahm es ihm offenbar nicht übel, denn er traktierte den Gesellen mit Rinderbraten. Und mit Bier.

»Habt Ihr denn so schwere Sünde auf Euch geladen, Eusebius?«, fragte der Mann mit dem asketischen Gesicht, der sich als Consul Alfeld vorgestellt hatte, und zwinkerte Klingenbiel zu. Der hielt seine rechte Hand in die Höhe, um noch mehr Bier zu bestellen.

»Wir Menschen sündigen immer. Denn unsere irdische Existenz ist leiblich, und alles Fleischliche trägt den Keim der Sünde in sich.«

Johannes trat Eusebius unter dem Tisch gegen das Schienbein. Das tat weh und war eine ziemliche Frechheit, doch Eusebius begriff sofort, dass er sich völlig falsch verhalten hatte. Er redete wie ein Geistlicher. Aber als Geistlicher wollte er in dieser Runde nicht erkannt werden.

»Sechs Jahre, also das ist mutig«, sagte Klingenbiel. Eusebius nickte rasch. »In dieser Zeit müsst Ihr Eure Geschäfte und Eure Familie vernachlässigt haben. Verzeiht mir, wenn ich das so direkt anspreche.«

»Und wie war es in Rom, Vater?«, fragte Johannes dazwischen. Rom ließ dem Bengel keine Ruhe. Aber Eusebius hatte soeben erklärt, dass er die Wallfahrt zusammen mit Johannes unternommen hatte – und nun fragte der Dummkopf ausgerechnet nach Rom! So blöd konnte man doch nicht sein. Fannemanns Auftrag würde mit einem solchen Gehilfen wohl noch schwieriger werden als erwartet.

»Warst du denn nicht mit in Rom?«, wollte der Geselle Jacob denn auch wissen.

»Warum hast du eigentlich keinen Schinken gemacht?«, fragte der bereits leicht angetrunkene Klingenbiel unvermittelt seinen Gesellen. »Du sitzt hier rum und trinkst Bier, anstatt zu arbeiten.«

Herr, du bist doch auf meiner Seite, dachte Eusebius.

»Lasst ihn doch, Waldemar«, mischte sich Breithaupt ein. »Jacob hat eine Liebste. Eine Magd in der Stobenstraße ... Das müsst Ihr ihm verzeihen.«

»Na ja, wenn das so ist!« Klingenbiel tätschelte Jacobs Arm. Heinrich von Alfeld bestellte Bier.

»Obwohl ich eigentlich dachte, mein Findelkind hätte sich in eine andere Person verliebt«, sagte Klingenbiel und ließ Jacob nicht aus den Augen. Der Geselle wurde blass, was sofort die Aufmerksamkeit des Mönchs erregte. An wen mochte der Meister wohl gedacht haben? Klingenbiel sagte jedoch nichts mehr, starrte den Gesellen aber weiterhin an.

»Was ist denn Euer Beruf, Eusebius?«, wollte Consul von Alfeld wissen.

»Holzhändler.«

»Ach.«

»Aus Braunschweig.«

»Aus Braunschweig?« Heinrich von Alfeld lehnte sich zurück und musterte Eusebius aufmerksam. Dem wurde ganz unbehaglich zumute unter diesem abschätzigen Blick.

Das Schankmädchen brachte Bier. Heinrich von Alfeld verlangte nun scharf gewürztes Schaffleisch. Eusebius fühlte sich auf die Probe gestellt. Weder Rind noch Schaf durfte er eigentlich essen. Aber er würde mithalten, ohne mit der Wimper zu zucken; da konnte ihm Johannes noch so oft gegen das Schienbein treten.

»Ich habe gerade einen Geschäftsfreund verloren, der ebenfalls Holzhändler war«, sagte von Alfeld.

»Das tut mir Leid.« Eusebius langte nach seinem Becher.

»Es war ein Verbrechen«, erklärte Klingenbiel.

»Wie schrecklich.« Eusebius schaute zu Johannes. Der Junge

griff tapfer in die Schüssel mit dem Rinderbraten. Der verkleidete Mönch blickte auch kurz zu dem jungen Mann, der Jacob hieß und eine Magd in der Stobenstraße liebte. Er war immer noch sehr bleich, und den Appetit hatte es ihm offenbar auch verschlagen.

»Werdet Ihr denn nach dem Ende Eurer Wallfahrt wieder als Holzhändler tätig sein?«, erkundigte sich von Alfeld.

»Vermutlich. Warum wollt Ihr das wissen?«

»Weil ich braue. Und dafür brauche ich Feuerholz.«

»Darüber können wir uns gern morgen unterhalten«, schlug Eusebius vor.

»Warum morgen? Ich mache Geschäfte, wenn sie mir vor die Füße fallen. Was nehmt Ihr für das Klafter?«

»Heinrich, unser Freund Eusebius ist gerade von einer langen Pilgerreise zurückgekehrt«, erinnerte Klingenbiel den Consul. »Er kennt doch die Preise nicht mehr.«

»Stimmt.« Heinrich von Alfeld hob seinen Becher und prostete Eusebius zu. Der folgte seinem Beispiel. »Die Preise haben sich übrigens miserabel entwickelt«, sagte der Ratsherr. »Alle Preise sind hinaufgegangen. Nicht nur die für Holz. Auch die für Getreide und Malz. Ich weiß ja nicht, wie es in Rom war … Ihr wart doch in Rom, Eusebius? Mit Eurem Knaben? Euer Sohn, nehme ich an?«

Heinrich von Alfeld grinste. Dieses Grinsen war so beredt, dass Eusebius sich nun endgültig entlarvt fühlte. Er hatte nicht übel Lust, Johannes in die Ohren zu kneifen. Mit seiner Frage nach Rom hatte er alles verdorben. Dieser von Alfeld war ausgesprochen misstrauisch. Aber das war ja eigentlich schon ein erstes Ergebnis. Warum war der Ratsherr so auf der Hut? War er vielleicht ein Lutheraner?

»Ihr könnt Euch Euer Spiel sparen, Eusebius«, sagte von Alfeld in diesem Moment, und aus seinem Grinsen wurde ein freundliches Lächeln, das allerdings auch eine Spur Herablassung enthielt. Nun wurde auch Johannes blass und verschluckte sich. »Ich weiß doch, was Euch bewegt, Mönch. Kommt einfach morgen in mein Haus. Im Habit, Ihr müsst Euch nicht verstellen. Alle Fragen, die Ihr – und vor allem der Weihbischof – habt, werde ich Euch gern beantworten. Und den Knaben könnt Ihr auch mitbringen.«

»Ihr wisst also, wer ich bin?« Eusebius ließ das Schaffleisch Schaffleisch sein und lehnte sich zurück.

Heinrich von Alfeld zuckte die Schultern. »Ich bin Ratsherr, Bruder Eusebius«, sagte er in einem fast einschmeichelnden Ton. »Ich gehöre zu den mächtigsten Männern dieser Stadt. Aber das soll Euch nicht beeindrucken. Und bei mir müsst Ihr kein Fleisch essen, dass Ihr eigentlich nicht essen dürft. Ich sorge für angemessene Kost. Einverstanden?«

Eusebius nickte und warf dem hustenden Johannes einen wütenden Blick zu. Hatte der Novize denn nichts Besseres zu tun, als die halbe Stadt von Fannemanns Auftrag in Kenntnis zu setzen? Wozu die Maskerade, wenn sowieso jeder im Bilde war?

Johannes, der Eusebius' Blick nicht auswich, schüttelte kaum merklich den Kopf. Von Alfeld schlug ihm väterlich auf den Rücken. Wenn der Junge nicht herumgeschwatzt hatte, musste der Consul gute Quellen auf der Domburg haben. Doch Fannemann hatte den Auftrag unter vier Augen erteilt. Oder Eusebius und Johannes hatten sich einfach zu auffällig verhalten, und zwar gerade durch ihr Bemühen, nicht aufzufallen. Womöglich war ihre Kleidung zu schäbig für einen Holzhändler und seinen Gesellen – aber auch für Männer auf der Pilgerreise?

Eusebius fügte sich in sein Schicksal. Er nahm noch einen Schluck Bier und lächelte von Alfeld zu. Der erwiderte das Lächeln, aber sein Blick blieb kalt.

Jacob hatte keine Ahnung, wie spät es war, als sich sein Meister plötzlich erhob. Er schwankte schon etwas und sah entsetzlich müde aus. Kein Wunder, dachte Jacob, nach einem Besuch der Badestube und dem vielen Essen und Bier würde auch er sich kaum mehr auf den Beinen halten können, obwohl er etliche Jahre jünger war.

Es war klar, dass Jacob seinen Meister begleiten musste. Klingenbiel verabschiedete sich von seinen Zechgenossen, dann ging er schnurstracks zur Tür. Jacob folgte ihm rasch. Im Ärmel seines Mantels spürte er das Messer, und sein Herz klopfte hinauf bis in den Hals. War nun die Gelegenheit, *seine* Gelegenheit gekommen? Ratsherr von Alfeld, Wagmeister Breithaupt, die beiden Pilger, der glatzköpfige Wirt und das Schankmädchen beobachteten ihn beim Hinausgehen. Sie wussten also, dass Waldemar Klingenbiel und sein Ziehsohn den Weg zum Andreaskirchhof gemeinsam zurücklegten. Der Verdacht würde zuerst auf ihn fallen.

Als sie die Taverne verließen, stellte der Geselle fest, dass der Wind sich gelegt hatte. Es regnete auch nicht mehr, aber nicht nur das: Die Wolkendecke war zerrissen, und hier und da sah man einen Stern. So hatten sie ein wenig Licht auf ihrem Heimweg, denn Klingenbiel hatte nicht damit gerechnet, dass es so spät werden würde, also hatte er keine Fackel dabei.

Klingenbiel setzte sich in Richtung Andreaskirchhof in Bewegung, Jacob hielt sich an seiner Seite. Ein paar Mal schaute er sich um, aber die Straßen waren leer. Alle Fensterläden waren geschlossen. Jacob tastete nach dem Messer. Sollte er es tun? Jetzt? Später? Beim Kirchhof vielleicht, wo sich allerlei zwielichtiges Gesindel herumtrieb?

»Da liebst du also eine Magd in der Stobenstraße«, sagte Klingenbiel. »Wer hätte das gedacht.« »Es ist aber nicht wahr«, erwiderte Jacob. »Meister Breithaupt hat mir das bloß in den Mund gelegt. Er war so fest überzeugt davon, dass es keinen Zweck gehabt hätte, ihm zu widersprechen.«

»Ah ja? Liebst du denn überhaupt irgendein Weib?«

Klingenbiels lauernder Ton missfiel Jacob. Ob sein Herr und Meister auf etwas Bestimmtes anspielte, hätte der Geselle gern in Erfahrung gebracht, aber er hielt sich zurück. Entweder hegte Klingenbiel einen Verdacht, aber dann sollte er ihn von sich aus ansprechen, oder er war arglos. In diesem Fall wäre es dumm von Jacob, seinen Meister auszuhorchen.

Ein Überfall!, dachte Jacob plötzlich. Das war die Lösung. Auf den nächtlichen Gassen kam es immer wieder zu Raubüberfällen.

Jacob zog den Dolch aus dem Ärmel. Klingenbiel gähnte. Noch einmal schaute sich der Geselle um. Niemand außer ihnen befand sich auf der Gasse.

Jetzt, dachte Jacob. Aber er zögerte noch immer. Der Geselle verstand zwar etwas vom Töten, schließlich war er Fleischer, aber es waren bisher immer nur Tiere gewesen, denen er den letzten Stoß versetzt hatte. Denk an deine Zukunft, sagte zu sich. Denk an Marie!

Jacob ging etwas langsamer, so dass er hinter dem Ziehvater zurückblieb.

»Meister?«

»Ja.« Klingenbiel blieb stehen und drehte sich um. »Was hast du da in der Hand?« Doch kaum hatte er die Frage ausgesprochen, erkannte er den im Sternenlicht schwach funkelnden Gegenstand. Der Knochenhauer riss die Augen auf, er hob zum Sprechen an, aber kein Ton drang aus seiner Kehle. Jacob nahm all seine Kraft zusammen und rammte das Messer bis zum Heft dorthin, wo er Klingenbiels Herz vermutete. Der Meister stöhnte auf, ruderte mit den Armen und sackte dann auf dem Pflaster zusammen

Abermals schaute Jacob sich um. Die Gasse lag nach wie vor leer und verlassen. Jacob zog das Messer aus dem Körper des Sterbenden. Er ging in die Hocke, entblößte seinen Arm, biss die Zähne zusammen und machte einen tiefen Schnitt in sein eigenes Fleisch. Er krümmte sich, und Tränen schossen ihm in die Augen. Mit größter Mühe unterdrückte er einen Schrei. In seinem Mund schmeckte er Blut.

Nach einer Weile richtete sich der Geselle wieder auf. Der Schmerz in seinem Arm war schrecklich, aber er litt um Maries willen, und das gab ihm Kraft. Erneut stieß er den Dolch in das Herz seines Meisters.

Klingenbiel lag ganz still. Vermutlich hatte er schon zu viel

Blut verloren, vielleicht war er bereits verblutet. Jacob wartete noch eine Weile, aber als er sicher zu sein glaubte, dass sein Opfer den letzten Seufzer getan hatte, nahm er die Beine in die Hand. In Windeseile jagte er zurück zum *Bunten Ochsen* und stürzte in die Gaststube.

»Schnell, kommt schnell!«, schrie er außer Atem. »Wir sind ... wir sind überfallen worden. Der Meister ... Meister Klingenbiel ist tot!«

VIERTES KAPITEL

Irrungen und Wirrungen

Heinrich von Alfeld, Meister Breithaupt, Bruder Eusebius und Johannes waren sofort aufgesprungen, nachdem Jacob in die Schänke gehetzt war. Von Alfeld hatte Umsicht walten und sich vom Wirt zwei Fackeln geben lassen, und nun standen fünf Personen um Klingenbiel herum und starrten den Toten an.

Daran, dass der Knochenhauer tot war, konnte es keine Zweifel geben: Ein Dolch steckte in seinem Herzen, und daran starb man gewöhnlich.

»Die zweite Untat innerhalb kurzer Zeit«, sagte der Wagmeister und schüttelte den Kopf.

»Junge, kennst du die Büttelei?«, wandte sich von Alfeld an Johannes. Der Novize nickte. »Lauf hin und läute den Büttel notfalls aus dem Bett. Er soll Bürgermeister Sprenger und die anderen Ratmannen verständigen und dafür sorgen, dass die Glocke geschlagen wird. Wir bleiben hier und warten.«

Johannes machte sich sofort auf den Weg. Bruder Eusebius schaute auf Jacobs Arm. Der Geselle blutete, und Eusebius machte ihn darauf aufmerksam.

»Der Räuber hat auch mich angegriffen«, erklärte Jacob. »Er hat nach mir gestochen, aber nur den Arm getroffen.«

»Es war also ein Räuber?«

»Was denn sonst? Wer überfällt schon nachts zwei Männer auf der Straße?«

»Er war allein?« Eusebius runzelte die Stirn.

»Es ging alles so schnell, wir hatten nicht einmal Zeit, uns zur Wehr zu setzen. Außerdem ist man ja erschrocken … Und vor Schreck wie gelähmt.«

»So, so. Wen hat er denn zuerst attackiert?«

»Den Meister. Ich habe schnell die Arme hochgerissen. Instinktiv, versteht Ihr? Und deshalb hat er mich dort getroffen.«

»Hat er etwas gesagt?«, mischte sich von Alfeld ein.

»Nein.«

»Und sein Gesicht? Hast du sein Gesicht gesehen?«

»Leider nicht. Es war zu dunkel, Herr.«

In diesem Moment begann die Glocke zu schlagen. Es dauerte noch einige Zeit, aber dann gingen die ersten Haustüren und Tore auf. Männer liefen zusammen, die nur einen Mantel über ihre Haus- oder gar schon Nachtkleider geworfen hatten. Der Büttel eilte herbei, begleitet von zwei Stadtsoldaten. Wenig später tauchte Harmen Sprenger auf, im Schlepptau die Consules Raven und Brandis. Tile Brandis beugte sich sofort über den Toten und stieß ihn leicht mit dem Fuß an.

»Dann kann Christoph von Hagen ja wieder mit seinen Männern ausschwärmen und die üblichen Verdächtigen einsammeln«, meinte er kühl.

»Die bisherigen Verdächtigen haben alle nichts getaugt«, sagte Sprenger ungnädig.

»Als Menschen?«

»Das auch. Vor allem aber als Verdächtige.«

»Unser Mörder läuft noch frei herum, wie Ihr seht.« Consul Brandis musterte die Umstehenden. Bei Eusebius verharrte sein Blick. »Wer seid Ihr?«

»Ein Mönch aus dem Paulikloster«, antwortete von Alfeld an Eusebius' Statt.

»Wie ein Mönch seid Ihr aber nicht gekleidet«, stellte Brandis fest. »Außerdem dachte ich, Klosterbrüder gehen früh zu Bett.«

»Wir haben uns heute kennen gelernt und im *Bunten Ochsen* gegessen und getrunken«, erklärte von Alfeld.

»Ein Mönch, der in bürgerlicher Kleidung in eine Taverne geht, um dort zu essen und zu trinken, ist mir noch nicht untergekommen«, sagte der Ratsherr Brandis und fasste Eusebius noch kritischer ins Visier. Der Predigerbruder war auf das Peinlichste berührt, vor allem weil er seinen offenbar merkwürdig wirkenden Auftritt nicht erklären konnte, ohne sich zu verraten.

Da von Alfeld schon für ihn sprach, schwieg er lieber. Brandis ließ von ihm ab und wandte sich Klingenbiels Gesellen zu.

»Du warst dabei, als dein Meister getötet wurde?«, fragte er. Jacob nickte. »Dann beschreibe mir mal den Mörder.«

»Es war dunkel, Herr.«

»Aber etwas wirst du doch gesehen haben. Wenn nicht sein Gesicht, dann doch wenigstens seine Kleidung. Oder war er nackt?«

»Natürlich nicht, Herr.«

»Obwohl es uns enorm helfen würde«, gab Harmen Sprenger einen nicht gerade tiefsinnigen Kommentar ab, wie Eusebius meinte. »Einen Mann, der nackt durch die Straßen läuft, finden wir sofort.«

»Und wenn er auch noch eine Leprosenrassel dabeihat und laut ruft: ›Ich bin der Mörder, ich bin der Mörder‹, wird die Ausjagd zu einem Kinderspiel«, sagte Brandis. Bruder Eusebius musste trotz der schrecklichen Umstände lächeln.

»Eine Ausjagd wird es um diese Zeit wohl kaum geben«, entgegnete Sprenger hörbar pikiert.

»Wieso eigentlich nicht? Wir könnten ja Fackeln mitnehmen.«

»Besprecht das mit Christoph von Hagen.« Sprenger deutete zur Straßenecke. »Da kommt er nämlich.«

»Und wie er kommt!« Consul Brandis wandte sich an Eusebius. »Christoph von Hagen steht der Majorisbäuerschaft in Hildesheim vor, müsst Ihr wissen. Der Mann liebt große Auftritte.«

Das sah Eusebius sofort. Dieser von Hagen trug nicht nur eine Waffe am Gürtel, er hatte auch ein Dutzend Männer bei sich und eilte mit großen Schritten an den Tatort. Sein Gesicht war gerötet, entweder weil er so rasch gelaufen war oder weil er geradewegs aus einer Schänke kam. Eusebius schaute zu Brandis, der von Hagen offensichtlich nicht wohlgesinnt war.

»Und kommt er immer mit seiner Hausmacht?«, wollte er wissen.

»Ach was, Hausmacht!« Brandis winkte ab. »Aber das sind nur die Leute, mit denen er sich vorzugsweise umgibt und die zu ihm aufschauen. Alles gute Bürger, allerdings mit einem starken Hang zum Luthertum. Manche von ihnen sind auch einfach nur Schreihälse. Aber wer seine Steuern zahlt«, der Ratsherr lächelte, »der darf auch mal schreien, jedenfalls an den dafür bestimmten Orten wie den Schänken.«

»Was ist denn nur los in unserer Stadt?«, fragte von Hagen und deutete auf Klingenbiel. Der arme Mann lag noch immer in der Gosse und bildete den Mittelpunkt eines immer größer werdenden Auflaufs.

»Büttel, schafft ihn aufs Rathaus«, befahl Brandis daher. Dann widmete er seine Aufmerksamkeit wieder Jacob, der sich den Arm hielt und offenbar Schmerzen hatte.

»Also, wie sah der Meuchler denn nun aus?«

»Das Gesicht ...«

»Ich weiß, ich weiß. Die Kleidung?«

»Ein langer schwarzer Mantel«, sagte der Geselle. »Mit einer Kapuze.«

»Würde ich als Mörder auch tragen«, ließ sich Harmen Sprenger vernehmen.

Tile Brandis rollte nur die Augen. »Ihr habt es gehört, Christoph. Wir suchen einen Mann, der einen langen schwarzen Mantel mit Kapuze trägt.«

»Wenn er den nicht längst abgelegt hat ...«

»Was war denn sonst noch an dem Mann zu bemerken?«, wollte Consul Brandis von Jacob wissen. »War er groß? Breitschultrig? Schlank? Klein? Untersetzt?«

»Äh, untersetzt?«

»Das musst du mich nicht fragen. Ich habe ihn nicht gesehen.«

»Untersetzt, Herr«, erklärte Jacob.

»Und einem untersetzten Mann gelingt es, zwei doch eher kräftige Männer nicht allein anzugreifen, sondern den einen zu töten und den anderen«, Brandis deutete auf Jacobs Arm, »zu verletzen?«

Das hatte sich Eusebius auch schon gefragt. Er rückte näher an Johannes heran, der zusammen mit dem Büttel wieder zurückgekommen war. Dem Novizen ging es offensichtlich gar nicht gut. Die Leiche und das Blut machten ihm zu schaffen. Allerdings hatte man dem Büttel mittlerweile aus einem der Häuser einen Karren zugeschoben, und die Stadtsoldaten luden Klingenbiel auf. Dabei sackte dem dahingegangenen Knochenhauer der Kopf nach hinten, und ein Ton, fast wie ein Stöhnen, entfuhr seinem Mund. Johannes krümmte sich zusammen.

»Büttel, wenn der Stadtarzt den Leichnam untersucht hat, soll er das Messer herausziehen«, ordnete Ratsherr Brandis an. Dieser Mann, fand Eusebius, bewies eine erstaunliche Umsicht. »Es soll dann in mein Haus gebracht werden; manchen Mörder erkennt man an seiner Waffe.«

»O je!« Der Geselle Jacob lehnte sich an die Wand des Hauses, vor dem Klingenbiel den Tod gefunden hatte. »Mein Arm!«

»Und nimm den Jungen mit, Büttel«, befahl Brandis. »Der Physikus soll seine Wunde auch untersuchen und sie dann verbinden.«

»Das kann doch auch der Chirurgus machen«, sagte der Büttel.

»Siehst du den Wundarzt hier irgendwo? Nein? Also, wenn der Physikus sowieso gerufen werden muss … Einen Verband wird er ja wohl anlegen können.«

»Also ich gehe dann mal los, um die Buden zu durchkämmen«, sagte von Hagen. Er schien Eusebius ein Mensch zu sein, der nicht gern lange herumstand, sondern immer etwas tun musste. Und in den Buden, wo die Tagelöhner und die kleinen Handwerker lebten, würde er sicher jemanden finden, der zwar keinen langen schwarzen Mantel hatte, aber dessen Visage ihm nicht gefiel. Vermutlich gefielen ihm die Visagen aller Bödner nicht. Nicht jeder, aber viele von ihnen waren arme Teufel, allein schon ihre Existenz machte sie verdächtig.

»Macht das.« Tile Brandis sah zum Bürgermeister und zu

Consul Raven. »Und wir gehen dann wohl aufs Rathaus, oder?«

»Darf ich mitkommen?«, fragte Eusebius. Nach dem zweiten Mord war sein Interesse an den Vorgängen in Hildesheim endgültig geweckt.

»Nein«, sagte Brandis und deutete auf den Toten. »Der braucht keinen Priester mehr, der ihm die Sterbesakramente reicht.«

»Ehrwürdiger Vater?«, fragte Johannes leise. Eusebius stapfte mit ausladenden Schritten den Brühl entlang, und der Novize hatte seine liebe Mühe, ihm zu folgen. Doch es war kalt geworden unter dem sternenklaren Himmel, und Eusebius wollte rasch in seine im Übrigen auch nicht gerade warme Zelle. »Ehrwürdiger Vater?«

»Was quengelst du?«

»Ich habe dem Ratsherrn von Alfeld nichts über den Weihbischof und Euch verraten«, sagte Johannes. Das beschäftigte ihn offenbar sehr. »Mit solchen Herren verkehrt ein Novize nicht.«

»Nicht mal einer, der die erste Seite der *Summa theologica* zwar gelesen hat, sie aber nicht versteht?«

»Ihr habt selbst gesagt, dass ich nicht dumm bin, sondern nur ungebildet«, sagte Johannes.

Eusebius glaubte einen Anflug von Stolz aus den Worten des Novizen herauszuhören, und fast bedauerte er es, diesen Satz überhaupt ausgesprochen zu haben. Gegen Dummheit wuchs nicht einmal im Kräutergarten des Pauliklosters ein Mittel, aber gegen einen Mangel an Bildung gab es die Bibliothek. Und dass das Armarium des Pauliklosters viele umfangreiche Folianten und seit fast hundert Jahren auch gedruckte Bücher besaß, war Eusebius bekannt. Eigentlich hatte er jeden Tag bis ans Ende seines Lebens in einer Bibliothek verbringen wollen, doch unversehens befand er sich auf Mörderjagd.

»Du schweigst?« Obwohl Eusebius hundemüde war, blieb er stehen und drehte sich zu Johannes um.

»Ich musste gerade an Rom denken«, sagte der Novize. »Wie schön es wäre, mit Euch …« Er brach ab.

»Das sind aber seltsame Gedankensprünge.« Eusebius unterzog die Miene des Jungen einer kritischen Visitation. »Du solltest lieber darüber nachdenken, woher von Alfeld wusste, wer ich bin.« Eusebius wandte sich von Johannes ab und setzte seinen Weg fort.

»Ehrwürdiger Vater, wenn Ihr weiterhin geradeaus lauft, landet Ihr beim Godehardikloster.«

»Ja, und wenn ich dann immer noch nicht umfalle, ende ich in Rom.«

»Aber nur wenn Ihr mich mitnehmt.«

»Ach, verdammt.« Eusebius blieb abermals stehen. »Was habe ich mir mit dir bloß aufgeladen? Oder anders gefragt: Was wurde mir mit dir auf die Schulter gepackt?«

»Mögt Ihr mich nicht?«

»Verflucht noch mal, darum geht es doch gar nicht!«

»Mir schon. Und fluchen darf man nicht.«

»Mir ist dieser ganze Auftrag … also ich weiß nicht, was ich davon halten soll! Aber ich will mich in Hildesheim niederlassen. Ich will wieder ein ganz normaler Dominikanerpater sein, der die Stundengebete, die Speisevorschriften und die Fastengebote einhält, der Theologie und Seelsorge betreibt und der vor allem schlafen kann, wenn Schlafenszeit ist. Ich bin alt, Junge, und die wenigen Jahre, die mir noch bleiben, möchte ich in Ruhe genießen. Ich gehöre in einen Konvent, wo man mich achtet – und wo ich endlich schlafen kann. Meine Füße tun mir weh …«

»Ich massiere sie Euch.«

»Sie tun mir aus geistlichen Gründen weh.«

»Dann nutzt eine Massage nichts. Obwohl ich gut massieren kann.« Johannes setzte ein verschmitztes Lächeln auf, und das konnte Eusebius trotz der Dunkelheit erkennen. »Außerdem denkt Ihr doch nicht mit den Füßen.«

»Sechs Jahre habe ich mit ihnen gedacht«, sagte Eusebius.

»Sie haben nach Antworten gesucht. Immer nur wandern und wandern und wandern, und Antworten gibt es nicht. Gott hat geschwiegen. Überall.«

»Ihr zweifelt, Vater?« Johannes wich einen Schritt zurück.

Auf diese Frage würde der Novize nie eine Antwort erhalten. Eusebius wagte nicht einmal, sie sich selbst zu beantworten. »Beim Prior hast du dich verplappert. Ich glaube dir aber, dass Heinrich von Alfeld aus anderen Quellen schöpft und daher weiß, was Weihbischof Fannemann mir unter dem Siegel der Verschwiegenheit gesagt und anbefohlen hat. Und du wirst es herausfinden. Ich möchte wissen, woher dieser Mann seine Informationen bezieht.«

»Das traut Ihr mir zu?« Johannes klang überrascht.

»Was habe ich gesagt?«

»Nur ungebildet, aber nicht dumm.«

»Genau.«

»Aber wie soll ich das denn machen?«

»Benutze deinen Kopf. Und notfalls andere Körperteile. Es gibt Mägde auf der Domburg, die gern einen hübschen Jungen vernaschen würden. Aber wo ist nun dieser verdammte Konvent?«

»Es ist kein verdammter, sondern ein schöner Konvent«, protestierte Johannes.

»Ja, aber mir ist kalt. Wo ist er?«

»Wir müssen umkehren, Vater«, sagte Johannes. Er war sehr glücklich.

Marie Klingenbiel hatte alles getan, was die öffentliche Meinung von ihr erwartete. Als ihr Ratsherr Brandis mit viel Feingefühl die Nachricht vom Tod ihres Gatten überbracht hatte, war sie zusammengebrochen. Sie hatte geschrien, um sich geschlagen und geweint, sie hatte ihr Gesicht in den Händen verborgen, und dann war sie um einer gesteigerten Wirkung willen in tiefe Starre versunken. Die Nachbarsfrauen, die gekommen waren, um ihr beizustehen – und um sich an ihrem Unglück zu weiden –, hatten sie mit vereinten Kräften ins Schlafgemach geschafft. Sie hatten ihre Hände gehalten und ihr beruhigend zugesprochen, dabei waren sie doch nur froh, dass sie selbst ein solches Schicksal nicht ereilt hatte.

Doch Marie trauerte nicht. Sie hatte ihren Mann nicht geliebt, also hatte sie auch nicht viel verloren. Dabei war Waldemar kein schlechter Mann gewesen, aber die Ehe hatten ihre Eltern gestiftet, und Zuneigung konnte man nicht verordnen. Marie war nun frei, und was noch besser war: Sie war gut versorgt. Als Witwe war nun sie am Zuge.

Die Nachbarinnen hätten sich lieber um die tumbe Magdalena kümmern sollen. Klingenbiels jüngste Tochter litt wirklich unter dem Verlust. Ihre Klage war ehrlich gewesen. Marie hatte tiefe Liebe geheuchelt und dem Physikus zwei Pfennige gezahlt, damit er Magdalena mit Kräutern in Schlaf versetzte. Das war ihm gelungen, seit einer halben Stunde war Ruhe im Haus. Marie streckte sich. Sie betrachtete ihre schön gewachsenen Zehen und wusste, dass ihr eine gute Zukunft bevorstand.

Marie Klingenbiel kannte den Ehevertrag, den Klingenbiel stets vor ihr verborgen hatte. Aber oft genug war er betrunken von einer Zusammenkunft seines Amtes zurückgekehrt, und sie hatte ihm den Schlüssel zu seiner Truhe entwinden können. Immer, wenn er über sie gestiegen war, hatte sie ihr geheimes Wissen vor der Verzweiflung bewahrt. Die Überzeugung, dass der weitaus ältere Mann vor ihr sterben würde, hatte ihr das Leben gerettet. Und nun war er tot.

Sie würde die Geschäfte ihres Mannes übernehmen und Meisterin werden. Als Frau würde sie weder in der Innung noch im Rat jemals eine Rolle spielen, aber das wollte sie auch nicht. Mit Männerangelegenheiten wollte sie nichts zu tun haben. Ihr Reichtum würde ihr dennoch Einfluss verschaffen, vor allem wenn sie vorteilhaft heiratete.

Das war nicht schwierig. Waldemar hatte seine Tochter Magdalena mit Peter von Alfeld verehelichen wollen. Marie hatte kein Kind entbunden und vor allem kein männliches, das irgendwelche Ansprüche erheben konnte; in dieser Hinsicht hatte sie dank der Beihilfe heilkundiger Frauen nichts zu befürchten. Wenn Waldemar sie vergewaltigte, hatte sie dank der Gewissheit überlebt, dass er ihr kein Kind, also auch keinen Sohn, würde machen können. Nur Magdalenas Amme, die sie dafür bezahlt hatte, die entsprechenden Manipulationen vorzunehmen, wusste davon. Sie musste beseitigt werden, und Marie Klingenbiel hatte längst einen Mörder präpariert. Er kannte seine Rolle in diesem Spiel zwar noch nicht, aber er kratzte bereits an der Tür.

Das war ihr Zeichen. Marie hatte mit Jacob vereinbart, dass er wie ein verliebter Kater an der Tür kratzen solle, wenn er Einlass begehrte. Sie richtete sich auf, ließ das bestickte Mieder ein wenig hinabgleiten, so dass es einen verführerischen Einblick auf ihre Brüste eröffnete, und rief Jacob herein.

»Ach, ärmste Marie«, sagte er, kaum dass er das Schlafgemach betreten hatte. »Was für ein Verlust!«

»Ich bin in tiefer Trauer«, erwiderte Marie und schaute Jacob betrübt an. Wie von ihr beabsichtigt, starrte der Geselle ihre Brüste an. Er näherte sich langsam und setzte sich schließlich aufs Bett.

»Meister Klingenbiel von einem Räuber gemeuchelt!« Jacob wandte sich an den Himmel, an den Himmel des Bettes. »Und du nun eine arme Witwe!«

»Na ja, arm?« Marie zuckte die Schultern.

»Ich werde an deiner Seite sein und dir beistehen«, gelobte der Geselle und ergriff ihre Hand. Marie ließ es geschehen. Noch brauchte sie seine Hilfe.

»Warst du es?«, fragte sie.

»Was?« Jacob riss die Augen auf.

»Hast du Waldemar um die Ecke gebracht?«

»Aber Marie!« Der Geselle schüttelte den Kopf. Er tat entrüstet, doch Marie Klingenbiel wusste, dass er ihr etwas vormachte. »Mich hat der Räuber ja auch angegriffen.« Jacob zeigte ihr den Verband an seinem rechten Arm.

»Wie schrecklich«, murmelte Marie. Sie berührte sacht den Verband und schaute Jacob in die Augen. Verliebt und besorgt, wie sie hoffte. Auch atmete sie heftig, damit sich ihre Brüste auffällig hoben und senkten.

»Wir dürfen aber mit dem Schicksal nicht hadern«, erklärte Jacob. »Trotz des schmerzlichen Verlustes, der uns ereilt hat ... das Schicksal ist uns gnädig. Vaters Tod macht den Weg frei für uns.«

»Ja, wenn das so einfach wäre.« Marie seufzte.

»Natürlich lassen wir die Trauerfrist verstreichen«, sagte Jacob.

»Darum geht es nicht.« Marie fand, dass er nun genug gesehen hatte, und zog die Daunendecke bis zum Hals hinauf. »Ich muss dir etwas anvertrauen, Liebster. Meine Amme ... Du kennst das alte, verhutzelte Weib, das sich einbildet, meine Vertraute zu sein?«

Jacob nickte.

Marie fuhr sich über die Augen. »Sie hat mir ja wirklich geholfen«, sagte sie. »Ich wollte kein Kind von Waldemar, also hat sie mir Tränke und Salben verschafft, mit denen ich verhindern konnte, von ihm schwanger zu werden. Verstehst du, Jacob? Sie weiß etwas von mir, was sie besser nicht wissen sollte.«

»Ja, aber was sollen wir tun?«

»Ich weiß nicht.« Marie schluchzte nun sogar. »Wenn das dumme Weib an die große Glocke hängt, dass ich die Empfängnis verhütet habe, trifft mich die Verachtung aller guten Christen. Ich meine, viele Frauen kennen die geheimen Mittel und wenden sie auch an. Nur dürfen sie niemals ruchbar werden. Hilf mir, Jacob, ich flehe dich an!«

»Ihr hättet mir gestern schon sagen können, was Euch umtreibt.« Tile Brandis hatte nur einen achtlosen Blick auf den Brief des Priors geworfen und deutete zur Tür der Schreibkammer. »Nach Euch!«

»Jedenfalls danke ich Euch, dass Ihr mich empfangt«, sagte

Eusebius höflich und betrat die Kammer. Die Kirchenglocken verkündeten die neunte Stunde des Tages. Eusebius war allerdings schon seit dem frühen Morgen auf den Beinen, um an den Stundengebeten seiner Brüder teilnehmen zu können. Er hatte um zwei Uhr die Vigilien gebetet, etwas mehr als eine Stunde später bei der Laudes den Aufgang des Lichtes gepriesen und war auch bei der Terz noch anwesend gewesen. Nun wusste er seine Brüder beim Studium der heiligen Schriften, und wenn er den Auftrag des Weihbischofs erledigt hatte, würde er sich wieder ausschließlich seinen mönchischen Pflichten hingeben. Nichts anderes sehnte er herbei. Ob er den Auftrag überhaupt würde erfüllen können, wusste allein der Herr. Er war nicht besonders geschickt im Ausfragen und Aushorchen von Menschen.

Tile Brandis setzte sich. Auf dem Tisch vor ihm lag ein kleines, in Leder gebundenes Buch. Mit sorgfältiger Schrift war dort etwas eingetragen worden.

»Ich führe ein Mémoriau«, sagte der Ratsherr und schlug das Buch zu. Auch Eusebius nahm Platz. »Mein Vater hat damit angefangen, und viele seiner Gedanken kenne ich nur aus seinen Gedenkbüchern. Ich bin der Meinung, dass wir unseren Nachgeborenen etwas hinterlassen sollten, etwas von und über uns. Meine Frau ist schwanger. Vielleicht wird es ein Sohn. Er soll wissen, wie sein Vater dachte – wenn es diesen Vater nicht mehr gibt.«

»Das ist großartig«, sagte Eusebius und meinte es so, wie er es gesagt hatte.

Tile Brandis winkte ab. »So wichtig ist es auch nicht«, meinte er. »Ich widme Euch gern ein wenig Zeit, aber Ihr müsst verstehen, dass ich ein Geschäftsmann bin und viele Verpflichtungen habe. Vor zwei Jahren hat das Domkapitel mir und meinen Brüdern Henning, Joachim, Jost und Christoph für zweitausendsechshundert Rheinische Gulden eine Wiese unterhalb der Kirche zu Tossum verkauft und alle anderen Wiesen ober- und unterhalb dieser Kirche, außerdem den Geld- und Weinzoll zu Marienburg, die Dörfer Ochtersum, Barrienrode, Diekholzen,

Söhre, Egenstedt, Groß- und Klein-Düngen, einen Meierhof zu Itzum und den Tossmerberg, soweit er zu Marienburg gehört – vorbehaltlich der Wiedereinlösung natürlich. Das Kapitel brauchte Geld, und wir haben welches. Einen Teil dieses Besitzes haben wir verpachtet ... Ehrwürden, es übersteigt meine Fähigkeiten, mich um alles zu kümmern. Aber der Pächter des Weinzolls in Marienburg macht mir wirklich Sorgen. Ich werde heute noch hinausreiten müssen. Tut mir Leid.«

»Ich will Euch doch nicht von Euren Geschäften abhalten«, sagte Eusebius, den das Gesagte durchaus beeindruckt hatte.

»Wollt Ihr etwas essen?«, fragte Tile Brandis unvermittelt.

»Essen?«

»Ja, eine deftige Biersuppe etwa? Warum nicht? Einen Braten kann ich leider nicht anbieten ... Es sei denn, Ihr kommt heute Abend zu uns. Dann beschaffe ich ... oh, verzeiht, Ihr dürft ja nicht!«

»Obwohl ich gestern Rind aß.« Eusebius senkte den Kopf. »Ihr wisst es also schon?«

»In Hildesheim spricht sich alles schnell herum.« Tile Brandis lächelte. »Aber seid deshalb nicht betrübt. Ich will Euch sagen – bevor ich dann wirklich aufbrechen muss –, was mich an dem Mord an Peter Groper verwundert. Dass niemand etwas gesehen haben will, ist ja schon fast nicht glaubhaft. Aber dass dieser Holzhändler und Bierbrauer aus Einbeck keine Papiere bei sich hatte ... Ehrwürdiger Vater, kein Kaufmann reist ohne Papiere, nicht einmal von Einbeck nach Hildesheim. Aber wir haben keine gefunden.«

»Wie?«

»Nein! Ich habe mir Gropers Satteltaschen bringen lassen, und wir haben dann auch seine Kleidung durchsucht. Geld war da. Aber er war doch gekommen, um mit Consul Heinrich von Alfeld Geschäfte zu machen. Vertragsentwürfe, Empfehlungsschreiben für die welfischen Herzöge, die unser Umland beherrschen, und ohne die ich *nie* reisen würde ... nichts! Gar nichts! Das hat mich ehrlich gesagt sehr stutzig gemacht.«

»Und was denkt Ihr, wer sie fortgenommen hat?« Eusebius strich sich über die Kehle. Der Verlust der Papiere schien eine erste Spur zu sein, die zwar nicht er, sondern Brandis entdeckt hatte, aber das war egal; Hauptsache, es gab eine Spur.

»Er kann sie natürlich auf der Reise verloren haben«, sagte Tile Brandis. »Aber ein Kaufmann verliert seine Papiere eigentlich nicht. Oder hat man sie ihm im Haus von Consul Alfeld entwendet? Aber warum? Das ist die Frage. Kein Mensch im Hause meines Nachbarn hat einen Grund für eine solche Tat. Da bin ich sicher.«

»Heinrich von Alfeld ist Euer Nachbar?«

»Ja, er wohnt nebenan. Näher zum Markt.«

»Ihr glaubt, dass die verschwundenen Papiere der Schlüssel sind?«, fragte Eusebius.

Tile zuckte die Achseln. »Es ist eine Möglichkeit.«

»Dann gibt es noch andere?«

»Mein Gott, Ehrwürdiger Vater, warum bringen Menschen einander um? Aus Habgier, aus Eifersucht, aus Hass ... Es gibt viele Gründe.«

»Habgier scheidet doch aber aus, wenn Groper sein Geld noch bei sich hatte«, überlegte Eusebius.

»Das würde ich nicht sagen.« Tile Brandis ließ seine Finger auf der Tischplatte spazieren gehen. »Das bisschen Bargeld für die Reise muss den Mörder nicht unbedingt interessiert haben. Groper war Holzhändler und Brauer, er wird Vermögen besessen haben, das durchaus Begierden erwecken kann. Vielleicht ist ihm sein Mörder aus Einbeck nachgereist, um ihn in unserer Stadt zu erledigen. Ich habe einen Brief an den Einbecker Rat geschrieben und um nähere Auskunft über Groper nachgesucht. Ein Ratsbote wird den Brief heute nach Einbeck befördern. Warten wir ab.«

»Ich bin vor einigen Tage in Einbeck gewesen«, sagte Eusebius. »Man sieht noch überall die Spuren des großen Stadtbrandes.«

»Ja, das war eine fürchterliche Geschichte«, sagte Brandis.

»Ob wirklich Herzog Heinrich dahintersteckt?«

»Wer weiß.« Tile Brandis erhob sich. »Bedaure, Ehrwürdiger Vater, aber ich muss mich nun um die Weinzollpacht in Marienburg kümmern.«

»Natürlich.« Auch der Mönch stand auf. »Heinrich der Jüngere ist gut katholisch, nicht wahr?«

»Er ist immerhin Hauptmann des Heiligen Bundes für den Norden des Heiligen Römischen Reiches«, sagte Tile, »und dieser Bund ist bekanntlich so katholisch wie der Kaiser.«

»Und Einbeck ist lutherisch?«

»Allerdings.«

»Dann haben die Einbecker mit dem Welfenherzog ja einen idealen Anstifter gefunden«, meinte Eusebius.

»Das sagt Ihr.«

»Wo steht Ihr im Streit der Religionen?«, erkundigte sich Eusebius. Das hatte zwar nichts mit dem Mordfall oder den Mordfällen zu tun, aber er wollte es aus Neugierde wissen. »Wenn eine solche Frage erlaubt ist ...«

»Erlaubt ist sie. Aber ich werde sie nicht beantworten. Nicht jetzt.« Der Ratsherr Brandis schlüpfte in eine pelzbesetzte Schaube. »Kommt zum Abendessen, wenn Ihr mit mir über die Religion disputieren wollt. Und nun gehabt Euch wohl.«

Wie hatte sich Vater Eusebius ausgedrückt: Auf der Domburg gäbe es sicher genügend Mägde, die einen Jüngling gern vernaschten? War Johannes denn eine Süßspeise? Eine Leckerei wie Türkischer Honig, den er noch nie gekostet hatte und zweifelsohne auch noch keiner der bischöflichen Bediensteten? Johannes hatte eine unruhige Nacht hinter sich. Die Worte des Ehrwürdigen Vaters waren durch sein Gehirn gespukt und hatten seine Phantasie entzündet. Das Noviziat war eine Probezeit, in der Johannes auf keinen Fall versagen durfte, allein schon deshalb nicht, um seinen verarmten Vater nicht zu enttäuschen.

Wenn Johannes sich vernaschen ließ, würde er gegen die Ordensregel verstoßen, die auf keinen Geringeren als den heiligen

Augustinus zurückging. Aber Vater Eusebius hatte ihm diesen Verstoß vielleicht nicht ausdrücklich erlaubt, ihn jedoch um ihres Auftrages willen in Erwägung gezogen.

Johannes dachte bereits an *ihren* Auftrag, und das verschaffte ihm trotz aller Zweifel ein Hochgefühl. Bei Eusebius würde Johannes beichten können, und der weit gereiste und in Glaubensdingen erfahrene Mönch würde ihm sicher die Absolution erteilen.

Johannes war furchtbar aufgeregt, als er sich der Domfreiheit näherte. Eine hohe, feste Mauer umgab die Burg, doch das Tor wurde nicht von bischöflichen, sondern von städtischen Dienstleuten bewacht, ein weiterer Beweis dafür, dass der Rat und die bürgerliche Stadtgemeinde immer mehr in die Rechte des Bischofs eingriffen. Es war Johannes nicht entgangen, dass die vielen geistlichen Freiheiten der Stadt und ihren Bewohnern ein Dorn im Auge waren. Sie respektierten sie kaum noch und wagten es sogar, bei der Verfolgung von Verbrechern das Kirchenasyl zu missachten.

Johannes war zwar mulmig zumute, aber er ging forsch auf die beiden Torwächter zu. Als Ausrede hatte er sich zurechtgelegt, dass er für seinen Prior eine Nachricht an den Weihbischof zu übermitteln habe, aber sie fragten ihn nicht nach seinem Begehr, sondern winkten ihn einfach durch. Auch für sie war er nur ein Mönchlein. Es war nichts Ungewöhnliches, dass ein Kleriker auf der Domburg zu tun hatte. Johannes atmete auf. Der erste Schritt war getan. Der viel schwierigere zweite stand ihm noch bevor.

Der junge Novize hatte von der Lehre des Augustiners Martin Luther fast nichts begriffen. Doch dass sie auch bei den Hildesheimer Bürgern auf immer fruchtbareren Boden fiel, spürte er, und zwar an der mit Händen zu greifenden Angst im Konvent des heiligen Paulus. Die Glaubensfragen waren längst in den Hintergrund getreten; vielmehr bot der Martinismus den Bürgern einen willkommenen Vorwand, die Kirchengüter einzuziehen. Schon seit langem neideten sie der einzig wahren Kirche ihren Besitz – das meinte jedenfalls der Vorsteher des Klosters. Er bestand natürlich darauf, dass die Brüder in Armut lebten, was Johannes nicht schwer fiel. Aber die Armut des Einzelnen bedeutete nicht, dass das Kloster unbegütert war. Der Paulikonvent besaß überall im Stift Grund und Boden. Johannes hatte den Prior und einen der Brüder einmal bei einem Ausritt begleiten dürfen, und dabei war ihm aufgefallen, dass der Besitz weit verstreut war: Hier gab es einen Acker und dort eine Mühle, da einen Fischteich, dort eine Holzung, einen Hof oder eine Weide. Stolz hatte der Prior verkündet, er wolle dieses Eigentum durch Zukäufe arrondieren.

Johannes mochte das Wort *arrondieren*, obgleich er nicht verstand, was es bedeutete; es klang nur so unheimlich gelehrt, und Johannes wollte gern ein Gelehrter werden. Der Weg war noch weit, aber immerhin hatte er die erste Seite der *Summa theologica* bereits gelesen.

Johannes stand auf dem Domhof und schaute sich um. Zum ersten Mal in seinem Leben befand er sich im Herzen des Bistums und musste erkennen, dass der Bischof und sein Vikar Fannemann über mehr Bedienstete verfügten, als er erwartet hatte. Allein vier Pferdeknechte waren damit beschäftigt, die ihnen anvertrauten Reittiere zu tränken, zwei alte Küchenmägde saßen breitbeinig vor einer geöffneten Tür und rupften Hähne und Fasane, ein Laufbursche überquerte eilig den Hof, und der Schmied, angetan mit einer ledernen Schürze und noch mit dem Brett vor dem Kopf, das ihn vor dem Funkenflug schützte, reckte und streckte sich im Sonnenlicht – dies war der erste Frühlingstag, den man mit Fug und Recht so nennen durfte. Vor einem der Nebengebäude entluden drei Diener ein mit Fässern beladenes Fuhrwerk, und der Kutscher stand dabei und wichste seine Peitsche. Zwei Domkapitulare unterhielten sich mit einer jungen Frau, die, nach ihrer Kleidung zu urteilen, ebenfalls dem Wohl des Episcopus Hildensemensis und während seiner häufigen Absenz dem Wohl seines Stellvertreters diente, womit auch immer. Die drei lachten, und einer der Stiftsherren kniff die Frau in die Wange. Johannes wandte rasch den Blick ab. Aber nur für kurze Zeit, dann schaute er wieder zu der Frau. Frauen bekam er im Konvent nie zu sehen.

Der Novize zögerte. Er wusste nicht, an wen er sich heranmachen sollte, um die Aufschlüsse zu erlangen, die Vater Eusebius zu erlangen wünschte. Welche der Mägde gelangte überhaupt in die unmittelbare Nähe des Weihbischofs, so dass sie ihn aushorchen konnte? Eine der Bedienmägde vermutlich, aber wo fand Johannes eine? Irgendwo im Bischofspalast natürlich, aber er traute sich nicht, ihn zu betreten – außerdem wusste er ja gar nicht, welches der vielen Gebäude der Sitz des Episcopus war. Über etlichen Türen und Portalen waren zwar Wappen angebracht, doch kannte er weder das Wappen Bischof Valentins noch das des Bistums. Er war schlichtweg zu ungebildet, wenn auch nicht dumm.

Nein, dumm bin ich nicht, dachte Johannes traurig, aber ich weiß nichts. Vater Eusebius setzt eine zu große Hoffnung in mich, der ich nicht gewachsen bin. Doch der Gedanke an den alten Mönch erfüllte ihn mit Zuneigung. Er wollte ihm unbedingt behilflich sein. Johannes musste sich hier einfach durchbeißen, also trat er zu den Küchenmägden, die ihn schon seit geraumer Zeit beobachteten und mit einem Lächeln bedacht hatten. Er beugte sich nieder und hob eine Fasanenfeder auf. Ihre Farben glänzten im Sonnenlicht wie mit Firnis überzogen.

»Sehr schön«, sagte er.

»Meinst du mich, kleiner Mönch?« Die ältere der Mägde lachte und riss dabei ihr Maul so weit auf, dass Johannes ihre geschwärzten Zähne zu sehen bekam. Der Novize erschrak. »Mit dieser Feder kannst du mich kitzeln«, sagte die Alte.

Johannes nahm all seinen Mut zusammen. »Wo ist der Bischof?«, fragte er.

»Fort«, erwiderte die zweite Magd. Johannes fiel es nicht leicht, das Alter von Frauen zu schätzen. Auf jeden Fall war die zweite Magd jünger als die erste, aber trotzdem kam sie ihm alt vor. Ob sie siebzig war? Doch wer wurde schon siebzig? Das war ein nahezu biblisches Alter. »Bischof Valentin lässt sich nur zwei, drei Mal im Jahr in seiner Dizese sehen.«

»Diözese«, berichtigte Johannes und warf die Feder zu Boden.

»Oh, das Mönchlein ist gebildet!« Die alte stieß die uralte Magd an. Ihr Lachen klang wie das Scheppern von metallenem Geschirr.

»Ich bin kein Mönchlein, sondern ein Novize«, sagte Johannes ebenso stolz wie ängstlich. Die Weiber gefielen ihm nicht. Ein Gespräch mit der jungen Frau, die mit den Domherren scherzte und sich von ihnen in die Wange kneifen ließ, wäre ihm tausend Mal lieber gewesen, auch wenn er vermutlich vor Verlegenheit kein Wort herausgebracht hätte. Doch an sie wagte er nicht einmal zu denken. Obwohl er doch an sie dachte. Verstohlen wandte er den Blick von den Küchenmägden ab. Die Kapitulare waren verschwunden. Die junge Frau auch.

»Sollen wir dich kitzeln?«, fragte die uralte Magd.

»In den Lenden«, schlug die Alte vor.

»Oder an den Füßen.« Die Uralte schnalzte mit der Zunge.

»Was schwatzt ihr?«, rief plötzlich jemand. In der Tür zur Küche – dass es die Tür zur Küche war, nahm Johannes jedenfalls an – erschien ein großer, breitschultriger Mann. Die Mägde senkten sofort den Kopf und widmeten sich wieder eifrig dem Rupfen. Der große Mann starrte Johannes an, der sich sehr klein fühlte. »Was willst du denn hier?«

»Ich habe eine Botschaft meines Priors an den Weihbischof zu besorgen«, sagte Johannes, froh darüber, dass er so schnell reagiert hatte.

»Dann solltest du nicht mit den Mägden schäkern, Mönch, sondern dich in die Kanzlei verfügen«, riet der Riese.

»Ich schäkere nicht mit den Mägden«, sagte Johannes.

»Besser so. Die alten Kühe sind nichts für dich. Die gehören mir.« Der große Mann, vielleicht ein Koch, lachte und schlug den Frauen auf den Hinterkopf. Sie rupften noch emsiger. Johannes zeigte auf die vielen Bauwerke, die den Hof umstanden.

»Wo ist denn die Kanzlei?«

»Immer der Nase nach!« Der Riese lachte noch lauter. »Dort, wo es nach Papier und Pergament riecht.«

»Und wo riecht es nach Papier und Pergament?«

»In der Kanzlei!«

»Der Geist, der im Evangelium obwaltet, ist heilig«, belehrte Johann Caspari seine Zuhörer, die zur Messe in der Kirche Sankt Godehard erschienen waren. Eigentlich wollten sie die Eucharistie feiern, aber erst einmal verkündete der Subdiakon an einem Nebenaltar des Laienchors die Botschaft des Weihbischofs. Nur ältere Frauen aus der Umgebung waren gekommen, weil sie den weiten Weg zur Bürgerkirche Sankt Andreas scheuten oder ihn wegen ihrer Gebrechen gar nicht mehr zurücklegen konnten. Und Christoph von Hagen war da, als einziger Mann. Seine Anwesenheit machte den Subdiakon furchtbar nervös.

Zweifellos hatte es sich in Hildesheim herumgesprochen, dass Weihbischof Fannemann Lutheranhänger für die beiden Morde verantwortlich machen wollte, und bereits bei der Morgensuppe hatte Caspari von seiner Magd erfahren, dass von Hagen von Kirche zu Kirche pilgerte, um sich ein Bild zu machen. Da er der Führer der protestantischen Partei war und von aufbrausendem Temperament, rechnete Caspari mit dem Schlimmsten. »Alles, dessen wir für die Erlösung bedürfen, steht in der Schrift«, fuhr der Subdiakon fort. Er konnte seinen Blick nicht von Christoph von Hagen abwenden, der mit verschränkten Armen an einer Säule lehnte. »Gottes Wort ist ebenso unumstößlich wie die Dogmen der heiligen Mutter Kirche, und da Gottes Wort nicht reformiert werden kann, ist eine Reformation der römischen Kirche nicht nur unsinnig, sondern sogar Ketzerei.«

Die Frauen murmelten beifällig. Christoph von Hagen löste sich von der Säule. Seine geröteten Augen und sein gedunsenes Gesicht verrieten dem Subdiakon, dass er wohl wieder einmal bis zur Schließung aller Schänken in der *Grauen Glocke* gesessen und noch so viel Weingeist im Blut hatte, dass er seiner Angriffslust Luft machen musste. Das aufbegehrende Wesen hatte er von seinem Vater geerbt, der ebenso leidenschaftlich für die Reformation eingetreten war, und zwar, wie Caspari glaubte, nicht um der Erneuerung der Kirche, sondern um eben dieser Leidenschaft willen. Sie war ein Erbteil derer von Hagen und hatte am Luthertum eine Nahrung gefunden. Jeder von Hagen hatte nun einmal türkisches Temperament, wie der von Caspari uneingeschränkt bewunderte Fannemann es gern nannte.

»Die Schrift ist unser heiligstes Gut«, sagte der Subdiakon, der den Faden verloren hatte.

»Aber wir dürfen sie nicht lesen«, rief von Hagen laut in die Kapelle. Die alten und gebrechlichen Frauen drehten sich nach ihm um und warfen ihm giftige Blicke zu. »Wenn es nach dir, Caspari, und deinen Auftraggebern ginge, würdet ihr die Heilige Schrift dem Volk für immer vorenthalten. Die lateinische Bibel ist die Grundlage Eures Herrschaftswissens, Caspari, auch wenn Ihr mit Eurem Küchenlatein gar nicht in der Lage seid, sie zu verstehen. Oder könnt Ihr sie entziffern, Subdiakon?«

Johann Caspari, der vor einem von Wildefuer gestifteten Retabel stand, das der heiligen Anna gewidmet war, schluckte. Christoph von Hagen war ein gefährlicher Gegner. Außerdem schien er betrunken zu sein, was es umso mehr geraten erscheinen ließ, ihn nicht herauszufordern. Caspari hielt ihn durchaus für fähig, einen Mord zu begehen, sogar in einem Gotteshaus. Einen normalen Sterblichen würde man dafür hängen oder rädern, aber der Burmester der Majorisbäuerschaft war beinahe unangreifbar, zumal er viele Anhänger hatte, die ihm zur Seite stehen würden. Caspari musste behutsam vorgehen.

»Nunmehr, Herr von Hagen, könnt Ihr die Bibel ja in der Übersetzung Eures Freundes Luther lesen«, sagte er sanft.

»Und das gefällt Euch nicht?« Christoph von Hagen war ein paar Schritte näher zum Altar getreten, für Casparis Begriffe gefährlich nahe. Offenbar wollte er einen handfesten Streit vom Zaun brechen.

»Die Heilige Schrift ist für alle da«, entgegnete Caspari und kniff den Messdiener in den Arm, hoffend, dass dieser es als

Aufforderung verstand, Hilfe zu holen. Der Messdiener schaute ihn aber nur fragend an. Caspari seufzte.

»Dann verkünde die Botschaft doch auf Deutsch, Himmelhund!«, sagte Christoph von Hagen, und sein biergeschwängerter Atem wehte den Subdiakon an. Dem wurde sofort übel, vor allem aus Angst. »Die Weiber würden endlich begreifen, warum sie eigentlich hier sind.«

Ein ängstliches Protestgemurmel erhob sich; dass die Frauen noch nie auch nur ein Wort der Messe verstanden hatten, war auch Caspari bewusst, schließlich las er die Messe auf Latein. Dass sie trotzdem gegen Christoph von Hagen eingestellt waren, freute den Subdiakon – wäre da nicht diese Angst vor dem jähzornigen und starken Mann. Caspari ergriff den Messdiener am Gewand und raunte ihm ins Ohr: »Hole einen Ratmann!«

»Und das Allerheiligste?«, fragte der Diener, der auch nur einer der vielen Analphabeten war, die für die heilige Mutter Kirche um einen Gotteslohn arbeiteten und nicht wissen konnten, dass im Tabernakel nicht der Leib Jesu, sondern bloß Staub aus der Steingrube verehrt wurde.

»Was flüstert ihr?«, herrschte Christoph von Hagen Subdiakon und Messdiener an.

»Verzeiht, ehrenwerter Herr, aber darf ich die Predigt nun fortsetzen?«, fragte Caspari. Der Messdiener verzog sich in die Sakristei.

»Bitte.« Christoph von Hagen hob die rechte Hand, um sein Einverständnis zu signalisieren. Subdiakon Caspari war überzeugt, dass es nur von kurzer Dauer war. Er warf einen Blick auf seine Notizen und überlegte, ob er Fannemanns Botschaft überhaupt verkünden solle. Von Hagen würde doch sofort wieder Krach schlagen. Aber was Fannemann von ihm verlangte, führte Caspari auch aus.

»Zwei schwere Untaten haben unsere Stadt erschüttert«, sagte er mit einem mulmigen Gefühl. Die Frauen nickten. »Männer, deren Ruf untadelig war, mussten sterben, weil Unordnung und

Aufbegehren die göttliche Ordnung stören. Die Anhänger des Martinus Luther …« Weiter kam er nicht.

Wie erwartet machte von Hagen einen weiteren Schritt vorwärts. »Ihr wollt doch nicht behaupten, dass Anhänger des Wittenbergers hinter den Verbrechen stecken«, schnauzte er den Subdiakon an. »Luther ist keineswegs ein Gegner jeglicher Ordnung. Ihr wisst genauso gut wie ich, dass er sich im Bauernkrieg gegen die Aufständischen gestellt hat.«

»Nun ja, nun ja.« Caspari hoffte inständig, dass der Messdiener rasch Hilfe holte.

»Das ist keine Antwort.« Christoph von Hagen ging ein paar Schritte auf Caspari zu. Der wurde blass und wich zurück. »Ihr wollt die Taten unbedingt uns Lutheranern anhängen, nicht wahr?« Von Hagen ballte die Hände zu Fäusten. »Warum? Weil der Bischof es so will?«

»Der Herr von Teteleben ist nicht in Hildesheim«, erwiderte Caspari schwach.

»Ist er ja fast nie«, bemerkte von Hagen. Der Hohn in seiner Stimme war nicht zu überhören. »Seine Pfründen in Mainz oder wo auch immer sind ihm wichtiger als seine Diözese.«

Caspari schwieg. Es stimmte, der Bischof ließ sich nur noch selten blicken. Nach seiner Investitur war er mit großem Enthusiasmus daran gegangen, die Verhältnisse im Stift zu ordnen. Mittlerweile hatte er resigniert – nicht als Bischof, sondern als Mensch. Er überließ die Geschäfte weitgehend dem Weihbischof und führte einen verzweifelten Kampf um die bischöflichen Besitztümer. Seit der Stiftsfehde befand sich ein Großteil von ihnen in der Hand weltlicher Herren. Valentin hatte ein päpstliches Urteil erstritten, das die Rückgabe des Stiftseigentums verlangte. Die Welfenfürsten, die es sich unter den Nagel gerissen hatten, ignorierten das Urteil. Kein Wunder also, dass der Episcopus kurz davor stand, aufzugeben.

»Na, sind Euch die Worte ausgegangen?« fragte Christoph von Hagen grinsend. In diesem Moment wurde das Kirchtor geöffnet, und Consul Brandis stürmte herein. Der Messdiener folgte ihm. Brandis hatte bereits auf dem Rücken eines Pferdes gesessen, im Begriff, die Stadt zu verlassen, als der Messdiener ihn zurückgehalten hatte. Dementsprechend übel war die Laune des Ratsherrn. Subdiakon Caspari jedoch atmete auf.

»Was stänkerst du wieder, Christoph?«, fragte Brandis den Vorsteher der Großen Bäuerschaft. »Hast du nichts Besseres zu tun, als alten Leuten den Gottesdienst zu verderben?«

»Consul!« Christoph von Hagen senkte den Blick. Vor Tile Brandis wenigstens hatte er Respekt. »Der Subdiakon behauptet, dass die Lutherschen hinter den Morden an Groper und Klingenbiel stecken.«

»So habe ich das nicht gesagt«, protestierte Caspari.

»Geh nach Hause, Christoph, und schlaf deinen Rausch aus«, befahl Brandis.

Und Christoph von Hagen gehorchte widerspruchslos. Schulterzuckend verließ er die Godehardikirche.

»Und Ihr, Caspari, solltet Euch nicht um Dinge kümmern, die Euch nichts angehen«, sagte Brandis zum Subdiakon. »Die Verbrechen sind auf städtischem Territorium geschehen, also ist es Sache des Rates, sie aufzuklären. Richte das dem Weihbischof aus. Wir leiden es nicht, wenn man sich in unsere Angelegenheiten mischt.«

»Ja, Herr«, sagte Caspari leise und schaute zum Tabernakel. In einer silbernen Phiole wurde der Staub aus der Steingrube aufbewahrt, den die Gläubigen für den Leib des Herrn hielten. Sie wollten nun einmal etwas Sichtbares verehren, und sie wollten betrogen werden – also betrog man sie.

Irgendwann fliegt der Schwindel auf, dachte Caspari. Aber dann war er nicht mehr hier.

»Ehrwürdiger Vater, Euer Besuch ist mir eine große Ehre.« Heinrich von Alfeld erhob sich vom Tisch in der Stube. Sein Hausknecht hatte Eusebius an der Pforte in Empfang genommen und ihn zu seinem Herrn geleitet. Von Alfeld hatte gerade die Morgensuppe eingenommen und trat einen Schritt auf den

Dominikanerpater zu. »Ich lasse Euch gern noch ein Gedeck bringen.«

»Nicht nötig.« Eusebius winkte ab. Sein Blick fiel auf den großen Kamin in der Ecke, der aus farbigen holländischen Kacheln bestand. Jede der Kacheln war mit einem erhabenen Motiv verziert, und von links oben nach rechts unten betrachtet, erzählten sie die Passion Christi. »Ein schöner Ofen.«

»Ja, findet Ihr?« Von Alfeld lächelte. Dann wies er zum Tisch, den ein Tapet bedeckte, in das Stationen aus dem Leben des Hildesheimer Stadtpatrons Sankt Godehard gewirkt worden waren. Eusebius hatte einen Haushalt betreten, der nicht nur gut christlich war, sondern das auch ausstellte. »Nehmt doch Platz.«

»Danke.« Eusebius setzte sich. Ihm war ein wenig unwohl zumute, weil er den Novizen Johannes auf der Domburg wusste und sich fragte, ob er den Jungen nicht überforderte. Wenn er versagte, hatte Eusebius seinen Kredit beim Weihbischof verspielt.

»Ihr möchtet sicher wissen, wie ich zu Peter Groper stand«, sagte Heinrich von Alfeld und ließ sich auf einem Stuhl gegenüber seinem Gast nieder. Eusebius bejahte. »Viel gibt es nicht zu erzählen ...« Von Alfeld räusperte sich. »Groper braute Bier, und einen Teil seiner Ware nahm ich ihm ab. Die Einbecker vertreiben ihr Bier nicht selbst, sondern vertrauen es Zwischenhändlern an. Ich beliefere unseren Ratskeller mit Einbeckischem Gerstensaft und auch noch ein paar norddeutsche Städte. Dieses Geschäft mache ich mit Groper seit beinahe zehn Jahren – zum gegenseitigen Vorteil.«

Eusebius nickte. »Verzeiht mir meine Direktheit«, sagte er, »aber Ihr seht ...«, er suchte das passende Wort, das nicht beleidigte, »Ihr seht mitgenommen aus.«

»Es wäre sicher sehr hoch gegriffen, Peter Groper als Freund zu bezeichnen, aber er war ein sehr guter Geschäftspartner«, entgegnete von Alfeld und strich sich über die Augen. »Und nun ist auch noch Klingenbiel ...« Er brach ab.

»Standet Ihr Euch nahe?«, erkundigte sich Eusebius behutsam.

»Klingenbiel und ich? Und ob! Ich wollte meinen Sohn mit seiner Tochter verheiraten.«

»Oh, das wusste ich nicht.« Eusebius verlieh seiner Stimme den leicht süßlichen Ton des einfühlsamen Seelsorgers und ärgerte sich sofort, wie leicht ihm diese Routine fiel. Großes Mitleid empfand er für von Alfeld nicht. Die geplante Hochzeit war sicher auch nur ein Geschäft, und das war nun geplatzt wie ein Wechsel. Der Sohn eines reichen Mannes konnte zweifellos immer wohlfeil verhökert werden, um den Vater noch reicher zu machen; insofern bestand kein Grund für Mitgefühl.

»Ich habe kurz vor seinem Tod noch mit Waldemar gesprochen.« Heinrich von Alfeld schniefte. »Es ist so schrecklich …«

»Allerdings.« Eusebius betrachtete die Szene auf dem Tischtuch, die Godehards Berufung zum Hildesheimer Bischof darstellte. Anhand zweier Tortürme hatte der Tuchwirker die Stadt Hildesheim dargestellt, und Godehard war mindestens eine Handspanne größer als die Türme.

»Na ja.« Alfeld schnäuzte sich in die Finger.

»Warum ist Groper denn nun eigentlich nach Hildesheim gekommen?«, fragte Eusebius.

»Ich weiß es nicht.«

»Ihr wisst es nicht?« Das überraschte Eusebius allerdings.

»Nein. Er wollte über Geschäfte mit mir sprechen.« Von Alfeld wischte seine Hand am Tischtuch ab. »Aber er hatte eine anstrengende Reise hinter sich, also lud ich ihn erst einmal in die Badestube ein, damit er sich reinigen konnte. Über die Geschäfte wollte ich beim Abendessen mit ihm sprechen. Dazu kam es aber, wie Ihr wisst, nicht mehr.«

»Groper ist bei sehr schlechtem Wetter von Einbeck nach Hildesheim gereist«, sagte Eusebius. »Er hatte also offenbar ein wichtiges Anliegen.«

»Das sehe ich auch so.« Von Alfeld nickte. »Ich kann Euch

aber nur mit Vermutungen dienen. Ihr wisst vom Einbecker Stadtbrand?«

»Natürlich.«

»Er hat das Braugewerbe empfindlich getroffen«, erklärte der Knochenhauer. »Ich nehme daher an, dass Groper über eine Ausweitung der Liefermenge mit mir sprechen wollte.«

»Hättet Ihr ihm denn mehr abnehmen können?«

»Aber natürlich. Einbecker Bier ist sehr gefragt. Fast alle wichtigen Hansestädte haben einen Einbecker Keller, in dem sie zwar nicht nur Einbeckisches ausschenken, aber es hat dem Keller immerhin seinen Namen gegeben. Ich weiß, Ehrwürdiger Vater, dass Ihr mit Luther nichts am Hut ... Pardon, dass Ihr mit ihm nichts an der Kapuze habt. Doch selbst Luther mag das Bier aus Einbeck. Der Rat der Stadt Wittenberg hat ihn immer wieder mit Einbeckischem beschenkt. Beispielsweise zu seiner Hochzeit mit Katharina von Bora.«

»Luther ist Mönch«, sagte Eusebius. Das nahm er dem Wittenberger beinahe am meisten übel. »Ein Mönch darf nicht heiraten.«

»Weiß ich doch.« Heinrich von Alfeld tippte auf das Tapet, dem heiligen Godehard mitten ins Gesicht. Er war nervös, und Eusebius fragte sich, warum. »Aber Bier trinken darf er schon.«

»Man kann ja fast sagen, dass wir Mönche das Bier erfunden haben«, sagte Eusebius und lächelte. »Jedenfalls vermögen auch wir einen guten Trank zu brauen. Aber sagt mir doch, lieber Heinrich, warum hatte Euer Gast Groper eigentlich keine Papiere bei sich?«

Von Alfeld richtete sich auf. Sein hageres Gesicht wurde grau. »Man muss ihn bestohlen haben«, sagte er.

»Sein Mörder?«

»Der hatte dazu keine Gelegenheit. Es muss früher passiert sein. Und um zu verhindern, dass Groper den Diebstahl bemerkte, wurde er umgebracht.«

Eusebius nickte vor sich hin: Das war immerhin auch eine

Möglichkeit. Aber dann musste es sich um Papiere von erheblichem Wert handeln, und die nahm man doch eigentlich nicht auf eine Reise mit.

Seiner Nase hatte Johannes nicht folgen müssen. Nachdem der mutmaßliche Koch sich über ihn lustig gemacht hatte, war er einfach auf eines der Gebäude zugegangen, über dessen Tür ein Wappen angebracht war. Die Scherze des Riesen hatten ihn so verletzt, dass es ihm egal war, ob er in sein Verderben rannte oder nicht.

Er war nicht in sein Verderben gerannt. Die junge Frau, die sich von einem Domherrn hatte in die Wangen kneifen lassen, war aus dem Haus getreten und schaute ihm direkt ins Gesicht.

»Wer bist du?«, fragte sie.

»Johannes«, sagte er.

»Und was ist dein Begehr?«

»Mein Prior hat mich beauftragt, dem Weihbischof eine Nachricht zu überbringen.« Das war nicht nur eine faustdicke Lüge, Johannes wurde plötzlich bewusst, dass er sich um Kopf und Kragen reden konnte. Was, wenn man ihn nun wirklich zum Bischof geleitete und herauskam, dass er gar keinen Auftrag seines Priors zu bestellen hatte?

»Zum Weihbischof will er?« Die junge Frau tippte Johannes auf die Schulter. »Und gleich in sein Schlafgemach?« Sie lachte.

»In sein ... Schlafgemach?«, stammelte Johannes.

»In diesem Trakt schläft er«, erklärte die Frau. »Und ich richte seine Kammer.«

»Ihr seid dem Weihbischof so nahe?« Johannes war verwirrt.

»Ich bin keine Herrin, sondern nur eine Magd«, sagte die Frau. »Kein Ihr also, Mönch, sondern ein Du.«

»Wie heißt du?«

»Veronika, wie die Frau mit dem Schweißtuch.«

»Und du könntest mich zum Weihbischof führen?«, fragte

Johannes, der das natürlich gar nicht wollte. Ihm war nur daran gelegen herauszufinden, wie nahe in die Umgebung Fannemanns ihn die Magd zu lenken vermochte.

»Nein. Seitdem die Lutherischen in der Stadt ihr Haupt erheben, hat der Herr eine Leibwache. Ich darf sein Bett aufschlagen ... und dann kommen die Bewaffneten und suchen nach ... ich weiß nicht ... nach Meuchelmördern oder so! Als ob man Meuchelmörder in einer Daunendecke verstecken könnte!« Veronika betrachtete Johannes mit ganz schmalen Augen, die den Novizen nervös machten. »In die Nähe des Bischofs wird ein kleiner Mönch wie du nie gelangen, nicht einmal heimlich«, sagte sie. Johannes zuckte zusammen; er fühlte sich durchschaut. »Aber ich glaube, du bist etwas für den Offizial.«

»Für den Offizial?«, fragte Johannes und musterte Veronika voll Bewunderung: Der Offizial war immerhin der Beauftragte des Bischofs für die Angelegenheiten des kanonischen Rechts, also ein ziemlich bedeutender Mann. Doch was er mit dem Offizial zu schaffen haben könnte, verstand Johannes nicht. Für eine so hoch gestellte Persönlichkeit war er doch ein Nichts.

FÜNFTES KAPITEL

Noch ein Auftrag

Tile Brandis kehrte am späten Nachmittag von Marienburg zurück. Seine Befürchtungen hatten sich bestätigt: Der Pächter des Weinzolls zahlte eine zu geringe Pacht. Auf Knien hatte er gelegen und Brandis angefleht, ihn nicht zu verklagen, aber damit konnte er den Hildesheimer Ratsherrn nicht beeindrucken; auch nicht mit dem Gewimmer über zehn hungrige Mäuler, die er zu stopfen hätte. Einen Brandis betrog man nicht. Der Pächter hätte sich jederzeit an ihn wenden und einen Zahlungsaufschub erbitten können. Dass er hinter Brandis' Rücken die Zölle nach unten korrigierte, erbitterte den Tuchhändler, Gildemeister und Oldermann.

Überhaupt war dies ein miserabler Tag. Brandis hatte erst viel später als beabsichtigt nach Marienburg aufbrechen können, nicht wegen des Besuches des Dominikanerpaters, denn den hatte er eingeplant, sondern wegen Christoph von Hagens Auftritt in der Godehardikirche. Brandis betrachtete sein Gedenkbuch, das verschlossen vor ihm auf dem Tisch lag. Von Hagen war ein aufbrausender Wirrkopf, und alle aufbrausenden Wirrköpfe der Stadt rannten ihm nach. Es gab erstaunlich viele davon. Dabei galten die Norddeutschen doch allgemein als schwerblütig. Aber seitdem das Luthertum grassierte, wurden selbst gestandene Männer aufmüpfig wie Gesellen.

Tile Brandis schlug das Mémoriau auf. Die Lehren des Wittenberger Professors würden dem selbstherrlichen katholischen Klerus, der längst den Boden unter den Füßen verloren hatte, wenigstens die Flügel und die Krallen stutzen. Aber immerhin war Brandis Ratsherr, und ihm bedeutete viel, was er gern die *Raison d'État* nannte, schließlich war er ein gebildeter Mann, der die Sprache der Franzen beherrschte. Und nicht nur sie, auch auf Italienisch konnte er sich verständigen. Sein Vater hatte immer großen Wert darauf gelegt, dass seine männlichen Kinder die Sprachen lernen, die ein Handelsherr seiner Ansicht nach beherrschen musste, um sich mit seinen ausländischen Geschäftspartnern in deren Zunge verständigen zu können. Hildesheim war zwar keine so bedeutende Handelsstadt wie etwa die an der Küste gelegenen Hansestädte oder gar das rheinische Köln, aber die Familie Brandis pflegte weit verzweigte Verbindungen. Und mit seinem Wissen war Tile Brandis fast dem gesamten Rat überlegen, denn etwa die Hälfte der Ratmänner konnte nicht einmal lesen und schreiben. Die Abschiede, denen sie zustimmen sollten, mussten ihnen vom Bürgermeister oder dem Stadtschreiber vorgelesen werden.

Tile Brandis griff nach dem Gänsekiel und spitzte ihn an. Die *Raison d'État* bedeutete für ihn, dass die städtische Ordnung unumstößlich war. Die Verfassung der Stadtgemeinde war ebenso heilig wie die Schrift. Ein Bürger hatte sich gemessen und anständig zu bewegen, er musste Händel und Aufruhr vermeiden und hatte Steuerehrlichkeit obwalten zu lassen.

Brandis öffnete das Tintenfass. Es war leer. Da er ohnehin gereizt war, verwandelte sich sein Ärger in handfeste Wut. Er sprang auf, eilte zur Tür und riss sie auf.

»Bertolt!«, brüllte er in die Diele. Dann kehrte er zu seinem Tisch zurück, setzte sich aber nicht. Wenige Lidschläge später erschien der Knecht in der Schreibkammer.

»Was wünscht Ihr, Herr?«, erkundigte er sich.

»Habe ich dir nicht befohlen, Tinte anzurühren?«

»Nein, Herr.«

»Habe ich nicht?«, fragte Tile etwas sanfter. Bertolt belog ihn nicht, also hatte er es offensichtlich vergessen. »Tut mit Leid, Bertolt, dann sollte gerade ein Ungewitter auf dich niedergehen, das mich treffen muss. Gut, gut. Setz dich.«

Der Knecht nahm gehorsam Platz. Tile betrachtete das Gedenkbuch und schlug es zu. Er hatte gerade einen Einfall gehabt.

»Du kennst die Herbergen unserer Stadt?«, fragte er ihn.

»Wer kennt sie nicht, Herr?«

»In einer muss ein Wandergeselle namens Wenzel wohnen«, sagte Tile. »Suche ihn und schaffe ihn herbei!«

»Na, mein Schöner!« Der bischöfliche Offizial wohnte ebenfalls in dem Trakt, der die Wohn- und Schlafräume des Bischofs beherbergte, wenn auch zwei Stockwerke darunter. Veronika hatte nicht die Wahrheit gesagt: Der Weihbischof lebte, wenn er Valentin von Teteleben vertrat, keineswegs in dessen Räumen, sondern in einer bescheidenen Zelle im Domstift, schließlich war er ein Mönch wie Vater Eusebius. Trotz seiner mächtigen Stellung als Weihbischof hielt er dem Ideal der apostolischen Armut die Treue. Der Offizial hingegen umgab sich offenbar gern mit Luxus. Gemächer wie die seinen hatte Johannes noch nie gesehen. Er kannte nur die rauen Wände in der Kate seines Vaters oder die im Konvent. Hier waren sie hinter Gobelins aus Seide verborgen. Auf den Gobelins waren Jagdszenen dargestellt. Eine dieser Szenen beeindruckte Johannes vor allem: Ritter stellten einem Einhorn nach. Und das Einhorn, das wusste er sogar, war ein Sinnbild für die Jungfräulichkeit Mariens.

»Gefällt es dir?«, fragte der Offizial. Er stand hinter dem Novizen und hatte eine Hand auf dessen Schulter gelegt. »Das Einhorn, meine ich. Ich habe auch eins.«

»Ihr habt ein Einhorn?« Überrascht drehte sich Johannes um. Er hatte noch nie ein solches Fabelwesen gesehen, war aber überzeugt, dass es diese legendären Tiere gab. Alles, was Menschen abbildeten, musste es geben, denn warum sonst existierten Bilder davon?

»Ich zeige es dir.« Der Offizial hatte ein seidenes Gewand mit einem gelb-braunen Schlangenmuster angelegt. Johannes bekam einen fürchterlichen Schreck: Er war ja nicht dumm und wusste, dass die Schlange ein Symbol der Sünde war.

»Herr, ich …«

»Du musst nicht sprechen.« Der Offizial legte Johannes einen Finger auf die Lippen.

»Herr …«

»Psst!«

»Das Einhorn …« Johannes schüttelte sich. Der Finger auf seinen Lippen war ihm unangenehm. Aber das Einhorn würde er gern sehen. Vermutlich stand es im bischöflichen Stall.

»Hier!« Der Offizial ergriff Johannes' Hand und legte sie zwischen seine Schenkel. Endlich verstand der Junge, was er mit dem Einhorn gemeint hatte. Sofort zog er die Hand zurück.

»Reibe das Horn!«, verlangte der Offizial. Er stöhnte bereits. Johannes wollte nur eines: so schnell wie möglich fort.

»Reibe es!«

Johannes konnte nicht anders. Er war noch nie mutig gewesen. Aber die Zudringlichkeit des Offizials war ihm zu viel. Mit der rechten Faust schlug er ihm ins Gesicht. Blut spritzte, der Offizial schrie auf, und Johannes wusste, dass er alles verdorben hatte.

Weinend lief er davon.

Marie Klingenbiel zupfte die Pänula zurecht und betrachtete sich im Spiegel: In dem kostbar bestickten und mit Spitzen und Posamenten versehenen Umhang sah sie einfach überwältigend aus. Und genau so wollte sie aussehen, wenn sie Heinrich von Alfeld die Ehe mit seinem Sohn Peter antrug. Nicht zu überwältigend natürlich, denn immerhin trauerte sie. Deshalb hatte sie ja auch eine Pänula mit schwarzer Kapuze gewählt.

Der verliebte Kater kratzte an der Tür. Obwohl das Erkennungszeichen mittlerweile nicht mehr notwendig war, benutzte es Jacob immer noch. Marie grinste ihr Spiegelbild an. Klingenbiels Tod war ein Gottesgeschenk für sie. Jetzt konnte sie auftrumpfen.

»Komm herein, Jacob«, rief sie. Und der Geselle trat ein.

Ungetrübt war Maries Freude nicht. Magdalena, die Tochter ihres ermordeten Gatten, hatte sie am Morgen zur Rede gestellt. Waldemar hatte nie mitbekommen, dass sie mit Jacob herumgeturtelt hatte, Magdalena schon. Sie glaubte sogar, dass Marie den Mord in Auftrag gegeben hatte, und sie hatte angedroht, ihre Vermutung einem der ehrbaren Ratsherren anzuvertrauen. Natürlich wollte das eitle Frauenzimmer nur Geld, und Marie hatte sie mit zwei Groschen vorerst ruhig gestellt. Aber ihr war klar, dass Magdalena immer frechere Forderungen stellen würde. Sie musste ebenso beseitigt werden wie die Amme. Der Mann, der diese Dreckarbeit erledigen würde, stand hinter ihr.

»Du bist schön, Marie«, sagte er und küsste ihren Hals. »Willst du ausgehen?«

»In die Kirche«, sagte Marie. »Du weißt, ich bin in Trauer. Es ist nicht schicklich, das Haus zu verlassen – außer für einen Kirchgang.«

»So wunderschön.« Jacob rieb seine Nase an ihrer Wange. Marie schaute ihm im Spiegel dabei zu. Dann wandte sie sich abrupt um und sah ihm in die Augen.

»Die Amme«, sagte sie kühl.

»Was ist mit ihr?«

»Beseitige sie. Du weißt ja, wie man so etwas macht.«

Jacob prallte zurück. »Wie kommst du darauf?«

»Liebst du mich denn nicht mehr?«, fragte Marie.

»Und wie ich dich liebe!«, versicherte der Geselle.

»Du hast Klingenbiel auf dem Gewissen.« Sacht strich Marie Jacob über die Stirn. »Du hast es so geschickt angestellt, dass man nicht nur ihn für das Opfer eines Raubüberfalls ansieht, sondern auch dich. Jacob, möchtest du nicht Waldemars Platz einnehmen, und das nicht nur in meinem Bett? Sondern auch im Knochenhaueramtshaus und auf der Kuhhaut, wo ihr das Vieh schlachtet?«

»Ich habe es nicht getan«, sagte Jacob mit leiser Stimme.

»Ach, Liebster«, seufzte Marie. »Die Amme ist alt und dumm, keiner wird sie vermissen. Aber sie hat ein Wissen über mich, das meinen Ruf zerstören könnte.«

»Mir ist es gleich«, sagte Jacob. »Ich hoffe nur, dass du die gewissen Mittel nicht anwendest, wenn du mich geheiratet hast. Ich möchte nämlich Kinder von dir …«

Marie schüttelte den Kopf. Jacob glaubte, dass sie ihn heiraten würde, damit er Bürger und Meister werden konnte. Noch sollte er das denken, denn noch brauchte sie ihn. Natürlich würde er niemals ihr Gatte werden, dafür war er viel zu arm. Waren die Amme und Klingenbiels Tochter beseitigt, würde sie dafür sorgen, dass er aus der Stadt floh; oder dass er auf dem Rad endete. Dann konnte sie Peter von Alfeld ehelichen und würde eine der reichsten Frauen Hildesheims werden. Nicht so reich wie Gesche Brandis, aber dieses Ziel hatte sie ohnehin nicht. Die Familie Brandis konnte man nicht übertrumpfen.

»Die Amme«, sagte Marie und küsste Jacob auf die Nasenspitze. »Tu mir diesen Liebesdienst, ja? Sie ist doch nur ein wertloses Weib.«

Tile Brandis hielt sich noch immer in der Schreibkammer auf. Er hatte selbst die Eisengallustinte angerührt und ein paar Sätze ins Gedenkbuch schreiben wollen, aber er fühlte sich seltsam unentschlossen. Was gab es denn zu berichten? Dass der Pächter des Weinzolls zu Marienburg ihn betrog? War diese Nachricht wert, seinem ungeborenen Sohn übermittelt zu werden? Nein. Und auch Christoph von Hagens schimpflichen Auftritt in der Godehardikirche stellte man lieber dem Vergessen anheim.

Die beiden Morde ließen Brandis keine Ruhe. Über sie hätte er einen Eintrag machen können, aber sie beschäftigten ihn zu sehr, noch konnte er über sie nicht schreiben. War es ein und derselbe Mörder gewesen, der erst Groper und dann Klingenbiel um die Ecke gebracht hatte? Aber warum? Groper hatte man immerhin seine Papiere gestohlen, so sah es jedenfalls aus. Klingenbiel war nicht beraubt worden. Sein Geselle stellte die Untat zwar als Raub dar, aber was war denn das für ein Raub, bei dem nichts gestohlen wurde? Es musste um etwas anderes gehen, aber Brandis hatte nicht die geringste Ahnung, worum.

Eines jedoch war ihm am Morgen in der Kirche klar geworden: Der Weihbischof nutzte die Untaten geschickt für seine Interessen. Der alte Fuchs Fannemann wollte sie den Martinianern in die Schuhe schieben und auf diese Weise Stimmung gegen sie machen. Seit dem Tod von Brandis' altgläubigem Schwiegervater war auch die Haltung des Rats nicht mehr eindeutig. Die sächsischen Schwesterstädte versuchten mit allen Mitteln, den Rat zur Einführung des Luther'schen Glaubens zu bewegen, und eigentlich gab es keinen Grund, den protestantischen Prädikanten einen Auftritt zu verweigern. Es war allein der Geist Wildefuers, der die Ratmannen noch zögern ließ. Das wusste Fannemann natürlich, er hatte schließlich überall seine Spitzel. Aber der Rat hatte sie auch. Der bischöfliche Offizial verkehrte im Haus des Ratsherrn von Alfeld und plauderte gern über Geheimnisse. Brandis wusste nicht, wie es seinem Nachbarn gelang, die Zunge des Offizials zu lösen, aber dabei spielte gewiss nicht nur guter Wein eine Rolle, sondern vor allem gutes Geld.

Tile Brandis zuckte die Schultern. Dass er in einer Welt lebte, die vom Geist des Geldes verseucht war, wusste er nicht nur, er akzeptierte es auch; als Unternehmer konnte er ja schlecht wider den herrschenden Stachel löcken, und seine Unternehmungen waren nicht nur vielgestaltig, sie waren auch erfolgreich. Sogar Papst und Kaiser waren käuflich. Die Fugger hatten die Habsburger im Geldsack. Aber es war Tile klar, dass sich die Augsburger mit diesem Brocken übernommen hatten. Kaiser waren nicht nur unersättlich, sie pflegten ihre Darlehen auch nie zurückzuzahlen – Päpste im Übrigen auch nicht. Ganze Imperien waren an ihrer Verschwendungssucht zugrunde gegangen, Geldimperien vor allem.

Nun ja, Paul III. war ein eher bescheidener und redlicher Pontifex; verglichen mit seinen Vorgängern wirkte er fast menschlich. Deshalb würde er wohl auch nie in die Geschichte eingehen, das schafften nur die heiligen oder die verbrecherischen Päpste. Kaiser Karl hingegen hatte bereits als Jüngling Geschichte geschrieben, weil er dazu verdammt war, Geschichte zu schreiben. Das war ihm in die Wiege gelegt worden als ein Erbteil seines Blutes. Jeder einigermaßen gebildete Mensch wusste oder spürte, dass der Herrscher des Heiligen Römischen Reiches Deutscher Nation, dessen Sprache er nicht einmal beherrschte, von seiner Berufung vollkommen überfordert war. Karl V. war ein schwacher Kaiser. Mit sinnlosen Kriegen versuchte er, seine Schwäche zu kaschieren. Aber eigentlich wollte er nur beten. Er hatte schon als junger Mann im Dunstkreis seines immer fanatischer werdenden Vaters ein allein Gott geweihtes Leben führen wollen. Karl wäre sicher ein guter Mönch geworden. Doch diese Möglichkeit stand nie zur Debatte, also wurde er ein schlechter Kaiser. Ein trauriges Schicksal. Er hatte auf der Messe in Frankfurt ein Gemälde des Kaisers gesehen, das ihn offenbar wahrheitsgemäß darstellte: Als einsamen, in sich gekehrten und sich nach Zuneigung sehnenden jungen Mann mit einem auffallend spitzen Kinn.

Seine Gedanken über den Kaiser hielt Tile Brandis für aufschreibenswert. Bevor er jedoch dazu kam, wurde an die Tür der Schreibkammer geklopft. Brandis ahnte, dass Bertolt Einlass begehrte, und rief ihn herein. Der Knecht hatte den Wandergesellen ausfindig gemacht und brachte ihn herbei.

»Danke, Bertolt«, sagte Brandis und deutete auf den Stuhl, auf dem der Geselle aus Nordhorn Platz nehmen sollte. Der Knecht verließ die Schreibkammer, bevor er dazu aufgefordert wurde.

»Du suchst doch Arbeit, Geselle?« Brandis lehnte sich zurück und verschränkte die Arme.

»Das sagte ich Euch bereits, Herr. Und Ihr sagtet, dass Ihr einen Zimmermann nicht brauchen könnt.«

»Das trifft zu. Aber ich brauche ein Ohr.«

»Ein Ohr?«

»Nun, oder zwei.« Brandis lächelte. »Und Ohren hast du, wie ich sehe.«

»Ich hänge sehr an meinen Ohren«, sagte Wenzel.

Tile Brandis sah, dass der Wandergeselle begriffen hatte. »Ich zahle natürlich für sie.«

»Was soll ich hören?«

»Ich möchte wissen, wen man in den Gassen und Schänken für die Morde an Groper und Klingenbiel verantwortlich macht.«

»Die Lutherschen«, erwiderte Wenzel sofort.

»Das glaube ich nicht. Nicht dort, wo du dich umhören sollst.« Der Ratsherr stand auf, trat zum Wandschrank und öffnete ihn. »Der Weihbischof möchte die Untaten den Lutherischen anlasten. Eine entsprechende Botschaft wird bereits von den Kanzeln verkündet«, sagte er und fingerte ein Geldsäckchen aus dem Schrank. »Das kann ich nicht dulden. Ich will keinen Aufruhr in der Stadt.« Er warf dem Wandergesellen das Säckchen zu, und der fing es im Flug auf. »Es gibt da einen Mönch namens Eusebius, den er beauftragt hat, Beweise für eine martinianische Verschwörung zu finden. Achte auf jeden seiner Schritte. Und unterschätze ihn nicht. Dieser Mönch ist sehr klug.«

»Man darf seine Gegner nie unterschätzen«, meinte der Geselle Wenzel.

»Er ist kein Gegner.« Brandis schloss den Schrank. »Eusebius ist ein Predigerbruder, und er hängt wie alle Dominikaner dem alten Glauben an. Das kann man ihm nicht vorwerfen.«

»Und Ihr, Herr? Was glaubt Ihr?«

»Das geht dich nichts an.« Consul Brandis wies zur Tür. »Du sollst nur das tun, wofür ich dich bezahle.«

Zur Vesper feierten die Mönche die Menschwerdung Christi als eines der wichtigsten Heilsereignisse. Eusebius nahm an dem Gebet teil, das auch dem Verdämmern des Lichts in den Abend geweiht war, aber er folgte dem Wechselgesang der Brüder nur mit Mühe. Johannes war nicht da, und das bedeutete nichts Gutes.

Ungeduldig erwartete er das Ende des Stundengebets, aber da Mönche vor allem zum Dienst am Herrn bestimmt waren, dauerte es endlos. Der Gesang, den er schon Tausende Male gehört hatte, wollte und wollte nicht verstummen. Eusebius war aus tiefer Überzeugung und aus Liebe zum Erlöser Dominikaner geworden, aber manchmal machten ihn die Rituale nervös, die doch das Gegenteil bewirken sollten, nämlich innere Ruhe und Einkehr. Auf seiner langen Wanderung durch das zerstörte Europa hatte sich Eusebius nichts anderes gewünscht: Einkehr, Zwiesprache mit Gott, Seelenruhe. Deshalb war er nach Hildesheim gekommen.

»Wo ist Johannes?«, fragte er den Prior, nachdem die Hora Gott sei Dank doch ein Ende gefunden hatte. Die Brüder, die sich durch die Mönchspforte in den Kreuzgang begaben, schauen ihn äußerst kritisch an.

»Im Dormitorium«, sagte der Prior mit einem ärgerlichen Blick. »Er weint seit Stunden, aber er sagt nicht, was mit ihm los ist. Der Bruder Arzt hat ihm schon beruhigende Tränke eingeflößt ... nutzt alles nichts. Er heult und ruft nach dir.«

»Nach mir?« Eusebius wurde noch besorgter.

»Ja, nach wem denn sonst? Du hast ihm ja offenbar riesige Flöhe ins Ohr gesetzt. Mach mir den Jungen bloß nicht kaputt. Er ist viel zu einfältig für die Welt außerhalb der Klostermauern.«

»Ist er nicht«, widersprach Eusebius. Und er spürte etwas, irgendwo in der Gegend zwischen Herz und Magen, wo man eigentlich nur etwas spürte, wenn man zu viel getrunken hatte: Er verspürte so etwas wie väterliche Liebe.

»Bruder Eusebius, du bist viel herumgekommen«, sagte der Prior. »Du warst in Santiago und in Rom. Dafür bewundere ich dich. Ich habe meinen Konvent fast nie verlassen. Aber eines möchte ich dir sagen: Ein zu großes Wissen ist gefährlich. Wir sollen Gott aus einem naiven Verständnis heraus verehren. Die Einfältigen sind dem Herr die liebsten Schäfchen. Ich fürchte, dass Johannes begonnen hat zu denken. Er hat begriffen, dass sich in seinem Kopf etwas Wunderbares befindet: ein Gehirn. Aber er ist der Sohn eines armen und verwahrlosten Bauern. Er soll glauben und nicht denken!«

»Er glaubt bedingungslos«, sagte Eusebius und fragte sich zum ersten Mal, warum der Prior ihm den Jungen eigentlich geschickt hatte.

»Nun ja, im Moment weint er und sehnt sich nach deinem Beistand«, sagte der Prior und lächelte. »Also kümmere dich um ihn, Bruder.«

»Du hast ihn auf mich angesetzt, Vater«, sagte Eusebius.

»Angesetzt?« Der Prior schüttelte den Kopf. »Ich setze niemanden auf irgendjemanden an.«

»Marie Klingenbiel wünscht Euch zu sprechen, Herr«, sagte die Küchenmagd. Von Alfeld hatte den bischöflichen Offizial zu Gast, mit dem er gerade speiste. Beim Essen mit einem so hohen Besucher durfte man ihn eigentlich nicht stören.

»Was will sie?«, fragte er daher.

»Das hat sie nicht gesagt.«

»Bitte sie in die Schreibkammer«, wies von Alfeld die Magd an.

»Und Ihr glaubt, dass der Novize zu Euch geschickt wurde, um Euch auszuhorchen?«, fragte er den Offizial, kaum dass die Magd den Raum verlassen hatte. Der höchste Richter des Stifts wischte sich den Mund ab.

»Was denn sonst?«

»Dieser Eusebius nimmt seinen Auftrag ja recht ernst«, sagte von Alfeld.

»Weihbischof Fannemann und er kennen sich seit langem«, erklärte der Offizial. »Sie sind Ordensbrüder.«

»Mir gefällt das nicht.« Heinrich von Alfeld betrachtete den gebackenen Zander, den er hatte auftragen lassen. Dann wandte er seinen Blick dem Offizial zu, der am Mund eine Wunde hatte. Er sah aus, als ob ihn jemand geschlagen hätte.

»Mir etwa?« Der Offizial fühlte sich offenbar erkannt und legte die rechte Hand an den Mund. »Dieser Knabe ist eine freche Kröte.«

Daher die Wunde, dachte von Alfeld und grinste. Du wolltest der Kröte an die Wäsche.

»Ein Novize des Pauliklosters wagt es, Euch eine so derbe Maulschelle zu erteilen?« Von Alfeld liebte es, Salz in Wunden zu streuen. »Das ist in der Tat frech. Ihr solltet es dem Prior melden.«

»Vielleicht«, meinte der Offizial unbestimmt und senkte den Blick. Natürlich würde er es nicht tun, und das war von Alfeld durchaus klar: Er würde dann auch den Grund für die Schelle angeben müssen, und der war sicher peinlich.

»Was die Witwe Klingenbiel wohl von mir will?« Von Alfeld erhob sich. »Verzeiht, ich werde ein paar Worte mit ihr wechseln müssen«, sagte er. »Ihr bedient Euch selbst?«

»Vater!« Johannes umarmte Eusebius heftig und legte seine Kopf an dessen Brust. Der Mönch wusste nicht, wie ihm geschah, und die Zuneigung des Novizen machte ihn verlegen. »Ich möchte beichten!«

»Ja, Sohn, das kannst du doch.«

»Ich habe aber gar nicht gesündigt.« Johannes schluchzte auf.

Eusebius strich ihm übers Haar, um ihn zu beruhigen. »Wir sündigen immer«, sagte er unsicher.

»Vater!« Johannes' Anruf war ein Hilfeschrei. Eusebius wusste nicht, was er tun sollte. So etwas hatte er noch nie erlebt. Er hatte den Knaben auf die Domburg geschickt und damit offenbar eine Lawine losgetreten.

»Was ist denn nur mit dir?«, fragte er leise.

»Vater.« Johannes barg seinen Kopf in Eusebius' Achselhöhle. Dieses *Vater* klang ganz anders als die übliche Anrede gegenüber einem Mönch. Es klang wie das Wort eines leiblichen Sohnes. Eusebius' Augen wurden feucht.

»Nun sag es doch!«, bat Eusebius.

»Sodomie.« Johannes' Stimme war nur ein Hauch.

»Was?«

»Sodomie«, wiederholte der Junge. Eusebius wandte sich von ihm ab.

»Marie, was kann ich für Euch tun?« Heinrich von Alfeld hatte die Schreibkammer betreten. Marie Klingenbiel hatte auf einem

Stuhl Platz genommen, stand aber sofort auf, als der Hausherr sie ansprach. Züchtig knickste sie.

»Es geht um die Absprache, die Ihr mit meinem Mann getroffen habt«, sagte sie.

»Nun setzt Euch doch wieder.« Galant deutete von Alfeld auf den Stuhl. »Ihr sprecht von der Hochzeit meines Sohnes mit Magdalena?«

»So ist es.« Marie nickte. »Aber Magdalena ist viel zu jung, um Euren Sohn zu ehelichen. Außerdem ist sie herzzerreißend dumm.«

»Kein Grund, der gegen eine Ehe spricht«, meinte Heinrich und setzte sich ebenfalls. Dieses Gespräch versprach eine außergewöhnliche Wendung zu nehmen.

»Ich bin bereit, Peter zu heiraten«, sagte Marie.

Von Alfeld zog die Brauen hoch. »Es ist nicht üblich, dass eine Frau um die Hand eines Mannes anhält«, sagte er. »Noch dazu in der Trauerzeit ... Habt Ihr keinen männlichen Verwandten, mit dem ich handeln könnte?«

»Ihr seid also interessiert?«

»Ich will meinen Sohn gut verheiraten, und Ihr seid eine gute Partie, Marie«, entgegnete Heinrich. »Allerdings will ich Peter schnell in den Stand der Ehe bringen, und Ihr könnt noch nicht wieder heiraten. Kein Priester wäre bereit, Euch so kurz nach dem Tod Eures Gatten das Sakrament der Ehe zu spenden.«

»Das weiß ich. Habt Geduld. Ein Jahr können wir doch noch warten.« Marie lüpfte die Kapuze ihrer Pänula, und ihr langes kastanienbraunes Haar rann wie Wasser über ihre Schultern. Heinrich von Alfeld verstand das Angebot – aber er würde es nicht annehmen können. Nicht in seinem Haus, wo jederzeit seine Gattin aufkreuzen konnte. Und wo der Offizial auf ihn wartete.

»Ich verhandle nur mit einem männlichen Verwandten«, sagte er.

»Ich habe keinen«, sagte Marie. »Jedenfalls nicht in Hildesheim. Mein Vater ist tot. Mein Onkel ebenfalls. Und meine beiden Brüder leben in der Ferne. Der eine in Lübeck, der andere in Reval. Ihr müsst mit mir vorlieb nehmen.«

»Nun denn. Es ist ungewöhnlich, aber warum nicht. Kennt Ihr die *Wilde Rose*?«

»Das ist eine Herberge in der Neustadt?«

»Genau.« Heinrich stand auf. »Dort erwarte ich Euch morgen nach der Vesper.«

»Ich werde kommen.« Auch Marie Klingenbiel erhob sich. Heinrich von Alfeld geleitete sie zum Tor.

»Einen schönen Tag noch, Marie«, sagte er in dem Wissen, dass er morgen schon mit der Witwe schlafen würde.

»Was ist passiert?« Eusebius stand bei der Tür und schaute an Johannes vorbei auf das Kruzifix über seinem Bett.

»Der Offizial ... er ... ich kann es Euch nicht sagen, Vater!«

»Wollte er dich zur Sodomie verführen?« Etwas anderes kann einen unerfahrenen Knaben ja nicht so durcheinander bringen, außer einer Frau vielleicht, aber dann würde er ja nicht von *Sodomie* sprechen.

»Ja.« Johannes wurde rot.

»Und du?«

»Ich habe ihn ins Gesicht geschlagen.«

»Mein Gott!« Eusebius musste sich setzen. »Das hättest du nicht tun sollen.«

»Ich weiß, Vater. Aber ich konnte nicht anders.«

»Na ja.« Der alte Mönch schaute dem Novizen ins Gesicht. Der Junge hatte schöne lange Wimpern, die jedes Weib, aber wohl auch etliche Männer schwach werden ließen. Eusebius schluckte. Doch er hatte gelernt, solchen Anfechtungen zu widerstehen. »Jedenfalls weiß der Offizial nun, dass er dich nicht haben kann.«

»Ja, aber ich weiß auch etwas.« Johannes schaute zu Boden.

»Was denn?« Eusebius ahnte die Antwort und wünschte sich, dass sie nie ausgesprochen werden würde. Aber er hatte gefragt, also musste er sie auch erdulden.

»Mir ist klar geworden … Den Offizial mag ich nicht. Aber Euch, Vater!«

»Junge, das darfst du nicht einmal denken!«

»Ich denke es ja auch nicht.« Ein kleines, verschmitztes Lächeln stahl sich in Johannes' Züge.

»Das ist auch besser so«, sagte Eusebius.

»Nein, Vater, ich fühle es. Hier.« Der Novize tippte sich auf die Brust.

Auch das noch, dachte der alte Mönch. Herr, wünschte er wie Jesus auf dem Ölberg, kannst du diesen Kelch nicht an mir vorbeigehen lassen?

Der Herr antwortete nicht. Er prüfte Eusebius. Er hatte ihm einen Versucher gesandt. Einen Versucher, der es wert war, geliebt zu werden.

»Wir gehen jetzt«, sagte Eusebius rau.

»Wir gehen? Wohin?«

»Tile Brandis hat uns zum Abendessen eingeladen.«

»Und Ihr nehmt mich mit, Vater?«

»Soll ich dich etwa weinend hier herumliegen lassen?«

»Ich weine doch gar nicht mehr. Aber ich fange gleich wieder an.«

»Siehst du, du Erpresser. Also muss ich dich wohl mitnehmen.«

»Weißt du, wie lange der verfluchte Rat alle unsere Schwesterstädte schon hinhält?«, fragte Christoph von Hagen den Wandergesellen Wenzel. Sie saßen beim Bier in der *Grauen Glocke*, und Wenzel schüttelte den Kopf. »Das kannst du ja auch nicht wissen. Woher stammst du?«

»Aus Nordhorn.«

»Wo ist denn das? Klingt ja wie der Arsch der Welt.« Von Hagen hob seinen Krug und leerte ihn in einem Zuge. Dann winkte er dem Wirt, was er nicht hätte tun müssen; der Wirt beobachtete ihn genau und kam bereits mit neuem Bier.

»Immer wieder haben die Städte der sächsischen Konkordie

den Rat, der nur aus Dummköpfen besteht, aufgefordert, protestantisch zu werden.« Von Hagen leerte den Becher. Wenzel nickte. Nicken war immer gut, wenn man jemanden ausforschen wollte. Vom Ratmann Tile Brandis hatte er nicht den Eindruck, dass es sich um einen Dummkopf handelte.

»Das hat alles nur an Wildefuer gelegen«, sagte von Hagen und rülpste.

»Was?«

»Alles.«

»Was ist alles?«

»Mein Gott, siehst du nicht, dass ich saufe? Ich kann dir … Wer bist du überhaupt?«

»Der Zimmermannsgeselle Wenzel aus Nordhorn.«

»Ja, weiß ich ja. Suchst du Arbeit?«

»Was sonst sucht ein Wandergeselle?«

»Arbeit habe ich nicht für dich.« Christoph von Hagen deutete auf beide Krüge. »Aber ich zahle das Bier.«

»Danke.« Wenzel senkte den Blick in der Annahme, von Hagen würde eine demütige Geste zu schätzen wissen.

»Es ist alles nur eine Frage der Zeit«, meinte von Hagen. »Ich habe gehört, dass Ratsherren aus Magdeburg, Braunschweig, Goslar, Einbeck … ach, ich weiß nicht alle … sie sollen sich getroffen haben, um eine Delegation vorzubereiten, die dem Hildesheimer Rat den Kopf waschen soll. Ich sage dir, Geselle, noch in diesem Jahr wird auch in unserer Stadt das reformierte Glaubensbekenntnis eingeführt. Zumindest aber wird erlaubt werden, dass es in der Andreaskirche verkündet wird.«

»Solche Abordnungen kamen aber schon öfter, hört man, und sie sind beim Rat entweder auf taube Ohren oder auf Hinhaltung gestoßen«, meinte der Wandergeselle. »Man muss Rücksicht nehmen auf den Kaiser und auf den Wolfenbütteler Herzog …«

»Ja, dass sich Hildesheim beim Bekenntnis zum Martinismus gegen den Kaiser kehrt, wurde den Bürgern immer als Schreckgespenst vorgeführt«, entgegnete von Hagen. »Stell dir vor, im Jahr des Herrn 1532 gingen die Braunschweiger ziemlich weit.« Von Hagen war bereits so betrunken, dass seine Gedanken sprangen. »Im August schickten sie zwei lutherische Prädikanten nach Hildesheim, einen Magister Johann Lafferdes und einen Ludolph Petersen. Da man ihnen den Zutritt zu den Kirchen verweigerte, predigten sie auf dem Katharinenkirchhof. Zu ihren Zuhörern gehörten vor allem Handwerker, namentlich Schuster, Gerber und Kürschner. Sie gerieten so in Wallung, dass sie den Ratsherren Totenschädel vor die Türen legten und sie auch auf andere Weise piesackten.« Der Führer der Großen Bäuerschaft lachte. »Sogar zu einer Messerstecherei im Neuen Schaden ist es gekommen, alles nur wegen der Glaubenssache! Mein Vater Henning war damals einer der heftigsten Befürworter des Martinismus. Er hatte sich mit Bürgermeister Wildefuer überworfen, allerdings wegen einer Erbschaftsangelegenheit ...« Von Hagen winkte ab. »Jedenfalls wurden Lafferdes und Petersen der Stadt verwiesen, und der Rat schrieb einen bitterbösen Brief an Braunschweig. Aber dann brach der Aufruhr los. Wohl an die hundertfünfzig aufgebrachte Bürger zogen vor das Rathaus und schickten sechs Männer in die Ratssitzung, um die Zulassung der zwei Prädikanten zu fordern. Der Rat bat sich wie üblich Bedenkzeit aus. Aber nichts da, die Ratmannen wurden im Ratssaal eingeschlossen. Allerdings fielen altgläubige Bürger den Aufrührern in den Rücken.« Christoph von Hagen zuckte die Schultern und trank von seinem Bier.

»Also wurde es nichts mit den zwei Prädikanten?«

»Schlimmer noch: Fünfzig Aufständische wurden mit mehr oder weniger langem Hausarrest bestraft, zweiundsiebzig sogar aus der Stadt verbannt. Nun, viele von ihnen siedelten sich in der Hildesheimer Neustadt an, was beweist, dass auch dort der Protestantismus viele Anhänger hat.«

»Warum liegt Euch so viel daran, das lutherische Bekenntnis in Eurer Heimatstadt einzuführen?«, fragte Wenzel.

»Überleg doch mal! Die protestantischen Fürsten hatten nichts Eiligeres zu tun, als Kirchengut einzuziehen. Hildesheim nagt am Hungertuch. Dem Stadtsäckel würde die Beschlagnahme kirchlicher Güter sehr wohl munden – so wie unsereinem das Bier.«

Trotz seiner Trunkenheit sprach von Hagen nach Wenzels Begriffen in dieser Hinsicht ziemlich klare Worte.

»Trotzdem«, sagte Wenzel und ließ von Hagen nicht aus den Augen, »es ist nicht recht, dass Anhänger von Luther gut katholische Männer töten.«

»Was?« Christoph von Hagens vom Biergenuss ohnehin gerötetes Gesicht wirkte beinahe schlagflüssig. »Du glaubst, was dieser Weihbischof verkünden lässt?«

»Sollte ich nicht?« Der Wandergeselle nahm einen behutsamen Schluck von dem Hildesheimer Bier.

»Das sind doch alles Lügen!«, rief von Hagen. Andere Gäste drehten sich nach ihm um. Er zeigte ihnen die Faust, und sofort wandten sie sich ab. »Fannemann verfolgt unlautere Absichten. Er will die protestantische Partei madig machen.«

»Aber wer hat Eurer Meinung nach diesen Groper ... und den anderen ... Wie hieß er noch?«

»Waldemar Klingenbiel.« Von Hagen tippte nervös gegen den Rand seines Bechers.

»Wer hat sie Eurer Meinung nach getötet?«

»Woher soll ich das wissen?« Christoph von Hagen schob seinen Bierkrug hin und her. »Gesindel vermutlich. Irgendwelche Raubgesellen, die es auf ihr Geld abgesehen hatten.«

»Aber sie wurden doch, scheint's, nicht bestohlen«, wandte Wenzel ein.

Christoph von Hagen zuckte die Schultern. »Vielleicht kam der Mörder nicht mehr dazu ...«

»Ihr glaubt also, dass es sich in beiden Fälle um ein und denselben Täter handelt?«

»Ich glaube gar nichts«, erwiderte von Hagen gereizt. »Ich sitze hier und trinke mein Bier«, er demonstrierte es, »und zum

Biertrinken braucht man keinen Glauben, sondern einen großen Hals.«

Und den hast du, dachte Wenzel und lächelte.

»Vater!« Johannes krallte seine Linke in den Ärmel von Eusebius' Kutte. Die beiden waren soeben vom Hohen Weg in die Saustraße eingebogen. »Schaut! Dort!« Der Novize wies auf einen Mann, der bürgerliche Kleidung trug und gerade das Haus des Ratsherrn von Alfeld verlassen hatte. Eusebius blieb sofort stehen.

»Der Mann sieht aus wie der Offizial«, flüsterte er.

»Das *ist* der Offizial, Vater«, sagte Johannes.

»Na ja, du kennst ihn ja«, sagte Eusebius und hätte sich am liebsten einen Knoten in die Zunge gemacht; seine Bemerkung war taktlos und musste den Jungen verletzen.

»Der Offizial verkehrt in Alfelds Haus«, stellte Johannes fest.

»Und er lauscht an Fannemanns Türen«, sagte Eusebius. Der Offizial verschwand in der Judenstraße. »Oder lässt lauschen …«

»Wie meint Ihr das, Vater?«

»Penitentiam agite, appropinquavit enim regnum coelorum«, sagte Eusebius.

»Wie, Vater?«

»Du willst doch Latein lernen?« Eusebius löste die Hand des Knaben von seinem Ärmel und hielt sie fest.

»Ich will alles lernen, Vater.«

»Na, dann fangen wir mit Latein mal an. Penitentiam agite, appropinquavit enim regnum coelorum.« Eusebius setzte sich wieder in Bewegung. »Tut Buße, denn das Himmelreich ist nahe herbeigekommen.«

»Regnum coelorum ist das Himmelreich?« fragte Johannes mit geröteten Wangen.

»So ist es.«

»Penitatem …«

»Penitentiam!«

»Penitentiam agite?«

»Richtig.«

»Penitentiam agite, appro...?«

»... appropinquavit enim regnum coelorum.«

»Penitentiam agite, appropinquavit enim regnum coelorum«, sagte Johannes und atmete aus. »Ich kann's, Vater!«, rief er.

»Benedicamus Patrem et Filium cum Sancto Spiritu«, sagte Eusebius. Sie hatten das Haus des Tile Brandis erreicht.

»Lasset uns preisen den Vater und den Sohn mitsamt dem Heiligen Geist«, sagte Johannes.

»Na bitte.« Eusebius strich ihm übers Haar. »Du wirst doch noch ein richtiger Mönch.«

SECHSTES KAPITEL

Ein Zuviel an leiblicher Lust

Tile Brandis hatte den Tisch mit Zinngeschirr decken lassen. Die Ränder der Teller und die Schäfte der Messer waren mit Motiven aus der Heilsgeschichte verziert, was zum Anlass passte; schließlich hatte er den Mönch und seinen Begleiter zum Abendmahl geladen.

»Nehmt Platz!« Brandis deutete zur Tafel. Eusebius und Johannes setzten sich an einer der Längsseiten des Tisches nebeneinander. »Meine Frau beaufsichtigt noch die Köchin«, erklärte der Ratsherr. »Sie wünscht an unserem Essen teilzunehmen, und ich habe es gestattet. Wein?«

»Warum nicht?« Eusebius musste zwar an den Kater denken, mit dem er kürzlich erwacht war, aber aus Höflichkeit lehnte er Brandis' Angebot nicht ab. Der Hausherr schenkte höchstpersönlich aus einer zinnenen Schleifkanne ein.

»Wein aus Franken«, sagte er mit Kennermiene. »Ich beziehe ihn direkt aus Würzburg.«

»Ausgezeichnet«, sagte Eusebius und blickte zu Johannes. Der Novize wirkte, wohl angesichts des zur Schau gestellten Reichtums des Ratsherrn, verlegen, wenn nicht gar eingeschüchtert. Eusebius lächelte ihm zu.

Auch Brandis setzte sich. »Dürft Ihr Kuttelsuppe essen, Ehrwürdiger Vater?«, fragte er. »Es sind Lammhoden ... und das Lamm ist ein vierfüßiges Tier.«

»Agnus Dei«, stellte Johannes sein Wissen unter Beweis.

»Wir essen, was Ihr uns auftischt, Consul«, sagte Eusebius. »Notfalls kann ich ja beichten.«

»Ja, das könnt Ihr.« Ratsherr Brandis lächelte. Die Tür wurde geöffnet, und die Magd brachte die Suppe. Gesche Brandis folgte ihr. Sie trug ein langes, bis zum Boden reichendes Samtkleid, das an den Puffärmeln und am Halsausschnitt mit Brokat besetzt war, einen Kopfschleier, der sie als verheiratete Frau auswies, und eine Halskette aus Perlen. Gesche kniete vor dem Mönch nieder und küsste seine Hand.

»Willkommen, Ehrwürdiger Vater!«

»Hab Dank, meine Tochter.« Eusebius segnete sie. Aus den Augenwinkeln nahm er wahr, dass auch Johannes seine Hand ausstreckte. Gesche ignorierte sie. Zu Recht. Einem Novizen küsste man nicht die Hand, einem Novizen verabreichte man eine Tracht Prügel, wenn er zu frech wurde.

»Wir freuen uns, Euch bewirten zu dürfen, Ehrwürdiger Vater«, sagte Gesche Brandis und setzte sich neben ihren Mann. Die Magd füllte Suppe auf die Teller.

»Der Ehrwürdige Vater befasst sich mit den Morden an Groper und Klingenbiel«, sagte Tile, kaum dass die Magd das Esszimmer verlassen hatte.

»Grässliche Geschichte«, meinte seine Frau.

»Ihr nennt die beiden Taten ... oder Untaten in einem Atemzug«, sagte Eusebius. »Meint Ihr denn, dass *ein* Täter oder Untäter hinter ihnen steckt?«

»Das weiß ich nicht.« Tile Brandis nahm seinen Löffel und probierte die Suppe. Johannes folgte seinem Beispiel. Eusebius wartete noch. »Groper und Klingenbiel kannten sich meines Wissens nicht. Es waren angesehene Handwerksmeister und Geschäftsleute, die beide brauten, aber damit enden auch schon die Gemeinsamkeiten. Warum tötet man einen Menschen, Ehrwürdiger Vater?«

Eusebius bediente sich erst einmal von der Suppe. Sie war sehr gut gewürzt, genauer gesagt, sie war extrem scharf. Sofort bildeten sich Schweißtropfen auf seiner Stirn, aber er aß tapfer weiter.

»Habgier, Hass, Eifersucht?«, warf er in die Runde.

Brandis nickte. »Habgier können wir wohl ausschließen«, meinte er.

»Ich bin mir nicht sicher.« Eusebius nahm noch einen Löffel von der Suppe. An die Schärfe konnte man sich gewöhnen.

»Habgier muss ja nicht zwangsläufig bedeuten, dass der Mörder es auf die Barschaft seiner Opfer abgesehen hatte. Vielleicht hatten sie eine bestimmte Stellung, die er einzunehmen gedenkt.«

»Sowohl in Einbeck als auch in Hildesheim?« Brandis runzelte die Stirn. »Ein Mensch kann schlecht an zwei Orten gleichzeitig sein. Außerdem nahmen die beiden keine bedeutende Stellung ein. Weder Groper noch Klingenbiel gehörten dem Rat an, und auch in ihren Ämtern standen sie nicht an einem hervorragenden Platz. Davon einmal abgesehen, dass man nicht ohne weiteres Ratmann werden kann. Es geht also weder um Geld noch um die gesellschaftliche Position.«

»Eifersucht?«

»Auf wen? Es gibt, soweit ich das beurteilen kann, keine Frau, die beide Männer begehrten.«

»Dann haben wir es wohl mit zwei voneinander unabhängigen Verbrechen zu tun«, sagte Eusebius. Die Magd kehrte zurück und brachte auf einem großen hölzernen Teller einen gesottenen Karpfen.

»Möglicherweise.« Tile Brandis wandte sich an die Magd. »Gebt dem Ehrwürdigen Vater das beste Stück«, befahl er.

»Aber nicht doch«, protestierte der Mönch. Bescheidenheit wurde von ihm erwartet, und diese Erwartung erfüllte er gern – trotz seines Appetits. Er würde ja doch das beste Stück bekommen.

»Und ob.« Der Ratmann lächelte. »Fische haben keine Füße.«

»Aber Gräten«, mischte sich der neunmalkluge Johannes ein. Eusebius rollte die Augen. Ratsherr Brandis hingegen lachte.

»Das ist durchaus wahr«, meinte er. »Keine Füße, aber Gräten.«

»Und Schuppen«, sagte Eusebius, dem die plötzliche Komplizenschaft zwischen Brandis und Johannes missfiel, auch wenn sie sich nur auf einen lächerlichen Gegenstand bezog.

»Manche Fische nicht«, sagte Johannes mit Blick auf Brandis. Der nickte. Eusebius zuckte die Schultern. Er gab auf – schon allein, weil er Fische ohne Schuppen nicht kannte.

Oder doch? Aale vielleicht? Hatten die Schuppen? Er wusste es nicht. Und das wurmte ihn.

Die Witwe Marie Klingenbiel saß in ihrer Kammer auf dem einzigen Stuhl, den es dort gab. An Gelegenheiten zum Sitzen mangelte es dennoch nicht; wer wollte, konnte auf einer der Truhen Platz nehmen, die ihr Bett umstanden und in denen sie Kleider, Bett- und Tischwäsche sowie, versteckt zwischen den Pelzen, auch etwas Geld verwahrte. Der Stuhl mit seiner geschnitzten Lehne jedoch war ausschließlich für sie bestimmt. Sie hatte ihn vor den Spiegel gerückt, kämmte ihr fast bis zum Steiß reichendes Haar und wartete auf Jacob. Sie war sicher, dass die Frucht reif war, aber es konnte nicht schaden, sie noch etwas reifer zu machen.

Marie lächelte ihr Spiegelbild an. Sie wusste, dass sie schön war. Dieses Wissen, hatte einmal ihr Beichtvater zu ihr gesagt, sei Schuld daran, dass es ihr an Anmut mangele. Aber was wusste ein Mönch von Anmut? Wenn nur naive, unwissende Tröpfe anmutig sein konnten, dann war die Kuh offenbar das anmutigste weibliche Wesen. Obendrein hatte die Kuh große leere Augen und feuchte weiche Lippen, also alles, was Männer liebten. Trotzdem kam es erstaunlich selten vor, dass Männer eine Kuh bestiegen, und wenn, dann waren es meist Idioten mit Leckaugen und diesem gewissen irren Grinsen im Gesicht. Die wussten die Anmut von Kühen zu schätzen. Mönche womöglich auch. Marie verzog ihr Gesicht zu einer Grimasse. Jemand klopfte an die Tür.

»Ja?« Marie begann wieder, ihr Haar zu bürsten. Männer liebten langes Haar, wenn es gepflegt war. Jacob trat ein, wie Marie in dem Spiegel erkannte. Natürlich drehte sie sich nicht zu ihm um; die Begierde eines Mannes wurde stärker, wenn man ihm die kalte Schulter zeigte. Warum das so war, wusste Marie nicht genau. Vielleicht hatte es etwas mit ihrem Besitzinstinkt zu tun: Alles, was sich ihnen verweigerte, weckte ihren Jagdtrieb. Männer konnten nicht nur anschauen, sie mussten *haben*.

»Marie«, sagte er. Seine Stimme klang, als wäre ihm die Kinnlade heruntergekippt. Das war sie aber nicht.

»Jacob.« Marie Klingenbiel hatte den Gesellen in ihr Schlafzimmer gerufen. Heute sollte er bekommen, was er sich schon seit langem wünschte. Jacob war Maries Instrument, und sie wollte es schmieden, solange noch Glut vorhanden war. An seiner Stimme und seinem Blick erkannte sie, dass ein riesiges Kohlenfeuer in ihm schwelte. Das war gut.

»Marie.« Jacob trat näher. Er legte eine Hand auf ihre Schulter, und mit der anderen fuhr er über ihre Haare. Marie ließ es geschehen. »Ich liebe dich, Marie.«

Marie Klingenbiel lächelte. Das war es, was sie hören wollte. Jacobs Gefühle waren ihr gleichgültig. Aber sie brauchte ihn.

»Löst du mir bitte die Halskette?«, fragte sie. Die Kette hatte einen einfachen Verschluss, ohne weiteres konnte sie ihn selbst öffnen. Aber Jacob sollte ihren Hals berühren. Er war ihr verfallen, und daraus ließ sich Kapital schlagen.

Jacob kam ihrer Aufforderung nach. Marie schloss die Augen und stöhnte. Männer waren primitive Geschöpfe. Man konnte ihnen Lust vorspielen, und sie glaubten es. Im Hof des Hauses *Blauer Schwan* kreischten die Katzen. Im Gegensatz zu Marie empfanden sie wirklich etwas.

»Meine Marie«, sagte Jacob und presste seine Lippen auf ihren Scheitel.

Das hättest du wohl gern, dachte sie, dass ich deine Marie bin. Aber sie war ihre eigene Marie, und bald war sie eine der reichsten Frauen dieser Stadt. Ohne Jacob. Denn Jacob Findling war arm. »Küss mich«, verlangte sie.

Jacob küsste ihren Hals. Marie lehnte sich sanft gegen ihn, er zog sie hoch und presste sie an sich. Behutsam führte sie ihn zum Bett und ließ sich darauf fallen. Der Geselle entledigte sich seiner Beinkleider. Er hoffte. Und das war sein Fehler. Ein guter Christ durfte vielleicht auf das Heil hoffen, das die Passion Christi ihm eröffnete, aber in irdischen Dingen war Hoffnung überflüssig. Hoffnung lähmte den Tatendrang. Man musste handeln. Und Marie hatte gehandelt. Nun kam der nächste Schritt: das Verhandeln. Sie würde sich Alfelds Sohn teuer verkaufen.

»Ich liebe dich, Marie«, sagte Jacob und streichelte ihre Brüste. Das hatte er schon oft gesagt. Marie seufzte. Er sollte in sie eindringen und schnell fertig werden. Zärtlichkeiten wollte sie nicht. Zärtlichkeiten hielten bloß auf.

»Nun habe ich nur noch Äpfel und Konfekt zu bieten«, sagte Tile Brandis. Eusebius strich sich über den Bauch und schüttelte den Kopf. Er war satt – im Gegensatz zum Novizen. In fünfzehnjährige Jungen konnte man unendliche Mengen an Nahrung stopfen, aber sie wurden weder dick, noch verließ sie ihr Appetit. Nun ja, sie wuchsen noch. Eusebius versuchte sich zu erinnern. Er musste schließlich auch einmal fünfzehn gewesen sein. War er auch so verfressen gewesen? Er wusste es nicht mehr.

»Magd«, befahl Brandis, »bringe Nusskonfekt und Äpfel für den Novizen!«

»Danke, Herr.« Höflich war Johannes jedenfalls.

»Ich würde gern etwas wissen«, sagte Eusebius.

»Dann fragt«, forderte der Ratsherr Brandis ihn auf. Die Magd brachte eine silberne Schale mit Naschereien und stellte sie dem glücklichen Novizen vor die Nase.

»Ich höre immer wieder von der Stiftsfehde«, sagte Eusebius, »aber ich weiß gar nicht genau, worum es sich handelt.«

»Ach, du mein Gott!«, sagte Gesche Brandis, die sich bisher zurückgehalten hatte.

»Die Stiftsfehde, ja!« Tile Brandis blickte seine Gattin an.

»Ist das ein wunder Punkt?«, fragte Eusebius.

»Für die Stadt? Auch.« Brandis lehnte sich zurück und verschränkte die Arme. »Aber auf jeden Fall schwächte die Fehde das Hochstift, und zwar erheblich.«

»Und natürlich ging es um Geld«, warf Gesche ein. Ihr Gatte nickte.

»Verzeiht mir, Ehrwürdiger Vater«, sagte er, »aber manche

Kleriker sind sehr gierig. Nur verstehen sie oftmals sehr wenig von der Verwaltung der Finanzen. Denn Geld anzuhäufen ist das eine. Die Kunst besteht darin, es klug anzulegen.«

»Eine Kunst, die man bei Kaufleuten lernen kann«, bemerkte Eusebius.

»Besser jedenfalls als beim Klerus oder beim Adel.« Brandis schenkte Wein nach. »Um sich Mittel zu verschaffen, haben die Hildesheimer Bischöfe alle möglichen Rechts- und Besitztitel verpfändet. Das Stift wurde zu einer Art Pfandleihe. Allerdings hatten die Bischöfe nicht bedacht, dass sie mit den Rechten, Zöllen, Ämtern und Burgen auch ihre Autorität verpfändeten; ihre Macht hängt immerhin auch von ihren Besitztiteln ab. Und die wollten sie eines Tages zurück. Um die Pfänder wieder einzulösen, versuchten sie, neue Steuern einzuführen, auch für unsere Stadt übrigens, aber an Hildesheim haben sie sich die Zähne ausgebissen. Und auch die Landstände weigerten sich, den Landschatz zu bezahlen, obwohl sie dem eigentlich zugestimmt hatten. Das alte Spiel: erst zustimmen, denn das kostet ja nichts, und dann sich weigern, wenn es etwas zu kosten beginnt.« Brandis lächelte. »Das machen die Fürsten mit Kaiser und König, das machten auch die Landstände so. Und die Stiftsritter hatten natürlich überhaupt keine Veranlassung, ihre Pfänder zurückzugeben. Sie hockten mit ihren breiten Ärschen darauf, weil sie ihre Einkünfte aus diesen Regalien bezogen. Als Bischof Johann IV. ihre Weigerung nicht akzeptierte, schlossen sie zwei Schutzbündnisse mit dem Welfenherzog Heinrich. Der hatte darauf nur gewartet, weil er endlich seine Chance gekommen sah, sich stiftische Ländereien unter den Nagel zu reißen, um sein eigenes Territorium zu arrondieren. Und so begann die Fehde, der sogar die Neustadt Hildesheim zum Opfer fiel, die dem Dompropst untertan war. Die Neustadt wurde niedergebrannt, das Stift geplündert und verwüstet.«

»Und so verlor mein Vater Haus und Hof«, sagte Johannes unvermittelt. »Deshalb gab er mich in die Obhut des Pauliklosters!«

Eusebius schaute ihn an. Johannes sah sehr ernst und traurig aus; offensichtlich hatte er soeben verstanden, warum sein Vater ihn dem Kloster oblationiert hatte. Mit anderen Worten: Er hatte ihn dem Konvent geschenkt, um einen Fresser loszuwerden. Mein Gott, dachte der Mönch, vielleicht war es manchmal besser, wenn man keine Einsichten hat. Wissen machte bloß unglücklich.

»Nicht nur er, mein Junge, nicht nur er«, sagte Ratmann Brandis. »Dem Bischof Johann standen nicht allein Heinrich der Jüngere, sondern auch der Herzog von Calenberg und der Bischof von Minden gegenüber. Hildesheim hingegen hielt zu ihm. Ein bisschen auch aus Berechnung, denn die Stadt ließ sich dafür mit einem Bierprivileg belohnen: Nur Hildesheimer Bier durfte im Hochstift verkauft werden. Viel hatte Hildesheim aber nicht davon, denn als die verfeindeten Parteien den Quedlinburger Rezess aushandelten, durften der Calenberger und der Wolfenbüttler die von ihnen besetzten Teile des Stifts behalten. Aus dem Großen Stift mit zweiundzwanzig Ämtern wurde das Kleine Stift, zu dem nur noch drei Ämter und die Städte Peine und Hildesheim gehörten; Hildesheim bekam allerdings den Herzog von Calenberg als Schutzherrn. Tja, damit war das Bierprivileg praktisch bedeutungslos.«

»Und der Bischof ließ das alles einfach geschehen?«, fragte Eusebius mit gerunzelter Stirn. »Mir ist doch so, als hätte ich in Rom läuten gehört, das selbst Paul III. mit der Sache befasst wurde.«

»Allerdings.« Tile Brandis erhob sich und öffnete den Deckel der Schleifkanne. Er blickte hinein und nickte dann seiner Frau kurz zu. Gesche erhob sich und verließ den Raum. »Nach einer längeren Sedisvakanz bestieg im Jahr des Herrn 1437 der Domherr Valentin von Teteleben den Bischofsstuhl, und er betrieb sofort die Restitution des alten Stiftsbesitzes. Zuerst einmal stritt man sich jedoch über Formalien; Herzog Heinrich zweifelte nämlich die Zuständigkeit des Heiligen Stuhls an und meinte, die Angelegenheit gehöre vor ein Reichsgericht. Kaiser Karl höchstpersönlich bestritt die Kompetenz des Papstes, aber Paul ließ sich nicht beirren. Vor zwei Jahren wurde die Besetzung der Stiftslande für unrechtmäßig erklärt. Alle Glocken in Stadt und Land stimmten ein Freudengeläute an, aber vergeblich. Herzog Heinrich wies das päpstliche Urteil zurück, und ihm gelang es, dass die Sache ans Kammergericht verwiesen wurde. Ehrwürdiger Vater, das war ein äußerst geschickter Schachzug. Das Kammergericht ist dermaßen überlastet, ein Rechtsspruch ist in diesem unserem Säkulum wohl nicht mehr zu erwarten. Bischof Valentin schmollt …«

»Und kämpft nicht mehr?«, wollte Eusebius wissen. Gesche Brandis kehrte zurück, und wenig später kam die Magd mit neuem Wein, was Eusebius um sein leibliches Wohlergehen bedenklich stimmte. Doch weigerte er sich nicht, als die Magd nachschenkte, auch ihm und Johannes.

»Doch, schon.« Tile Brandis hob seinen Becher und prostete dem Mönch zu. »Er wandte sich an den Bruder des Kaisers, an König Ferdinand, und erreichte, dass der König im März dieses Jahres zwei Unterhändler an den Welfenfürsten sandte: Kardinal Albrecht von Mainz und Pfalzgraf Ludwig bei Rhein. Doch Herzog Heinrich ließ sich auf keine Verhandlungen ein. Und somit schwebt die Sache wohl bis zum Sankt Nimmerleinstag.«

Aus Gründen der Pietät war die Lovekenstube ein paar Tage geschlossen gewesen, aber da weder der Rat noch der Bader auf die Einnahmen aus dem Badebetrieb verzichten mochte, hatte der Rat auf seiner letzten Sitzung beschlossen, dass sie wieder öffnen dürfe. Einen großen Andrang gab es nicht. Die Hildesheimer machten einen Bogen um den Ort, an dem man einen Gast der Stadt getötet hatte, und so war der Bader mehr als froh über den Besuch eines Nordhorner Wandergesellen. Was immer diesen Fremden trieb, ob nun der Wunsch nach Reinigung oder die Sensationslust, dem Bader war es recht; Hauptsache, er bezahlte. Sicherheitshalber kassierte er vorab einen viertel Mariengroschen, den der Geselle ihm, ohne mit der Wimper zu zucken, auch gab. Sollte der Gast eine spezielle Leistung der Mägde wünschen, würde der Bader eine Nachgebühr erheben. Wenn nicht, war er mit einem viertel Groschen gut bedient, und er gab dem Knecht Anweisung, Wasser zu erhitzen.

Der Wandergeselle entledigte sich seiner Kleider und reichte sie den Bademägden, die sie zu einem ordentlichen Bündel zusammenlegten. Der Knecht füllte die erste Ladung warmen Wassers in den Badebottich, der Geselle stieg hinein. Das Wasser reichte ihm bis zum Bauchnabel, aber der Knecht war bereits damit beschäftigt, einen weiteren Schwung vorzubereiten. Der Bader legte ein Brett über den Bottich und fragte, ob der Geselle Wein wünsche. Er wünschte.

»Sofort, gnädiger Herr«, sagte der Bader. Einen Gesellen musste man eigentlich nicht auf diese Weise anreden, aber der Bader wollte seinen einzigen Gast möglichst lange in der Lovekenstube halten. Also schickte er eine Magd in den Weinkeller, und wenig später brachte sie einen irdenen Krug und einen ebensolchen Becher. Der Bader selbst schenkte ein.

»Wünscht Ihr ungestört zu sein?«, erkundigte er sich. Am liebsten hätte er dem Gast zwar eine der Mägde verkauft, aber mit solchen Angeboten hielt er lieber hinterm Berg. Wer sich mit Badestuben auskannte, wusste ohnehin, dass er nur mit dem Finger schnippen musste, und schon saßen die Mägde im Badewasser. »Soll ich die Vorhänge zuziehen?«

»Waren sie denn zugezogen, als … als es geschah?«, wollte der Wandergeselle wissen.

»Es, mein Herr?« Gegenüber Fremden stellte sich der Bader grundsätzlich dumm.

»Der Mord an diesem … Groper? So hieß er doch?«

»Oh, erinnert mich nicht an dieses furchtbare Geschehen«, sagte der Bademeister. Der Knecht brachte heißes Wasser. »Er hieß tatsächlich Groper. Ein Holzhändler und Bierbrauer aus Einbeck. Grässlich, grässlich!«

»Und hier ist es passiert?« fragte der Wandergeselle.

»Genau hier. Und die Vorhänge waren zu.«

»Wie konnte der Mörder unbemerkt eindringen?« Der Wandergeselle nahm einen Schluck von dem Wein.

»Das war nicht schwer«, sagte der Bader. Er fragte sich, warum dieser Nordhorner das überhaupt so genau wissen wollte. Aber vielleicht kam er gar nicht aus Nordhorn, sondern aus Einbeck, vielleicht war er ein Spitzel des dortigen Rates. Der Bader hatte ein reines Gewissen und sagte: »Der Eingang war unbewacht, weil ich und mein Knecht den Knochenhauer Klingenbiel zur Ader ließen.«

»Klingenbiel? Der wurde doch auch getötet?«

»Ja, das stimmt.« Der Bader nickte. »Aber das hat nichts mit der Lovekenstube zu tun«, versicherte er sofort. Über seine Badestube sollte nichts Schlechtes nach Einbeck berichtet werden.

»Natürlich nicht.« Der Wandergeselle reckte und streckte sich und genoss sichtlich die Wärme.

»Wünscht Ihr noch etwas?«, fragte der Bader.

»Ich möchte allein sein«, entgegnete der Wandergeselle.

Der Bader zog sich mit einem schiefen Lächeln zurück. Er war nunmehr sicher, es mit einem Spitzel aus Einbeck zu tun zu haben. Am liebsten hätte er die Obrigkeit von seinem Verdacht informiert, aber er konnte schröpfen und massieren und zur Ader lassen – bloß schreiben, das konnte er nicht.

Eusebius' schlimmste Erwartung hatte sich erfüllt: Als er Tile Brandis' Haus verließ, war er betrunken. Er musste sich auf die Schulter des Novizen stützen, um nicht den Halt zu verlieren, aber auch Johannes war nicht nüchtern. Und so schwankten sie gemeinsam dem Paulikloster entgegen.

Es wurde ein schwieriger Weg, zumal es bereits dunkel war. Der Kaufmann und Ratsherr hatte ihnen zwar eine Pechfackel mitgegeben und ihnen eingeschärft, sich bloß nicht von den Nachtwachen erwischen zu lassen, aber das war leichter gesagt als getan. An der Einmündung des Hohen Wegs in die Schuhstraße hörten sie plötzlich energische Schritte, und Johannes warf die Fackel zu Boden und trat sie aus, wobei er sich die Sandalen und die Wollstrümpfe versengte. Mönch und Novize kauerten sich hinter einen Mauervorsprung und ließen die Wachen vorbeiziehen, die sie glücklicherweise nicht bemerkten. Aber nun hatten sie eine neue Sorge: Sie mussten das Kloster in völliger Dunkelheit finden, denn der Himmel war bedeckt, und weder der Mond noch die Sterne halfen ihnen mit ein wenig Licht aus.

In dieser Lage wuchs Johannes über sich hinaus. Den ungefähren Weg kannte er, schließlich musste er hin und wieder im Auftrag des Kellermeisters den Großen Markt aufsuchen, um Einkäufe zu tätigen – was er nie gern tat, denn Einkaufen hielt er für eine Weibersache, aber im Kloster gab es keine Frauen. Nun erwies es sich als Vorteil. Vom Hohen Weg musste man sich ein Stück zum Pfaffenstieg hin wenden, also nach Westen, dann entgegen der Schreibhand in den Kläperhagen einbiegen, aus dem der Brühl wurde, und der führte am Konvent vorbei. Schwierig war das eigentlich nicht, aber bei Nacht sah die Stadt irgendwie ganz anders aus, um nicht zu sagen vollkommen fremd. Wobei man in dieser Dunkelheit von Sehen gar nicht sprechen konnte, sondern eher von Ahnen. Und zu hören war nun auch nichts mehr; die Schänken hatten längst geschlossen, und die Hildesheimer schliefen. Umso durchdringender fuhr Johannes ein lauter Schrei durch Mark und Bein. Er begann zu zittern, aber als der Schrei sich wiederholte, wurde er gewahr, dass es sich nur um eine Katze handelte. Johannes atmete heftig aus.

Die Häuser in der Gasse, in der sie sich befanden, bestanden aus Fachwerk und kehrten ihre Traufseite der Straße zu. Das war nun allerdings in fast allen Straßen so, denn nur die Kirchen, die Häuser der Reichen und das Rathaus bestanden aus Stein. Die Klöster auch, zumindest einige ihrer Gebäude. Stein brannte nicht. Das war das Einzige, was Johannes über das Bauen wusste.

Johannes schaute Eusebius an, der sich mit einer Hand an einem Fachwerkhaus abstützte und aussah, als würde er sich übergeben wollen. Johannes hatte auch getrunken, aber er fühlte sich leicht und beschwingt. Der Ehrwürdige Vater tat ihm Leid. Der Novize legte einen Arm um seine Schulter. Jetzt war er plötzlich der Vater, und der alte Mann – den er überhaupt nicht für alt hielt – war sein hilfloses Kind.

»Wir gehen gleich weiter«, lallte Vater Eusebius. Johannes lächelte. Er wusste, dass es noch eine Weile dauern würde, bis der Vater seinen Weg fortsetzen konnte.

»Hört, hört!«, erklärte Eusebius einem Erker. »Wir haben eine Spur!«

»Welche, Vater?«, wollte Johannes wissen.

»Ja, ich weiß doch auch nicht. Ist es noch weit?«

»Nein, nein«, sagte Johannes, obwohl er nicht sicher war. Am liebsten wäre er zu Herrn Consul Brandis zurückgekehrt und hätte noch viel mehr Wein getrunken; Wein war ein herrliches Getränk. Aber den Weg zurück würde er sowieso nicht mehr finden.

Irgendwie gelang es Johannes aber doch, seinen väterlichen Freund halbwegs heil zum Kloster zu führen; nur ein paar Mal strauchelte Eusebius auf den schlechten Gassen, und einmal schlug er lang hin und schürfte sich Handflächen und Knie auf. Die kühle Nachtluft linderte seine inneren Beschwerden ein wenig, aber auf eine Stütze konnte er nicht verzichten.

Alle Brüder hatten sich bereits zur Nachtruhe begeben, und Eusebius musste lange an die Klosterpforte klopfen, bis ein misstrauischer Portarius die Klappe öffnete und mit einem Talglicht hinausleuchtete. Als er den Gast und den Novizen erkannte, öffnete er seufzend die Tür. Hinter ihm erschien der Prior, den das laute Pochen aus dem Schlaf geschreckt hatte: In diesen wilden Zeiten musste man immer mit dem Schlimmsten rechnen, etwa damit, dass betrunkene Städter nachts auf die Idee verfielen, in den Klöstern nach Schätzen zu suchen.

Der Prior schwieg, aber sein Blick sagte alles. Eusebius würde nicht nur bei ihm beichten, er würde sich wohl auch kasteien müssen. Vor allem jedoch würde er ein gutes Wort für Johannes einlegen und sich selbst alle Schuld aufladen, denn andernfalls würde der Junge wochenlang bei Wasser und Brot eingesperrt und vielleicht sogar geschlagen werden. Der Novize hatte nicht nur die Komplet versäumt, er trieb sich obendrein zu verbotenen Zeiten auf den Straßen herum, und dass er Wein getrunken hatte, konnte der Prior riechen. Und auch die verrutschte und beschmutzte Kutte des Novizen fiel ihm natürlich auf.

Wütend stapfte der Klostervorsteher davon. Der Bruder Pförtner ließ die Tür zukrachen, und Eusebius schwankte durch den Kreuzgang zu seiner Zelle. Johannes begleitete ihn. Eusebius stürzte auf die Pritsche, der Novize legte sich, ohne zu fragen, auf den kalten Fußboden. Zuerst wollte der Mönch protestieren, aber dann zog er nur die dünne Wolldecke über seinen Kopf, und wenig später war er eingeschlafen.

Er träumte von Rom. Papst Paul III. ernannte ihn zum Kardinal, und zwar nicht in der Ruine – oder auf der Baustelle – der Peterskirche, sondern in seinem Privathaus, dem allen Römern bekannten Palazzo Farnese. Der Pontifex, der ziemlich oder eigentlich unziemlich besoffen wirkte, setzte dem nicht minder trunkenen Eusebius einen merkwürdig spitzen Kardinalshut auf, küsste ihn, lächelte geheimnisvoll und schickte ihn in ein Nebengemach. ›Warte dort auf deinen Lohn‹, sagte er, der plötzlich aussah wie Weihbischof Fannemann. Wenig später wurde Eusebius ein junges rothaariges Mädchen ins Bett gelegt. Eusebius streckte seine Hände aus. Das Mädchen war nackt. Erschrocken fuhr er hoch.

Der Mönch brauchte einige Zeit, bevor er begriff, wo er sich befand. Er war nicht in seinem Traum hochgefahren, sondern schon beim Erwachen. Nun saß er auf seiner Pritsche und schaute sich um. Nur sehr langsam gewöhnten sich seine Augen an die Dunkelheit.

Johannes lag, ebenfalls nur mit einer dünnen Wolldecke bedeckt, schlafend auf dem Steinfußboden. Er murmelte vor sich hin, träumte also offensichtlich auch. Ohne den Jungen wäre Eusebius in dieser Nacht nicht ins Kloster zurückgekehrt. Er hätte irgendwo auf der Gasse übernachten müssen oder auf einem Kirchhof, wie es die Ärmsten der Armen machten. Den Mönch schüttelte es bei dieser Vorstellung. Er war Johannes sehr dankbar und musste sich eingestehen, dass er den Jungen doch sehr mochte – trotz seiner Unzulänglichkeiten oder gerade ihretwegen. Eusebius ließ den Kopf zurücksinken auf die harte Pritsche; Kissen gab es in den Zellen eines Bettelordens natürlich nicht. In einem sanften Dämmerzustand wartete Eusebius auf den Schlaf. Er spürte, wie die Zelle weit und immer weiter wurde, wie sie sich in den Himmel öffnete, ja in die Ewigkeit … Dann riss er jäh die Augen auf. Ein Glöckchen rief die Klosterbrüder zu den Vigilien. Es war also zwei Uhr, und Eusebius hatte nicht eine Minute geschlafen.

»Mutter«, murmelte Johannes im Schlaf. Eusebius stahl sich schweigend aus dem Bett. »Will keine … nicht schon wieder …«

Eusebius lächelte. Offenbar träumte Johannes von seiner Kindheit auf dem väterlichen Hof. Eine Zeit lang überlegte er, ob er den Jungen nicht einfach weiterschlafen lassen sollte, aber das würde den Unwillen des Priors nur noch mehr herausfordern, also stieß er Johannes zuerst sanft und dann immer heftiger an. Und das Glöckchen klingelte.

Heinrich von Alfeld hatte sich für eine Nacht in der so genannten Herrenstube der *Wilden Rose* einquartiert, die sich als kleiner, muffiger Raum entpuppte. Das einzig Herrschaftliche war ein breites Bett mit Baldachin, das vor Altersschwäche jederzeit zusammenbrechen konnte. Die *Wilde Rose* lag zwar am Neustädter Markt und damit im Zentrum von Hildesheims ungeliebter kleiner Schwester, die den Altstädtern seit jeher als armer Flecken galt, aber auch als Konkurrent, jedoch war es nicht das beste Gasthaus. Allerdings war man hier verschwiegen, wenn man gut dafür bezahlte.

Der Herbergsvater hatte den Kamin heizen und Heinrich ein paar Talglichter bringen lassen. Da die Esse nicht richtig zog, verbreitete sich der Rauch aus dem Kamin auch in der Stube, und die Talglichter taten ein Übriges, so dass man bald nicht mehr atmen konnte. Von Alfeld öffnete ein Fenster. Sofort kam kalte Luft herein. Ein schönes Liebesnest, das wurde dem Knochenhauer rasch klar, hatte er nicht ausgewählt.

Marie Klingenbiel ließ sich Zeit. Heinrich von Alfeld war schon so ungeduldig, dass er in dem Zimmer auf und ab ging wie eines der wilden Tiere, die man auf Jahrmärkten in Käfigen ausstellte. Endlich öffnete sie die Tür und huschte herein. Von Alfeld atmete auf.

Marie trug Männerkleider, weil sie nicht erkannt werden wollte, und sie sah tatsächlich wie ein Knabe aus. Als sie jedoch das Barett abnahm und den Knoten löste, zu dem sie ihr Haar gebunden hatte, flossen ihr die langen Strähnen über den Rücken und die Arme, und von Alfeld hielt den Atem an. Dieses lange Haar wollte er in die Hand nehmen und vielleicht sogar in den Mund.

»Meine liebste Marie«, sagte er und trat einen Schritt näher. Marie öffnete den langen Mantel, der bis auf den Boden reichte. Er verbarg ein blaues, mit Perlen und Brokat besetztes Samtkleid. Auch das weiße Busentuch und ihre Halskette, die aus silbernen Gliedern bestand, konnte Alfeld nun sehen.

»Heinrich!«, erwiderte sie und ließ den Mantel zu Boden gleiten. Der Ratsherr schaute ihr in die Augen und glaubte dort unbändige Lust zu erkennen, allerdings verbreiteten die Talgfunzeln mehr Qualm als Licht. Von Alfeld schlang die Arme um die junge Witwe. Wenig später lagen sie auf dem Bett.

»Und du gibst mir deinen Sohn zum Manne?«, fragte Marie, während Heinrich die Verschlüsse ihres Kleides löste.

»Natürlich.« Heinrichs Rechte fuhr unter das Busentuch. »Und ich kaufe euch ein Haus irgendwo beim Markt, wenn ich ein wohlfeiles zu finden vermag. Ich will euch in der Nähe haben, Marie. Zuerst zieht ihr bei mir ein.«

»Ach, Heinrich, deine Liebe macht dein Herz groß«, sagte Marie. Von Alfeld war durchaus klar, dass sie auch an die Morgengabe dachte. Er verstand, dass auch eine wohlhabende Witwe schauen musste, wo sie blieb. Heinrich würde seinen Sohn üppig ausstatten, auch als Entschädigung für den Ehebruch, den er schon jetzt plante. »Ich will dich glücklich machen«, erklärte er. Was er damit meinte, zeigte er Marie, als er seine Hosen öffnete. Er schwitzte sehr und nahm selbst den unangenehmen Geruch war, der von seinem Körper ausging. Doch Weiber mochten den tierischen Geruch der Männlichkeit, und Heinrich drang in sie ein. Sein Schweiß tropfte auf ihr Gesicht und ihre Brüste. Heinrich begann zu röcheln. Das Bett knarrte laut, und dann geschah, was geschehen musste: Die vier Pfosten, auf denen das Bett ruhte, brachen, der Baldachin stürzte über ihnen zusammen und begrub sie unter sich.

Heinrich starrte erschrocken in Maries Gesicht. Sie sah eher belustigt aus.

Die erste Liebesnacht des Heinrich von Alfeld mit der Witwe Marie Klingenbiel nahm ein vorzeitiges Ende. Der Knochenhauer hätte sich am liebsten selbst in den Hintern getreten. Dass dies nicht ihre letzte Zusammenkunft war, das war ihm allerdings klar: Marie suchte eine gute Partie und würde dafür einiges in Kauf nehmen. Trotzdem, beim nächsten Mal würde von Alfeld eine bessere Herberge auswählen. Und vor allem ein besseres Bett.

SIEBENTES KAPITEL

Unter Druck

Obgleich die heilige Mutter Kirche vorschrieb, dass man an einem Sonntag nicht arbeiten dürfe, saß Tile Brandis bereits zur neunten Morgenstunde in seiner Schreibkammer. Endlich hatte die Sonne ein Erbarmen mit den Menschen, die nach dem langen und harten Winter nichts so sehr herbeisehnten wie Wärme. Tile hatte das Fenster zur Saustraße geöffnet und hörte bereits Schritte und Stimmengewirr sonnenhungriger Städter.

Er arbeitete nicht, jedenfalls kümmerte er sich nicht um seine Geschäfte. Aber er hatte in letzter Zeit sein Mémoriau vernachlässigt, und es gab Ereignisse, die er unbedingt nachtragen musste.

Brandis schärfte den Gänsekiel und tunkte ihn in die frisch angerührte Tinte. Im Haus rumorte es: Seine Frau und das Gesinde bereiteten sich auf den Kirchgang vor.

Den siebenten Tag des Wonnemonds, den wir auch Maius nennen nach jenem römischen Gott, der als Beschützer des Wachstums gilt, kamen Gesandte von Hildesheim, Göttingen, Hannover, Northeim, Einbeck und Hameln beisammen und handelten ein neues Bündnis für Schutz und Trutz aus vor zehen Jahr, notierte der Kaufherr. *Bürgermeister Sprenger war dabei, etliche Ratmannen und ich. Auch von der Religionssache her wollen wir uns gegenseitig Beistand gewähren, wogegen ich erfolglos eintrat, aber es soll wohl so sein. Nur Hildesheim ist von all den Städten noch gut katholisch. Wir wissen nicht, ob es das bleiben kann.*

Tile Brandis lehnte sich zurück. Die befreundeten Städte setzten Hildesheim immer stärker unter Druck, endlich zum protestantischen Glaubensbekenntnis überzugehen. Und Bürgermeister Sprenger war aus anderem Holz geschnitzt als Brandis' verstorbener Schwiegervater, er war wankelmütig und schwach.

Da war es wohl wirklich nur noch eine Frage von Monaten, bis man nach lutherischen Prädikanten rief. Christoph von Hagen, der nicht einmal dem Rat angehörte, hatte schon wieder nachdrückliche Forderungen gestellt. Und auch der Schutzherr Erich von Calenberg sah Hildesheim lieber heute als morgen protestantisch. Die Gegenwehr des Rates wurde immer schwächer, und allmählich gingen ihm auch die Argumente aus. Der Verweis auf den Kaiser wirkte nicht mehr, und auch dass man in Hildesheim Rücksicht auf den Bischof nehmen müsse, hatte man längst als Ausflucht durchschaut.

Consul Brandis zuckte die Schultern und beugte sich wieder über sein Diarium. Der Einbecker hatte ihn nach der Beratung und dem Abschluss des neuen Bündnispakts beiseite genommen und gefragt, wie es denn nun um den Mord an Groper bestellt sei. Dessen Witwe, eine gewisse Hiltrud, habe den Eindruck, der Hildesheimer Rat würde die Aufklärung der Untat nur sehr mäßig betreiben. Im Grunde genommen war die Bluttat schon fast vergessen, aber das hatte Brandis natürlich nicht gesagt. Auch den Hildesheimern war der Rock schließlich näher als die Hose, und ein neues Verbrechen bewegte sie, ein Verbrechen, begangen an einer jungen Hildesheimerin. Davon sprach die ganze Stadt. Groper interessierte niemanden mehr, außer ihn selbst, seinen heimlichen Beauftragten Wenzel, den Weihbischof und den Dominikanerpater.

Des Schrecklichen geschieht kein Ende, schrieb Tile Brandis. *Bei Venetiae, unweit vom Dammtore, zogen Männer vorgestern ein tot Weib aus dem Fischteich. Ein tot Mädchen, das bekannt war in der Stadt als Töchterchen Klingenbiels. Wer auch immer es ermordet hat, er hat es mit einem großen Stein beschweret in den Teich geworfen. Das Seil aber löste sich vom Steine, und so stieg das arme Mädchen an die Wasseroberfläche.*

Tile Brandis tunkte die Feder erneut in die Tinte, hielt dann aber inne. Nach ihrem Vater Waldemar war nun auch Magdalena Klingenbiel getötet worden, also hatte es offenbar jemand auf die Familie des dahingegangenen Knochenhauers des Sankt-

Andreas-Amtes abgesehen. Womöglich war auch seine Ehefrau gefährdet. Waldemar Klingenbiel war ein durchaus angesehener Bürger gewesen, aber trotzdem würde der Rat seine Witwe nicht unter Schutz stellen können. Aus einem einfachen Grund: Das kostete Geld, und die Stadtkasse war fast leer.

Drei Menschen wurden in den Mauern unserer lieben Vaterstadt getötet, schrieb der Ratsherr – ein wenig auch mit Blick auf die Nachwelt. *Das wird Unruhe geben. Es ist ohnehin schon viel Gelaufe in der Stadt. Man flüstert. Man hockt zusammen. An allen Ecken riecht es nach Aufruhr. Oh, helfe uns Gott!*

Johannes stand im Kräutergarten des Konvents, wo er Unkraut jäten sollte, aber da Bruder Anselm, der für die Kräuter zuständig war, gerade Liebstöckel in die Küche brachte, stützte er sich auf die Hacke und starrte vor sich hin. Der Prior hatte ihn bestraft. Er hatte nicht nur seine Probezeit um ein halbes Jahr verlängert, weil er ihn noch nicht würdig fand, Mönch zu werden, er hatte ihm nicht nur niedere Arbeiten übertragen wie das Leeren der Abortgrube, das Verbringen der Exkremente als Dünger in die Klostergärten und das Jäten von Unkraut, was für einen Novizen, der immerhin die erste Seite der *Summa theologica* gelesen hatte, schon etwas Deprimierendes hatte. Aber schlimmer noch, der Prior hatte Johannes den Umgang mit Eusebius untersagt. Und in einem Kloster konnte man sich nicht heimlich treffen. Das heißt, treffen konnte man sich schon, aber es geschah immer vor aller Augen und Ohren. Schläge aber wollte Johannes nicht riskieren.

Vater Eusebius fehlte ihm. Mittlerweile war auch bis zu Johannes gedrungen, dass ein junges Mädchen ermordet worden war. Eusebius kam nur noch zu den Stundengebeten und zum Schlafen in das Kloster, ansonsten war er immer unterwegs. Das duldete der Prior, weil der Weihbischof hinter Eusebius stand. Johannes hingegen durfte den Konvent nicht mehr verlassen. Wenn jemand für das Kloster einkaufen musste, schickte der Prior den Bruder Koch und einen Novizen, der nicht nur zwei

Jahre jünger als Johannes war, sondern obendrein noch stumm. Stumm und dumm. Johannes war nur ungebildet. Das hatte Eusebius gesagt, und darauf war der Novize stolz. Bildung konnte man erwerben, Klugheit nicht.

Außerdem hatte er begonnen, die Seite zwei der *Summa theologica* zu lesen. Der Prior sah es mit Wohlgefallen. Johannes verstand sie noch weniger als die erste.

»Was stehst du da und hältst Maulaffen feil?«, schnauzte Anselm ihn an. Er war aus der Küche zurück.

Nein, Johannes würde sich nicht länger demütigen lassen. Er wäre gern ein Klosterbruder geworden, weil es ihm die Möglichkeit bot zu lernen, aber wenn er zu eigensinnig dafür war, dann konnten ihn die Mönche mal, und zwar kreuzweise. Überall in den protestantischen Ländern wurden die Klöster von den weltlichen Mächten geschröpft oder aufgehoben. Das Paulikloster befand sich auf einem absterbenden Ast. Und die Welt vor dem Klostertor war groß, auch ein Knabe, der wie der Lieblingsjünger Jesu hieß, würde dort seinen Platz finden.

Johannes riss sich die Kutte, die Unterkleider und die Sandalen vom Leib. Wie Gott ihn geschaffen hatte – und er hatte ihn schön erschaffen – stand er vor Anselm. Der glotzte ihn an und wandte dann entsetzt sein Haupt ab.

»Das ist verboten«, schrie er mit seiner Fistelstimme. »Mönche und Novizen dürfen einander nicht nackt sehen.«

»Aber ich bin nackt«, sagte Johannes.

Sofort kamen der Prior, der Novizenmeister und der Bruder Arzt herbei. Besorgt sahen sie aus und gar nicht wütend. Der Bruder Arzt fühlte Johannes den Puls.

»Er hat Fieber«, stellte er fest.

Johannes landete im Infirmarium. Man hielt ihn für krank, vielleicht sogar für wahnsinnig. Das gefiel ihm. Der Bruder Infirmarius flößte ihm Kräutertränke ein und behandelte ihn wie ein rohes Ei. Genau das hatte Johannes gewollt. Als Kranker musste er weder die Abortgrube leeren noch Unkraut jäten.

Der Gehilfe des Infirmarius galt unter den Novizen für bestechlich. Für einen Pfennig öffnete er jene Pforte in der Klostermauer, die nur in Notfällen benutzt wurde und daher immer verschlossen war. Johannes konnte sich an keinen Notfall erinnern, aber er wusste, dass so mancher Novize, der längst die Profess ablegt hatte und Mönch geworden war, während des Noviziats durch diese Pforte in die Stadt geschlüpft war: zu einem Mädchen, in eine Schänke oder um sich einfach nur den Wind um die Nase pfeifen zu lassen. Johannes lächelte in seinem Krankenbett.

»Das ist für mich zu viel des Unglücks!« Marie Klingenbiel schnäuzte sich in den Ärmel ihres Kleids. Tränen rannen über ihre Wangen. Eusebius glaubte ihr kein Wort. Er verfügte über ausreichend Menschenkenntnis, um zu erkennen, wenn jemand nicht die Wahrheit sagte. Die Frage, warum die Witwe ihn belog, beschäftigte ihn sehr. Sie hatte weder ihren Mann noch ihre Tochter geliebt. Das stand für ihn fest. Aber sie erfüllte die Konvention, und das konnte man ihr nicht zum Vorwurf machen.

»War Magdalena Euer leibliches Kind?«, fragte er.

»O nein. Waldemar ... Es ist so schrecklich!« Marie presste sich noch ein paar Tränen ab. Ihr Theater verstärkte allerdings nur das Misstrauen des Mönchs. »Waldemar hat Magdalenen aus seiner ersten Ehe mitgebracht«, erklärte sie. »Ich habe sie sehr geliebt.«

Eusebius nickte. Die Frau sollte nicht spüren, dass er ihr kein Wort glaubte. Der Mönch beugte sich sogar ein wenig vor, so als wolle er der Trauernden besonders nah sein, nah wie ein Seelsorger eben. Und Seelsorge, das hatte er gelernt.

»Wer könnte Euren Mann und das Kind getötet haben?«, wollte Eusebius wissen. »Wer hat sie so sehr gehasst, dass er sie umbrachte oder umbringen ließ?«

»Ich weiß es nicht!« Marie Klingenbiel verlieh ihrer Stimme einen verzweifelten Klang. »Waldemar war ein herzensguter Mensch. Er hatte keine Feinde. Und Magdalena? Sie war ein Kind, Ehrwürdiger Vater!«

Ein Kind, wiederholte Eusebius in Gedanken. Aber sie sollte schon verheiratet werden. Nach allgemeiner Auffassung galt sie als heiratsfähig. Bruder Eusebius teilte diese Auffassung nicht und wusste sich darin in Übereinstimmung mit seiner Kirche.

»Wenn Euer Gatte keine Feinde hatte«, meinte er, »wäre er wohl kaum getötet worden.«

»Aber es war doch ein Raubüberfall? Jacob, unser Geselle, war doch dabei.«

Eusebius zuckte die Schultern. »Vielleicht«, sagte er.

»Ihr zweifelt daran, Ehrwürdiger Vater?« Marie Klingenbiel sah nun überhaupt nicht mehr traurig aus. Eher schon hatte sie etwas Lauerndes.

Eusebius ging auf ihre Frage nicht ein. »Seid doch so gut, liebe Frau, und denkt noch einmal über mögliche Feinde Eures Mannes nach.«

Marie Klingenbiel tat so, als ob sie nachdächte. Sie legte sogar ihre Stirn in Falten, um überzeugend zu wirken. Eusebius schaute ihr schweigend dabei zu.

»Ich meine«, sagte sie schließlich, »Waldemar war ein wohlhabender Mann. Er genoss hohes Ansehen in seinem Amt, ja in der ganzen Stadt. Das erweckte natürlich Missgunst. Neid ist zwar eine Todsünde. Aber wem sage ich das! Wir Menschen sind nun mal schwach und für die Sünde anfällig.«

Gut gebrüllt, Löwe!

Eusebius beschloss, ein etwas schwereres Geschütz aufzufahren.

»Gibt es jemanden, der einen Vorteil aus beider Tod zieht?«

Marie Klingenbiel schaute den Mönch aus großen Augen an.

»Denkt Ihr vielleicht an mich?«, fragte sie.

»Ihr erbt doch sicher?«

»Natürlich erbe ich. Waldemar ...« Sie schluchzte wieder. »Waldemar war ein großherziger Mensch, wie ich schon sagte. Unversorgt hätte er mich nie zurückgelassen, aber er ist sogar besonders großzügig gewesen. Ich vermisse ihn!« Marie Klingenbiel schnäuzte sich, und zwar auf vornehme Weise mit einem

Schnupftuch. »Ich wünschte, ich könnte seinen Tod rückgängig machen. Gut versorgt war ich schließlich auch *in* der Ehe.«

Eusebius gab sich einen Ruck. Ihm brannten noch etliche Fragen auf den Nägeln, aber eine besonders. Auch wenn Marie Klingenbiel ihm etwas vorspielte, musste das nicht bedeuten, dass sie auch nur im Geringsten mit den Bluttaten zu tun hatte.

»Euer Gatte ist getötet worden«, begann er. Marie nickte. »Eure Stieftochter hat das gleiche Schicksal ereilt«, fuhr Eusebius fort. Marie nickte abermals. »Fürchtet Ihr dann nicht auch um Euer Leben?«

Die Witwe fuhr zusammen. Ihre Finger kneteten das Schnupftuch, dann schwankte sie und kippte rücklings um. Eusebius sprang erschrocken auf und stieß sie an, aber ihre Atmung war flach, und sie regte sich nicht. Offenbar war sie in Ohnmacht gefallen.

Der Mönch hastete zur Tür, riss sie auf und brüllte: »Einen Arzt, aber schnell!«

Der Geselle Jacob kam sofort herbeigestürzt. Das wunderte Eusebius, denn es bedeutete, dass er sich im Vorraum der Kammer aufgehalten haben musste. Hatte er gelauscht?

Jacob beugte sich über seine Herrin und beatmete sie. Eusebius beobachtete ihn. Sein Versuch, die Witwe aus ihrer Ohnmacht zu erwecken, hatte etwas Zärtliches. Es sah eigentlich aus wie ein Kuss.

Eusebius verließ die Kammer und ging langsam die Stiege hinab, die in die Diele führte. Er wurde den Eindruck nicht los, dass Marie Klingenbiel ihm die Ohnmacht nur vorgespielt hatte, um seine ihr lästige Fragerei zu beenden.

Fast wie ein Kuss, dachte er.

»Für einen halben Pfennig zeige ich dir den Weg.« Der Gehilfe des Infirmarius zog Johannes' Decke glatt.

Johannes hatte mit einem ganzen Pfennig gerechnet, trotzdem war er in Not. »Ich habe kein Geld.«

»Na ja, Besitz ist uns ja auch verboten.« Der Gehilfe lachte. Sein von Blatternarben entstelltes Gesicht wurde noch hässlicher. Dass jemand wie er dem Infirmarius zur Hand ging, war eigentlich unvorstellbar. »Aber Geld lässt sich stehlen oder erbetteln. Bring mir etwas mit ... von deinem Liebchen!«

Johannes schloss die Augen. Das also dachte der Arztgehilfe von ihm: Dass er ein Liebchen in der Stadt hätte. Aber sollte er doch denken, was er wollte. Johannes öffnete die Augen und lächelte auf eine Art, die er für anzüglich hielt. Wie er den halben Pfennig auftreiben sollte, wusste er noch nicht.

»Ist sie jung, schön, drall?«, erkundigte sich der Gehilfe. Die Geilheit in seinem Gesicht widerte den Novizen an.

»Und ob«, sagte er leichthin. Und schämte sich. Wenn der Gehilfe auch nur eine Andeutung machte und diese bis zum Prior drang, war er verloren. Aber das würde der Gehilfe sicher nicht tun, schnitte er sich damit doch auch ins eigene Fleisch.

»Nun mach schon!«, drängelte Johannes. Der Gehilfe nahm es als Zeichen dafür, dass der Jüngling es eilig hatte, zu seinem Liebchen zu kommen. Sein Grinsen wurde noch widerlicher. Johannes wusste, wofür er es ertrug.

Als der Gehilfe des Infirmarius ihm die kleine Pforte in der Klostermauer mit einem gestohlenen Schlüssel öffnete, fühlte sich Johannes als Lügner und als Strolch.

Aber glücklich war er auch. Für drei Stunden durfte er die Luft der Freiheit atmen.

Wie in allen Städten hatte der Rat das Frauenhaus an die Stadtmauer verbannt. Man duldete es zwar als notwendiges Übel, wollte es aber möglichst nicht vor Augen haben. Obendrein war es eine Einnahmequelle: Die Puffmutter musste den Schoß entrichten, und trotz ihres unehrenhaften Berufs nahm sogar die Kirche ihr Geld an, wenn sie ein Vikariat oder eine Altarpfründe stiftete. Sorgen um ihr Seelenheil machte sich Mutter Katharina natürlich wie jede gute Christin und etwas mehr Sorgen sogar wegen ihres Gewerbes.

Frauenhäuser waren nach Wenzels Erfahrung Orte, an denen es sich umzuhören lohnte. Nicht nur die genossenen Getränke lösten die Zunge, sondern die freizügige Atmosphäre insgesamt. So mancher junge Mann hatte sich hier schon verplappert – und sogar um seinen Ruf geredet.

Kurz vor Einsetzen der Dämmerung betrat der Wandergeselle das Heim der Hübschlerinnen. Sofort stürzten zwei blutjunge Dinger auf ihn zu, denen gemächlicheren Schrittes die Puffmutter folgte. Sie hatte einen erheblichen Körperumfang, aber manche Burschen mochten das. Sie bevorzugten die mütterlichen Frauen, an die man sich anlehnen oder in deren Fleischmassen man versinken konnte.

»Ich bin Madame Catherine«, stellte sie sich vor. Wenzel hatte schon gehört, dass sie sich einen französisch klingenden Namen zugelegt und sich angeblich ihre ersten Meriten am burgundischen Hof verdient hatte. Auch den Prinzen Karl, den jetzigen Kaiser, wollte sie bedient haben. Das konnte sich Wenzel nicht gut vorstellen. Er kannte ein Gemälde des Kaisers, das einen düster dreinblickenden Mann zeigte. Bei diesem katholischen Herrscher war alles möglich, nur kein Beischlaf mit einer Hübschlerin.

»Und wer bist du, Fremder?«, wollte Madame Catherine wissen.

»Wenzel aus Nordhorn«, sagte dieser.

»Nordhorn?« Die Hurenmutter blickte ratlos die beiden Mädchen an. Die zuckten die Schultern. »Nie gehört«, sagte sie. »Aber woher auch immer du stammst, bei uns wirst du auf deine Kosten kommen. Noch nie hat jemand unzufrieden unser Haus verlassen.«

»Das glaube ich gern.« Wenzel betrachtete die Mädchen. Sie waren höchstens fünfzehn, sechzehn Jahre alt. »Ihr habt wohl viele Gäste aus der Stadt?«

»Natürlich. Aber auch etliche Durchreisende, die sich eine vergnügliche Stunde machen wollen. Wir sind sehr schweigsam.«

»Davon bin ich überzeugt.« Wenzel lächelte. Schweigen war käuflich, und Redseligkeit war es auch. »Verkehrt Heinrich von Alfeld bei euch?«

»Das ist ein verheirateter Mann!« Madame Catherine tat empört. Das musste sie, denn eigentlich durften nur unverheiratete Männer die Frauenhäuser aufsuchen, aber Wenzel wusste, dass selbst viele höher gestellte Personen, die sich bei ihren Ehefrauen langweilten, die Vorschrift umgingen. Es hieß, dass man sogar schon Geistliche beim Betreten dieses heimlichen Ortes ertappt hätte.

»Was willst du trinken, schöner Wenzel?«, fragte eines der Mädchen. Sie schnurrte nicht nur, sie schaute ihn auch mit einem Katzenblick an. Wenzel hasste Katzen. Sie mochten nützliche Tiere sein für Bauern, Kornhändler und Müller, aber wenn ihm eine zu nahe kam, gab er ihr einen Tritt.

»Roten Wein«, sagte er. Das Mädchen verließ sofort den Empfangsraum, der sich zu ebener Erde befand, um den Weinkeller aufzusuchen. Eine Treppe führte von der Halle hinauf zu einer Galerie, und von dieser Galerie gingen in kleinen Abständen Türen ab – Wenzel vermochte sich auszumalen, dass in die Verschläge der Hübschlerinnen nicht mehr passte als ein Bett und ein kleiner Tisch für die Schminksachen und die Essenzen, mit denen sie sich einrieben, damit sie wie Blumen rochen. Mehr brauchte es ja auch nicht.

»Und Waldemar Klingenbiel?« Wenzel ließ nicht locker. »War er Gast in eurem Hause?«

Madame Catherine schaute den Gesellen skeptisch an. Das Mädchen hauchte ihm ins Ohr, dass sie Kristin heiße, dann zog sie ihn zu einer Sitzbank, auf der sie sich niederließ. Wenzel setzte sich ebenfalls und nahm sie in den Arm, weil das von ihm erwartet wurde.

»Wer bist du?« In der Miene der Madame Catherine zeigte sich Misstrauen. »Schickt dich die Obrigkeit?«

»Würde die Hildesheimer Obrigkeit einen Gesellen aus Nordhorn zu euch schicken?«

»Ich kenne die Obrigkeit nicht besonders gut«, behauptete die Frau. Wenzel war überzeugt, dass der eine und andere Ratsherr zu ihren Kunden zählte. Vermutlich war es an der Zeit, die Geldkatze zu schütteln, damit die Puffmutter den Klang der Münzen vernahm. Geldkatzen gab der Geselle keine Tritte. Sie waren zum Schütteln, Schmeicheln und Locken da, und Tile Brandis hatte Wenzels Beutel wohl gefüllt. Wenzel hob ihn hoch. Die geschäftstüchtige Madame Catherine wurde wie erwartet schwach.

»Waldemar Klingenbiel habe ich hier nie gesehen«, sagte sie. »Ich will nicht schwören, dass er ein treuer Ehemann war, aber er achtete auf seinen Ruf. Dasselbe gilt für Heinrich von Alfeld. Aber das Findelkind des Klingenbiel, das setzte so manchen Pfennig bei uns um. Manchmal bei mir, aber vor allem bei Kristin. Er behauptete sogar, sie zu lieben.« Madame Catherine brach in ein meckerndes Gelächter aus. »Stimmt's, Kristin?«

»O ja! Er spricht oft von Liebe.« Das Mädchen schaute Wenzel mit einem lüsternen Blick an. Der Wandergeselle fiel darauf nicht herein. Er war nicht zum ersten Mal in einem Hurenhaus und wusste daher, dass dieser Blick nicht echt, sondern eingeübt war. Trotzdem fielen die meisten Männer darauf herein. Sie wollten Begierde sehen, also bekamen sie, was sie wollten; und wenn der Wandergeselle zu einer Dirne ging, wollte auch er betrogen werden. Dass die Begierde falsch war, war ihm dann gleichgültig, denn in einem Hurenhaus war alles falsch, sogar der Wein, den die katzenäugige Hübschlerin gerade brachte. Vermutlich waren die Reben am Hildesheimer Weinberg gewachsen – oder eher verkümmert –, aber Wenzel würde für einen guten Rhein- oder Frankenwein zahlen müssen.

»Jacob Klingenbiel kam öfter her?«, vergewisserte er sich.

»Er heißt nicht Klingenbiel, sondern Findling.« Die Puffmutter kicherte. »Aber er wäre gern ein Klingenbiel. Er hat überhaupt ziemlich große Rosinen im Kopf. Sogar Meister will der arme Tropf werden.«

»Er will Meister werden?« Wenzel merkte auf. Das war ja

interessant. Da wurde ein Knochenhauer auf nächtlicher Straße niedergestochen, und ein Geselle begleitete ihn, der Meister werden wollte. Wenn das keine Spur war! Und dazu noch eine Spur, die der Dominikaner nicht finden würde, denn der ging bestimmt nicht in ein Hurenhaus.

»Kann er sich doch gar nicht leisten.« Katharina winkte ab. Das Mädchen mit dem Katzenblick schenkte Wenzel Wein in einen irdenen Becher. Schon als der Geselle daran roch, wurde ihm übel.

»Aber Jacob ist so süß!«, schwärmte Kristin. Sie hatte den Jungen offenbar wirklich gern.

»Ja, das ist er.« Madame nickte. »Aber bilde dir bloß nicht ein, dass er dich liebt. Er liebt nämlich jemand ganz anderen.« Die Hurenmutter verlieh ihrer Stimme einen geheimnisvollen Ton. Mit anderen Worten: Sie hatte zu verhandeln begonnen.

»Einen halben Mariengroschen«, sagte Wenzel betont gleichgültig.

»Für einen halben Mariengroschen mache ich den Mund nicht auf.«

»Einen ganzen.«

»Verschwindet, Mädchen!« Der geheimnisvolle war einem barschen Ton gewichen. Kristin sprang sofort auf, streichelte Wenzel die Wange, und dann verzog sie sich in einen der Verschläge. Die Katzenäugige folgte ihrem Beispiel.

Hurenmutter Katharina, ganz Geschäftsfrau, schob die Puffärmel ihres Kleids über die Ellbogen und rieb sich die Hände.

»Einen ganzen und einen halben«, schlug sie vor.

»Wenn deine Nachricht es wert ist.«

»Ist sie. Aber ich vergesse sehr schnell … Und dein Auftraggeber ist offenbar wohlhabend!« Madame Catherine grinste Wenzel an.

»Was gibt es da zu grinsen?«, fragte der Wandergeselle.

»Wir sind ein fröhliches Haus«, sagte die Hurenmutter. »Und ein sauberes«, fügte sie hinzu. Das wollte Wenzel nun weiß Gott gar nicht wissen.

»Wen liebt Jacob Findling, der gern ein Klingenbiel wäre?«

»Seine Herrin.«

»Jacob liebt die Witwe Klingenbiel? Der Geselle die Meisterin?« Wenzel konnte sein Glück kaum fassen. An diesem Tag wurde er mit verkaufsträchtigen Neuigkeiten geradezu überschüttet.

»Er ist verrückt nach ihr«, sagte Madame Catherine und streckte die rechte Hand aus.

Johannes war frei. Das war ein schönes Gefühl, aber auch ein beängstigendes. Was sollte er mit dieser so hart erkauften Freiheit anfangen?

Er wollte Vater Eusebius helfen.

Aber wie?

Gott musste es wissen. Johannes, der den Brühl gen Kläperhagen entlanglief, schaute hinauf zum Himmel. Der Himmel war blau, wie er es seit langem nicht mehr gewesen war. Es war ein großartiger Himmel, ein richtiger Frühlingshimmel. Aber Gott schwieg. Er gab nicht einmal einen Fingerzeig.

Sprach der Herr nicht zu Novizen?

Gott war doch aber für alle da, sogar und vor allem für die Geringsten.

»So gering bin ich nicht«, erklärte Johannes dem Himmel. »Ich bin sicher ungebildet, aber nicht dumm. Das hat Vater Eusebius gesagt, der so viel gepilgert ist, dass er Ablässe für mindestens neun ... neunhunderttausend Jahre hat? Oder neunhundertneunundneunzig? Ich weiß nicht.«

»Pass doch auf, du dummer Pfaffe!«, herrschte ihn ein Kräuterweib an. Es hatte alle möglichen Pflanzen auf der Straße ausgebreitet, aber das war nur ein Vorwand fürs Betteln ohne Bettelmarke. Zum Betteln brauchte man eine Genehmigung des Rats. Bettler ohne Marke wurden der Stadt verwiesen, also schützte die gerissene Hexe ein Gewerbe vor. Johannes war in Gedanken versunken über ihre längst verdorrten Blüten und Blätter gelaufen.

»Entschuldige«, sagte er.

»Das genügt nicht«, keifte die Alte. Sie wollte einen Schnitt machen. Früher war man Mönchen und Novizen – und *sie* kannte den Unterschied sowieso nicht – mit Demut begegnet. Seit dieser Doktor Martin seine Schriften veröffentlicht hatte, wurden sogar die Geringsten frech.

Aber man musste mild mit ihnen verfahren, denn gerade ihnen galt Gottes Liebe. Johannes hatte aber kein Geld, und so schenkte er ihr ein Lächeln. Die Kräuterfrau war damit natürlich nicht zufrieden. Sie beschimpfte den Novizen mit üblen Worten, so dass ihm die Schamröte ins Gesicht stieg, und er machte, dass er davonkam.

Johannes wandte sich beinahe unwillkürlich zur Domburg, obwohl er eigentlich nicht damit rechnete, dass sich der Ehrwürdige Vater dort aufhielt. Im Grunde genommen hatte der Novize überhaupt keinen Plan. Er wartete einfach gegenüber dem Eingang zur Domfreiheit, der von Hildesheimer Bürgern bewacht wurde. Vielleicht geschah etwas, vielleicht auch nicht. Irgendwo musste man ja anfangen.

Die Kirchenglocken verkündeten die neunte Abendstunde, und Johannes wartete bereits seit längerer Zeit auf etwas, was wohl doch nicht geschehen würde – er wusste ja nicht einmal, worauf er wartete. Bald würde er wieder in den Konvent zurückkehren müssen; versäumte er die mit dem Gehilfen des Infirmarius verabredete Zeit, würden sie beide gewaltigen Ärger bekommen. Das würde nicht ohne Hiebe abgehen, und Johannes hatte mächtige Angst davor, von den Brüdern geschlagen zu werden.

Doch sah er plötzlich den Offizial. Der höchste geistliche Richter der Diözese verließ eilig das Tor zur Domimmunität, und zwar nicht im Ornat, sondern in einem schlichten Mantel. Johannes hätte gern ein Hühnchen mit ihm gerupft, aber er schaute rasch beiseite, um nicht erkannt zu werden. Der Offizial blickte sich mehrmals um, als befürchte er, dass ihn jemand von der Domburg aus beobachten könne, dabei war es ihm durchaus erlaubt, die Stadt zu betreten. Die Bürgerwache interessierte sich nicht für ihn, Johannes bemerkte es sehr wohl.

Der Offizial schien es eilig zu haben. Er huschte den Pfaffenstieg entlang, und Johannes folgte ihm. Mittlerweile dämmerte es, aber ihn hatte das Jagdfieber ergriffen: Er würde sowieso mit dem Stock Bekanntschaft machen, aber das würde er in Kauf nehmen. Kaum war er dem Sichtbereich der Domburg entkommen, wurde der bischöfliche Richter ruhiger. Er ging zwar immer noch sehr schnell, richtete seinen Blick aber nur noch geradeaus. Johannes blieb dennoch vorsichtig, während er ihm folgte. Das seltsame Verhalten des Offizials sprach dafür, dass es nun endlich spannend wurde.

»Ich beantworte doch nicht die Fragen eines dahergelaufenen Hundes«, sagte Marie Klingenbiel. Sie hatte den Nordhorner Wandergesellen zwar empfangen, weil er sehr nachdrücklich darauf bestanden hatte, aber nun flüchtete sie sich in Arroganz.

»Mein Auftraggeber wird es sehr interessant finden, Frau, dass Ihr ein Verhältnis mit Eurem Gesellen habt«, sagte Wenzel.

Marie Klingenbiel lief es eiskalt über den Rücken. Es gelang ihr zwar, rasch eine undurchdringliche Miene aufzusetzen, aber innerlich zitterte sie. Wer war dieser Gast, der so gut Bescheid zu wissen schien? Wer hatte ihn geschickt? Sie musste auf der Hut sein, durfte nicht das Geringste preisgeben. »Welcher Auftraggeber?«

»Eine hoch gestellte Persönlichkeit.«

»Das kann jeder sagen.« Marie Klingenbiel überlegte, wer dieser Hintermann sein konnte. Es fragte sich allerdings, ob es überhaupt einen gab. Vielleicht wollte dieser Wenzel, wenn er denn wirklich so hieß, sie nur erpressen. Und weil Jacob ein Schwachkopf war, wusste der Erpresser Dinge, die er nicht wissen durfte.

»Ihr habt doch ein Verhältnis mit Jacob?«, fragte Wenzel.

Marie zögerte mit der Antwort, nicht weil sie darüber nachdachte, ob sie wahrheitsgemäß antworten sollte, sondern weil ihr auf die Schnelle keine glaubhafte Antwort einfiel. Dieser Besucher beunruhigte sie, und das lähmte ihre Gedanken.

Die Witwe entschied sich für einen barschen Ton und eine Gegenfrage, um Zeit zu gewinnen. »Was geht dich das an?«

»Habt Ihr oder habt Ihr nicht?«

»Was willst du?«

»Die Wahrheit vielleicht ...«

»Nein, du willst Geld.« Dessen war Marie sicher. »Wie viel?«, fragte sie und fürchtete sogleich, sich damit schon verraten zu haben. Aber sie konnte immer noch alles abstreiten und behaupten, sie habe diesen frechen Eindringling nur aufs Glatteis führen wollen.

»Ich brauche Euer Geld nicht.« Wenzel lehnte sich zurück und verschränkte die Arme.

Geld wollte er also nicht. Oder er tat nur so, um den Preis in die Höhe zu treiben. Irgendetwas musste er doch wollen. Marie überlegte, ob sie ihren barschen Ton doch lieber wieder aufgab, um dem angeblich unbestechlichen Gesellen Rede und Antwort zu stehen; ihre Art von Rede und Antwort selbstverständlich.

»Ich habe kein Verhältnis mit dem Gesellen«, sagte sie mit sanfterer Stimme. »Wie könnte ich als angesehene Frau eines Meisters mich derart erniedrigen?«

»Ihr wärt nicht die erste Meisterin, die sich in kalter Nacht einen heißen Stein ins Bett holt, wenn der Hausherr bei einer Meisterköste oder einer anderen Zusammenkunft der Innung weilt«, sagte Wenzel.

»Einen heißen Stein hole ich mir tatsächlich in kalter Nacht ins Bett«, erwiderte Marie. Ihre Hände waren feucht. »Meine Mägde legen ihn mir ins Bett. Und so, habe ich gehört, macht man es sogar in Bauernkaten.«

»Aber Jacob hat mit Eurer Liebe geprahlt«, behauptete dieser Wenzel.

Jacob war wirklich ein Dummkopf, doch Marie fiel sofort

eine gute Antwort ein. »Mit seiner Liebe zu mir«, schoss sie zurück, »das glaube ich gern. Aber das ist ja wohl ein gewaltiger Unterschied. Wie viele Gesellen verlieben sich in ihre Meisterin? Das ist doch nichts Besonderes. Außerdem hat so mancher Geselle gewisse Illusionen …« Marie ließ bewusst offen, welche Art von Illusionen sie meinte. Aber sie hatte einen vertraulichen Ton angeschlagen, weil sie bereits den nächsten Schritt überlegte: Notfalls konnte sie auch noch ihre Reize als Waffe einsetzen.

»Illusionen?«, fragte dieser Wenzel nur.

»Das weißt du doch.« Marie lehnte sich zurück. Sie war sicher, den richtigen Weg eingeschlagen zu haben.

»Ihr meint jene Gesellen, die kein Geld haben für eine Meisterköste und den Bürgereid?«

Marie nickte.

»Und denen auch niemand Kredit gibt?«

»Jacob ist ein Findelkind«, sagte Marie Klingenbiel.

»Also kann er nicht einmal beweisen, dass er ehelich geboren ist?«

»So ist es.« Marie Klingenbiel lächelte nun sogar. Ihre Felle waren nicht davongeschwommen. »Ohne den Nachweis ehelicher Geburt kann er kein Meister werden. Nun redet er sich vielleicht ein, dass der Geburtsmakel beseitigt wird, wenn er die Meisterwitwe heiratet. Das ist zwar nicht der Fall, aber Jacob ist nicht sehr helle.«

»Jacob will also Meister werden«, sagte der Besucher nachdenklich. Marie nickte. Das konnte sie getrost bestätigen.

»Aber sehe ich aus, als ob ich einen Gesellen heiraten würde?«, sagte die Witwe Klingenbiel und lachte.

Der Weg des Offizials führte vom Pfaffenstieg durch die Schuhstraße und den Hohen Weg direkt zur Saustraße. Bevor er in jene Straße einbog, in der die führenden Männer Hildesheims wohnten, schaute er sich doch noch einmal um. Johannes erschrak heftig, doch der Offizial nahm ihn gar nicht wahr.

Es dämmerte bereits, und die Saustraße war menschenleer. Hier hatten die Fenster Scheiben aus Glas, wurden also nicht mit ölgetränktem Pergament oder mit Stofffetzen verschlossen, und so sah Johannes hier und da Kerzen oder Talglichter in den Stuben brennen. Er hielt sich nahe an den Hauswänden, denn sollte der bischöfliche Richter sich noch einmal umwenden, würde er ihn in dieser Straße bestimmt ausmachen. Johannes schätzte sich glücklich, dass seine Schritte keine Geräusche machten, was man von den Stiefeln des Offizials nicht sagen konnte.

Der Offizial drehte sich nicht noch einmal um. Vor dem Haus *Güldener Hirsch* blieb er stehen. Er betätigte die Glocke, und wenig später wurde er eingelassen.

Johannes drückte sich in den rasch immer dunkler werdenden Schatten des Bäckeramtshauses, das sowohl von Alfelds als auch dem Haus seines Nachbarn Tile Brandis schräg gegenüberlag. Nun gab es kein Zurück mehr, und der Junge musste sich auf eine lange Wartezeit einstellen. Darüber, was ihn im Kloster erwartete, dachte er nicht mehr nach.

Johannes schaute zum Himmel hinauf. Das Blau war bereits sehr dunkel und schickte sich an, in Grau überzugehen. Als er den Blick wieder senkte, wurde die Tür des *Güldenen Hirschen* erneut geöffnet; keine fünf Minuten waren verstrichen. Der Offizial verließ das Haus. Aber er war nicht allein.

Heinrich von Alfeld begleitete ihn. Allerdings blieb er vor dem Tor stehen, während der bischöfliche Richter sich rasch in Richtung Hoher Weg entfernte. Johannes befand sich in einer Zwickmühle: Was sollte er nun tun? Dem Offizial folgen oder beobachten, was von Alfeld vorhatte? Zerreißen konnte er sich schließlich nicht.

Die Entscheidung wurde ihm abgenommen. Der Knochenhauer und Ratmann setzte sich ebenfalls nach dem Hohen Weg in Bewegung. Das fand Johannes sehr merkwürdig, denn ihm kam es vor, als wollten die beiden Männer vermeiden, gemeinsam auf der Straße gesehen zu werden.

Der Novize atmete zehnmal ein und aus. Er setzte bereits einen Schritt aus dem Schatten heraus, als etwas noch viel Merkwürdigeres geschah. Das Tor des *Güldenen Hirschen* wurde abermals geöffnet, und eine Gestalt schlüpfte heraus. Sie trug einen langen dunklen Mantel, aber an ihren Gesichtszügen konnte Johannes erkennen, dass es sich nur um ein Weib handeln konnte. Mit schnellen Schritten ging sie dem Knochenhauer hinterher.

Womöglich irrte sich der Novize, aber er glaubte, dass es von Alfelds Frau war, die ihrem eigenen Mann folgte. Nun verstand er überhaupt nichts mehr.

Der Wandergeselle Wenzel hatte das Gefühl, sich an der Witwe Klingenbiel die Zähne ausgebissen zu haben. Das ärgerte ihn so sehr, dass er beschloss, nicht so rasch klein beizugeben. An anfänglichen Blicken und Gesten glaubte Wenzel erkannt zu haben, dass die Frau zumindest ein schlechtes Gewissen hatte. Nun war es möglich, dass er sich im Nachhinein das alles ein wenig zurechtbog. Da auf den Wandergesellen höchstens die Schänke oder ein muffiges Bett in seiner Herberge wartete, konnte es nicht schaden, noch eine Weile in der Nähe des Hauses *Blauer Schwan* zu verweilen; es war sicher ganz interessant zu erfahren, wer in dem Haus der Witwe ein und aus ging.

Wenzel schaute sich um. Dem Haus gegenüber befand sich der Andreaskirchhof. Obwohl er ihm unheimlich war, betrat er den kleinen Gottesacker und versteckte sich hinter einem der wenigen Grabsteine, die es hier gab – nur reiche Leute konnten sich ein Grabmal leisten. Außerdem ließen sie sich lieber in der Kirche bestatten, und zwar möglichst nahe beim Hauptaltar oder wenigstens vor einem der Nebenaltäre. Doch diese Nähe zu Gott hatte ihren Preis.

Der Wandergeselle fürchtete nicht die Toten. Was ihn beunruhigte, war allein der Umstand, dass sich lichtscheues Gesindel auf den Kirchhöfen herumtrieb. Manche der ganz armen und verkommenen Einwohner lebten sogar auf ihnen, weil es hier allerlei zu essen gab, fette Ratten etwa. Und so recht wagte niemand, sie zu vertreiben, da die Kirche lehrte, dass Gott die Ärmsten der Armen am meisten liebte.

Natürlich konnte vollkommen zwecklos sein, was der Wandergeselle sich vorgenommen hatte. Die Dämmerung hatte eingesetzt, und es war möglich, dass die Witwe Klingenbiel überhaupt keinen Besuch mehr erhielt. Er blickte zum Haus *Blauer Schwan* hinüber und sah Licht in ersten Stock, dort, wo sich seiner Ansicht nach die Kammer der Witwe befand. Eines hatte er immerhin in Erfahrung bringen können, nämlich dass Madame Catherine ihn nicht belogen hatte: Jacob Findling wollte tatsächlich Meister werden.

Den Wandergesellen fröstelte, aber nicht weil es kalt war, sondern wegen der Umgebung. Angewidert lauschte er den Geräuschen eines schamlosen Geschlechtsgenusses irgendwo in der Nähe, vermutlich hinter einem der anderen Monumente. Ab und zu schrie auch eine Ratte, aber nach einem dumpfen Schlag verstummte das Geschrei. Dem Wandergesellen drehte sich der Magen um. Ihm wurde klar, dass sein Warten auf dem Kirchhof vollkommen unsinnig war. Er würde sich nur die Beine in den Bauch stehen, ohne dass irgendetwas geschehen würde, jedenfalls nichts, was mit seinem Auftrag zu tun hatte.

Das Licht im ersten Stock des Hauses *Blauer Schwan* wurde gelöscht. Wenzel wartete darauf, dass hinter den Fenstern eines anderen Raumes Licht gemacht würde, denn so früh würde die Witwe Klingenbiel wohl kaum zu Bett gehen. Nichts dergleichen geschah. Und was wusste Wenzel schon von den Schlafgewohnheiten der Marie Klingenbiel.

Die Tür des Hauses öffnete sich. Wenzel krallte beide Hände an den kalten Grabstein. Vielleicht wurde sein Ausharren doch noch belohnt.

Der Abstand zwischen seinem Versteck und dem *Blauen Schwan* betrug etliche Pferdelängen, und das Licht war schlecht. Trotzdem wusste Wenzel, wer gerade das Haus verließ. Es war ein junger Mann, den die Kleidung als Gesellen verriet. Und im

Haus der Klingenbiels gab es nur einen Gesellen: Jacob Findling.

Der Wandergeselle konnte sich an drei Fingern abzählen, was der Findling vorhatte. Entweder wollte er zuerst eine Schänke aufsuchen und dann das Frauenhaus oder nur eine Taverne oder das Frauenhaus allein; etwas anderes trieb einen jungen Mann kaum zu abendlicher Stunde auf die Straße. Zufrieden lächelnd setzte sich Wenzel in Bewegung. Jacob Findling verschwand in der Erchmekerstraße, der Straße der Weißgerber. Wenzel beeilte sich.

Johanna von Alfeld sah ihren Mann einige Klafter vor sich den Hohen Weg entlanggehen. Er schritt weit aus, und seine aufrechte Haltung verriet ein enormes Selbstbewusstsein. Johanna von Alfeld ertrug ihren Gatten schon lange nur noch mit zusammengebissenen Zähnen. Geliebt hatte sie ihn nie, aber Liebe war für eine Ehe auch nicht notwendig. Sie erwartete jedoch gegenseitige Achtung. Aber Heinrich verachtete sie und zeigte es offen. Johanna beantwortete das mit heimlicher Geringschätzung.

Schon lange hielt sie ihren Mann für einen Lügner und Betrüger. Er musste nur den Mund aufmachen, und schon sprang wie eine ekelerregende Kröte eine Lüge heraus. Zuerst wollte er ihren Sohn Peter mit Waldemar Klingenbiels Tochter Magdalena verheiraten, aber nach dessen gewaltsamem Tod hatte sich sein Sinn gewandelt. Nun musste es plötzlich die Witwe Klingenbiel sein. Da stimmte doch etwas nicht.

Ihren Sohn liebte Johanna von Alfeld sehr. Heinrich hielt ihn für einen Taugenichts, aber für Nichtsnutze sah er fast alle Menschen außer sich selbst an. Er war anmaßend und überheblich, aber vor allem dachte er, er sei sogar über Recht und Gesetz erhaben, schließlich war er ja ein Ratmann. Johanna lächelte säuerlich, während sie ihrem Gatten folgte. Vermutlich hielt er sich selbst für das Gesetz.

Eine ungute Ahnung hatte sie beschlichen, als er vor einiger

Zeit erst sehr spät nach Hause kam und frech behauptete, er hätte mit Marie Klingenbiel über deren künftige Ehe mit Peter verhandelt. Über eine Ehe verhandelte man für gewöhnlich mit den männlichen Verwandten der Braut, und zwar weder während der Trauerfrist noch in der Nacht. Angeblich hatte Marie keine männlichen Verwandten mehr, aber irgendeinen Vormund musste es doch geben.

Verwundert stellte Johanna von Alfeld fest, dass ihr Mann den Marstall ansteuerte, in dem die Ratspferde untergebracht waren. Wollte er etwa zu dieser Stunde noch ausreiten? Die Frau des Knochenhauers blieb stehen und suchte Schutz hinter einem Hausvorsprung. Sie kam sich ziemlich albern vor und überlegte fieberhaft, wie sie wohl erklären könne, was sie hier mache, wenn ihr zufällig jemand begegnete, den sie kannte. Hildesheim war zwar keine kleine Stadt, aber sie war auch nicht so groß, dass es nicht geschehen konnte. Johanna von Alfeld blickte sich um. Ein kleiner Mönch war am Ende der Straße zu sehen. Seltsam, gehörte ein Mönch nicht in sein Kloster?

Sie schaute noch einmal hin. Das Mönchlein war verschwunden.

Ja, ihr Mann war ein verlogener und betrügerischer Mensch. Das wusste sie seit langem. Aber was heute geschehen war, das hatte dem Fass den Boden ausgeschlagen.

Dass er das Haus nach dem kurzen Besuch des Offizials noch einmal verließ, hatte er mit einer Zusammenkunft des Knochenhaueramtes begründet. Johanna fragte sich schon lange, was Heinrich mit diesem Bischofsknecht eigentlich zu schaffen hatte. Doch sie war zu wütend, um jetzt darüber nachzudenken. Ihr ehrloser Gatte wollte sie offenbar für dumm verkaufen.

Wenn Verkaufstag war, stand die Meisterfrau gemeinsam mit einem Lehrjungen in ihrem Scharren, der sich im Knochenhaueramtshaus am Großen Markt befand. Sie verkaufte Fleisch und Wurst und Innereien, während ihr Mann mit dem Einkauf des Viehs beschäftigt war oder mit dem Gesellen auf der Kuhhaut schlachtete. Von außen wirkte das neue Amtshaus, das erst vor dreizehn Jahren errichtet worden war, zwar groß und prächtig, aber im Innern war es furchtbar eng. Die Verkaufsplätze mit dem nach oben zu öffnenden Lid und dem nach unten zu öffnenden Laden waren nicht mehr als Verschläge, und es roch fürchterlich, da unter dem Dach die Häute getrocknet wurden. Aber es gab auch eine angenehme Abwechslung: den Schwatz mit den anderen Meisterinnen. Dabei wurde nicht nur über all diejenigen Weiber hergezogen, die gerade nicht anwesend waren, es wurden auch ernsthafte Neuigkeiten ausgetauscht. Und aus diesem Grund war Johanna von Alfeld sicher, dass sich an diesem Abend kein Amtsbruder in den Gildesaal verirren würde. An diesem Abend saßen die Knochenhauer nicht.

Plötzlich tauchte am anderen Ende der Straße der kleine Mönch wieder auf. Johanna erschrak, obwohl es keinen Grund dazu gab. Aber sie wurde schnell abgelenkt: Ihr Mann führte tatsächlich ein Pferd aus dem Marstall.

Johanna von Alfeld war sicher gewesen, dass Heinrich wieder mit Marie zu verhandeln gedachte. Um zu ihr zu gelangen, brauchte er allerdings nur Schusters Rappen.

Die Frau des Knochenhauers war plötzlich ganz ruhig. Ihre Wut war verschwunden und hatte purer Neugierde Platz gemacht.

Johannes wusste, dass sein Vorhaben gescheitert war. Ganz umsonst hatte er Prügel riskiert oder zumindest die Selbstgeißelung oder den Klosterkerker. Heinrich von Alfeld führte ein Pferd am Zügel durch die abendliche Stadt. Da er es wohl kaum würde schlachten wollen und er jetzt im Übrigen auch gar nicht mehr schlachten durfte, plante er wohl vor Toresschluss noch einen kurzen Ausritt, vielleicht um seine Weidegründe zu inspizieren. Das bedeutete, dass Johannes ihm nicht mehr würde folgen können. Aber wozu auch, eine späte Visitation des Weidelandes war alles andere als verdächtig. Und die Frau, die kurz nach dem Knochenhauer das Haus *Güldener Hirsch* verlassen hatte, war verschwunden.

Heinrich von Alfeld führte das Pferd am Zügel zum Dammtor. Johannes lief ihm zwar noch hinterdrein, erwartete aber nichts Aufregendes mehr. Er würde nur schauen, wohin der Ratsherr sich wandte, und dann mit hängendem Kopf ins Paulikloster zurückkehren.

Der Novize bedauerte mittlerweile, dass er nicht dem Offizial gefolgt war. Er hasste diesen Mann für das, war er ihm hatte antun wollen, und vielleicht wäre er auf etwas gestoßen, aus dem man dem bischöflichen Richter einen Strick drehen konnte. Der Offizial war ein Sodomit. Sodomie war nicht nur eine Todsünde, es war auch ein weltliches Verbrechen, auf das der Tod stand. Allerdings war der Offizial ein mächtiger Mann. Er vertrat den Bischof im geistlichen Gericht. Johannes war sicher, dass der Bischof gar nichts von den widernatürlichen Leidenschaften seines Richters wusste. Denn wenn er davon Kenntnis gehabt hätte, er hätte ihn doch wenigstens abgesetzt. Allerdings war der Bischof ja nie da.

Johannes kannte den Diözeseherrn nicht; wie sollte er auch? Er hatte ihn nur einmal gesehen, bei einer Mönchsweihe im Paulikloster. Der Novize hatte sich auf die Zehenspitzen stellen müssen, um über die Schultern der Mönche einen Blick auf den Episcopus Hildensemensis zu erhaschen. Er hatte kaum etwas gesehen, jedenfalls kein Gesicht, sondern nur das Pontifikalornat.

Doch wie auch immer, Johannes hatte sich nicht an den Offizial gehängt, sondern an den unbescholtenen Knochenhauermeister und Ratsherrn von Alfeld – weil er sich eben nicht zerreißen konnte. Der Consul wollte jedoch nur kurz vor Toresschluss ausreiten. Das war nun wirklich ein Misserfolg.

Johannes, der, mit seinen Gedanken beschäftigt, etwas zurückgefallen war, beeilte sich, wieder näher an den Ratmann heranzukommen; nicht zu nahe selbstverständlich. Er wusste, dass es nutzlos war, doch wollte er den Zeitpunkt noch etwas aufschieben, bevor er ins Kloster zurückkehrte.

Die mit Hellebarden und Spießen ausgerüsteten Torwachen

begegneten von Alfeld mit Ehrerbietung, schließlich gehörte er dem Rat an. Kaum war er jedoch aufgesessen und ein Stück davongeritten, hörte Johannes einen zotigen Witz über alte Böcke, die sich nachts zu drallen Bauernmägden schlichen.

Der Wandergeselle Wenzel war Jacob Findling über den Alten Markt und durch den Mühlenweg gefolgt. Mittlerweile fragte er sich, welche Taverne der Knochenhauergeselle wohl aufsuchen würde, denn in diesem Teil der Stadt kannte er sich nicht aus. Doch Wenzel lernte gern neue Schänken kennen. Außerdem hatte er sich vorgenommen, den Findling zur Rede zu stellen. Er würde sich in dessen Vertrauen zu schleichen versuchen und dabei den Umstand ausnutzen, dass sie beide dem gleichen Stand angehörten. Zwischen Gesellen gab es immer etwas zu bereden.

Vielleicht konnte Wenzel ein Gespräch über die lutherische Lehre beginnen, deren Einführung gerade die Gesellen so heftig begehrten. Er wusste zwar nicht, ob dies auch auf Jacob Findling zutraf, aber das würde er schnell herausfinden. Wenn alle Stränge rissen, konnte man immer noch auf die Meister schimpfen, auf die Ämter, auf die Ungerechtigkeit. Das waren Dinge, die alle Gesellen bewegten. Wenzel musste lächeln.

Jacob bog in die Vor dem Dammtore genannte Straße ein und überquerte die Innerste. Er sah weder nach links noch nach rechts, sondern machte, dass er zum Dammtor kam. Noch waren die Stadttore geöffnet, aber es würde nicht mehr lange dauern bis zum Einbruch der Dunkelheit. Dann wurden alle Tore geschlossen.

Einen Moment blieb Wenzel stehen. Im Tor drückte sich ein Mönch herum. War ihm dieser Eusebius, der für Weihbischof Fannemann spionierte, etwa zuvorgekommen? Doch der Mönch war jung, und nach Tile Brandis' Beschreibung hatte Eusebius den Großteil seines Lebens schon hinter sich. Erleichtert durchquerte Wenzel das Tor. Den jungen Mönch beachtete er nicht mehr.

Nachdem ihr Gatte das Pferd aus dem Marstall geholt hatte und sich anschickte, es am Zügel durch Hildesheim zu führen, hatte Johanna von Alfeld noch ein wenig abgewartet. Sie musste schließlich auf der Hut sein. Wenn ihr Mann sie entdeckte, würde er nach seiner Rückkehr nicht nur ein großes Fass aufmachen; sie zweifelte nicht daran, dass er zum Stock greifen und sie züchtigen würde. Johanna von Alfeld hörte schon seine Vorhaltungen. Was sie sich erlaube, ihn zu verfolgen? Was denn die Leute denken sollen, wenn sie in der Dämmerung durch die Gassen schliche? Dass es sie nichts anginge, wo er sich des Abends aufhalte, während sie gefälligst das Haus zu hüten hätte – und dergleichen Vorwürfe mehr.

Johanna von Alfeld zuckte bereits in Gedanken bei jedem Schlag und jedem bösen Wort zusammen. Dann jedoch wurde ihre Aufmerksamkeit von etwas anderem in Anspruch genommen. Das Mönchlein war wieder da.

Zuerst glaubte sie nicht, was sie sah, dann hielt sie es für eine Einbildung oder einen Irrtum. Aber sie irrte sich nicht, und sie bildete sich auch nichts ein: Das Mönchlein hängte sich an ihren Mann. Das verwirrte sie nun vollends, aber sie war eine entschlossene Frau und folgte nun ihrerseits dem Mönch.

Ein wenig aberwitzig fand sie es schon, was gerade auf den Straßen Hildesheims geschah. Ihr Mann hatte etwas vor, und gewiss nichts Gutes. Dass sie als seine Gattin wissen wollte, was er beabsichtigte, war verständlich. Aber auch ein junger Klosterbruder schien sich dafür zu interessieren, was sie überhaupt nicht verstand. Doch je länger sie dem Mönch nachschlich, desto gewisser wurde sie: Auch er verfolgte Heinrich.

Fast musste sie laut lachen, wenn sie sich vorstellte, wie sie drei in einer Art weit auseinander gezogenem Gänsemarsch durch die Stadt liefen.

Johanna von Alfeld blieb einen Moment stehen. Sie sah den Klosterbruder und einige Klafter vor ihm ihren Mann den Pfaffenstieg und dann die Straße Vor dem Dammtore entlanggehen. Sie schaute ihnen zu, wie sie die Innerste überquerten, und zugleich bemerkte sie einen Jüngling, der aus dem Mühlenweg trat. Wie Heinrich strebte dieser mit einem langen Kapuzenmantel bekleidete junge Mann dem Dammtor zu. Doch Johannas Aufmerksamkeit galt allein ihrem verlogenen Gemahl, der sich anschickte, die Stadt zu verlassen. Eine Sitzung des Knochenhaueramtes konnte nun wirklich nicht sein Ziel sein. Aber Marie Klingenbiel auch nicht, denn die wohnte nicht außerhalb der Stadt. Befand sich ihr Mann vielleicht auf der Flucht? Und was wollte dieser kleine Mönch von ihm? Das war doch alles ein gewaltiges Durcheinander.

Als Johanna von Alfeld den Mühlenweg erreichte, begegnete sie einem Wandergesellen. Auch er strebte dem Dammtor zu und wollte offenbar die Stadt noch rechtzeitig vor Toresschluss verlassen. Wahrscheinlich wollte er seine Wanderung auf der Suche nach Arbeit fortsetzen. Aber warum reiste er nachts? Das war doch gefährlich. Johanna von Alfeld zuckte leicht die Schultern: Das sollte nun wirklich nicht ihre Sorge sein.

Der Wandergeselle ging ungefähr auf gleicher Höhe mit ihr, wenn auch auf der anderen Seite des Weges. So erreichten sie etwa gleichzeitig das Tor.

Johanna nickte den Wächtern zu. Natürlich erkannten sie die Gattin des Ratsherrn von Alfeld und blickten sie einigermaßen verwirrt an.

»Auch so spät noch auf den Beinen?«, fragte einer von ihnen, ein hoch aufgeschossener Bursche mit einer schiefen Nase, die wohl mal gebrochen gewesen war.

Johanna von Alfeld antwortete nicht, sondern lächelte ihn nur an. Dann trat sie vor das Tor.

Links von sich bemerkte sie den kleinen Mönch, der sich gegen die äußere Tormauer drückte, rechts von ihr tauchte der Wandergeselle auf. Johanna von Alfeld starrte jedoch zu ihrem Mann.

Heinrich war nur ein kleines Stück vor die Stadt geritten. Dort wartete er hoch zu Ross. Der Jüngling mit dem langen Kapuzenmantel, den Johanna zuvor aus dem Mühlenweg hatte kommen sehen, eilte auf ihn zu. Bevor sie überhaupt einen klaren Gedanken fassen konnte, hatte er sich zu ihrem Gatten auf das Pferd geschwungen. Der Jüngling saß vor ihm auf dem Rücken des Gauls, aber nicht wie ein Mann, sondern im Damensitz. Heinrich sprengte davon.

Johanna von Alfeld blickte lange Momente Ross und Reiter nach, die im dämmernden Licht verschwanden. Wieso ritt Heinrich mit einem Jüngling von der Stadt fort? Und wer waren der Mönch und dieser Geselle?

Auch Wenzel begriff nichts von dem, was er sah. Neben ihm starrten eine gut gekleidete Frau und der Dominikanernovize dem Ratsherrn hinterher, was schon einigermaßen verwunderlich war. Noch überraschender war allerdings, was sich Wenzels und damit auch ihren Augen auf der Feldmark bot. Jacob Findling, der Geselle des verstorbenen Knochenhauers Klingenbiel, war zu dem Consul von Alfeld aufs Pferd gestiegen.

Was hat Jacob Findling mit dem Ratsherrn von Alfeld zu schaffen? Es war ja ungeheuerlich. Die beiden ritten wie ein vertrautes Paar in der Dämmerung durch die städtische Gemarkung. Wohin? Was hatte das alles nur zu bedeuten?

Der Wandergeselle war ratlos. Seine Fragen würden keine Antwort finden, jedenfalls vorläufig nicht, denn er hatte kein Pferd. Aber selbst wenn er eins hätte, würde er die Verfolgung nicht fortsetzen, denn dabei riskierte er, nicht mehr in die Stadt eingelassen zu werden – die beiden Torwächter drängelten schon.

Jedenfalls hatte Wenzel nun genug Stoff zum Nachdenken. Er würde wohl die ganze Nacht grübelnd in dem großen Schlafraum seiner Herberge liegen, den er sich mit anderen Gästen teilen musste; er hatte nicht genug für ein Zimmer allein für sich und musste schon froh sein, wenn der Wirt ihm nicht einen Schlafgast ins Bett legte. Kein Auge würde er zutun, aber er ahnte bereits, dass er am kommenden Morgen auch nicht klüger sein würde.

Johannes lehnte noch immer an der Mauer und blickte über die Weideflächen und Äcker vor dem Dammtor. Von Alfeld und der junge Mann waren längst aus seinem Blickfeld verschwunden; außerdem war es nun fast dunkel. Die Wächter forderten ihn auf, entweder sofort in die Stadt zu kommen oder es bleiben zu lassen, das Tor würde jedenfalls in wenigen Minuten geschlossen. Doch Johannes vermochte sich nicht zu bewegen.

Was hatte er da bloß gesehen? Zuerst bekam von Alfeld Besuch vom Offizial, und dann traf er sich heimlich mit einem jungen Mann. Die beiden saßen gemeinsam auf einem Pferd und ritten aus; sicher nicht um Weidegründe zu visitieren, zumal jetzt, da man kaum noch die Hand vor Augen zu sehen vermochte. Aber einen anderen Grund konnte es doch nicht geben? Irgendein Geheimnis teilten die beiden jedenfalls, ansonsten hätten sie sich nicht vor der Stadt getroffen. Das war nicht nur ein Rätsel, das war eine wirklich harte Nuss.

Verstohlen blickte er zur Seite. Da standen die Frau, die Heinrich von Alfeld gefolgt war, und ein Wandergeselle. Die beiden schauten ebenfalls dem Knochenhauer hinterdrein – genau wie er. Wer waren sie? Die Frau konnte immerhin die Gattin des Ratsherrn sein, aber dieser Geselle? Was mochte der für Absichten hegen?

Das alles fragte sich der Novize, während er sich nun doch dem Tor zuwandte. Die Frau und der Wandergeselle folgten seinem Beispiel. Johannes war sicher, dass er noch so viel nachdenken konnte und doch keine Antwort finden würde.

Aber während er zurück in die Stadt ging, beschäftigte ihn noch eine andere Frage: Wo war Vater Eusebius?

ACHTES KAPITEL

Zeter und Mordio

Bruder Eusebius war schon wieder zum Abendessen bei Tile Brandis eingeladen: Der Ratsherr war sehr um das leibliche Wohlergehen des Mönchs bemüht. Bevor Eusebius überhaupt etwas sagen konnte, wurde die Magd beauftragt, Wein zu holen. Der Dominikaner fügte sich seufzend in sein Schicksal. Er sah erneut eine schreckliche Nacht mit Schweißausbrüchen und sich drehenden Wänden voraus. Außerdem fehlte ihm Johannes.

»Heute ohne Euren Begleiter, Ehrwürdiger Vater?«, fragte Brandis denn auch sofort, und Eusebius vernahm die Spitze. Sie traf ihn sehr.

»Daran seid Ihr Schuld«, sagte er.

»Ich?«

»Euer Wein.«

»Der Knabe bekam es mit dem Prior zu tun?« Brandis schmunzelte.

»Ein Prior mag keine nachlässigen Novizen«, sagte Eusebius.

»Das erwartet man von einem Prior eigentlich auch.« Der Ratsherr fuhr mit einer nachlässigen Geste über den Tisch. »Ich würde es allerdings bedauern, wenn man den Knaben körperlich gezüchtigt hätte.«

»Nein, das hat man nicht«, sagte Eusebius. »Noch nicht. Aber er darf den Konvent nicht mehr verlassen.«

»Auch das erwartet man von einem guten Mönch«, sagte Brandis.

»Was?«

»Dass sich sein Leben hinter Klostermauern abspielt. Nennt man das nicht *stabilitas loci*? Eine der Regeln des heiligen Benedikt?«

»Nun ja, das gilt vor allem für Mönche, die in Einsamkeit

und Weltabgewandtheit leben«, erklärte Eusebius. »Wir Bettelmönche sind ja eher den Menschen zugewandt. Wir gehen zu ihnen, um ihnen Gottes Wort zu verkünden und uns um ihre Seele zu sorgen.«

»Monachoi«, stellte Tile Brandis seine Bildung unter Beweis, »die Einsamen. Von diesem griechischen Wort leitet sich doch der Begriff Mönch ab?«

»Sicher.« Eusebius nickte. Wollte der Ratsherr mit ihm einen Exkurs über das Mönchtum und seine Geschichte führen? »Deshalb nennen wir Dominikaner uns auch lieber Predigerbrüder.«

»Nun, sei's drum!« Brandis hob seinen Becher. »Als Vorspeise gibt es übrigens eine Gurkensuppe mit Safran«, sagte er und schenkte Eusebius ein feines Lächeln. »Dann ein Omelett mit gewürfelten Zwiebeln, Mandeln und Knoblauch. Hernach ... nun, lasst Euch überraschen.«

»Ihr verwöhnt mich«, sagte Eusebius bescheiden.

»Keine Ursache. Wir haben Ernstes zu besprechen. Da brauchen wir eine gute Grundlage im Magen.« Brandis trank einen Schluck und nickte. »Diesen Wein habe ich gerade aus Köln kommen lassen«, sagte er. »Es ist aber kein Rheinwein, sondern ein feuriger Spanier. Von ihm würde auch Kaiser Rotbart nicht sagen: ›Lieber noch einmal Mailand erobern!‹«

»Wie meint Ihr das?«

»Ach, das ist so eine Geschichte.« Brandis brach ab, weil die Tür geöffnet wurde und die Magd die Suppenschüssel hereinbrachte. Als die dampfende Suppe auf dem Tisch stand, fuhr er fort: »Friedrich I. war einmal zu Besuch in Naumburg, und die Stadtväter reichten ihm zur Begrüßung einen Becher Wein. Sicher aus der dortigen Gegend, und der allerschlechteste dürfte es wohl nicht gewesen sein. Friedrich trank – und flüsterte seinen Begleitern zu: ›Lieber noch einmal Mailand erobern!‹ Und Mailand, Ehrwürdiger Vater, gehörte zu seinen Alpträumen. Zu Hildesheimer Wein hätte er übrigens dasselbe gesagt. So, bedient Euch!«

Eusebius nahm sich von der Suppe, die stark nach teurem Safran duftete.

Nach ihm tat sich Brandis auf. »Was denkt Ihr über den Tod der Magdalena Klingenbiel?«, fragte er unvermittelt.

Eusebius zuckte zusammen. »Man hat sie tot aus einem Fischteich gezogen, nicht wahr?«

»Fischteich ohne Fisch.« Ratmann Brandis grinste. Er wurde jedoch sofort wieder ernst. »Die Anlage dieser Teiche, vom Rat beschlossen, hat sich als Missgriff erwiesen«, erklärte er. »Doch zu diesem Mädchen: Zuerst wurde ihr die Kehle durchgeschnitten, dann warf man sie in den Teich. Sie war zwölf Jahre alt.«

»Also befand sie sich im heiratsfähigen Alter«, bemerkte Eusebius.

»Ist das ein Grund, ein Mädchen zu töten?«

Der Dominikaner schüttelte den Kopf. »Es ist bloß eine Feststellung.«

»Aber Ihr habt Recht.« Tile Brandis schlürfte Suppe von seinem Löffel. »Magdalena sollte heiraten. Und zwar den Sohn des Heinrich von Alfeld.«

»Nein!« Eusebius fiel fast der Löffel aus der Hand. Dann gab es also eine Verbindung zwischen Klingenbiel und von Alfeld, die über das gemeinsam ausgeübte Handwerk hinausreichte – und das war ja keine besonders enge Beziehung, da sie verschiedenen Ämtern angehörten.

»Doch.« Brandis aß ungerührt weiter.

»Zuerst Groper, ein Freund von Alfelds …«

»Geschäftsfreund«, korrigierte Brandis.

»Ein Geschäftsfreund von Alfelds. Dann Waldemar Klingenbiel, sein künftiger Schwager. Nun Magdalena Klingenbiel, die künftige Schwiegertochter.« Eusebius legte den Löffel neben sein Suppenschälchen. »Das sind doch keine Zufälle.«

»Ganz bestimmt nicht. Und was Waldemar widerfuhr, war mit Sicherheit kein Raubüberfall.«

»Aber wo ist der Zusammenhang?«

»Wild gewordene Protestanten?«, schlug Tile Brandis lächelnd vor. »Der Weihbischof kennt ja die Mörder.«

»Nun lasst doch das!« Eusebius winkte ab. »Wobei«, überlegte er, »kann Christoph von Hagen etwas mit der Sache zu tun haben? Nicht wegen des Glaubens natürlich, aber vielleicht hat er ein Äuglein auf das Mädchen geworfen.«

»Unsinn! Christoph ist ein Haudrauf und ein Scharfmacher, aber er ist klug genug, weder seine Augen noch sich selbst auf irgendein Mädchen zu werfen. Er hat Weib und Kind und muss auf seinen Ruf achten – als Burmester der Großen Bäuerschaft umso mehr. Er reißt zwar sein Maul auf, aber eigentlich ist er bieder wie irgendwer. Davon abgesehen, wie passt Groper dazu?«

»Mir bereitet das alles Kopfschmerzen«, sagte Eusebius.

»Zweifelsohne hat alles mit Alfeld und Klingenbiel zu tun«, meinte Brandis. »Womöglich mit etwas, was sie getan haben oder planten. Es sind beides Knochenhauer. Beide brauten, Klingenbiel allerdings nur für den Hausgebrauch, während von Alfeld sein Bier auch an die Tavernen der Stadt und ins Stift verkauft. Mehr noch, er betätigt sich als Zwischenhändler für einbeckisches Bier, womit Groper ins Spiel kommt. Der war nun allerdings Holzhändler. Holz benötigt man fürs Brauen. Als Brennholz und für die Fässer. Fassmacher waren zwar weder von Alfeld noch Klingenbiel, aber …« Brandis schwieg. Eusebius vermutete, dass er nicht mehr weiterwusste.

»Das ist eine höchst vertrackte Geschichte«, sagte der Mönch.

»Ja«, bestätigte Brandis. »Warum ist Peter Groper bloß nach Hildesheim gekommen?«

Jacob Klingenbiel streifte durch die Straßen. Er ging den Langen Hagen hinauf zum Benediktinerkloster Sankt Michael, blieb stehen und betrachtete die auf einem Hügel errichtete Klosterkirche. Der heilige Bischof Bernward hatte sie erbauen und sich in der Krypta beisetzen lassen, vor vielen hundert Jahren, aber das interessierte Jacob nicht. Er hatte andere Sorgen.

Überall in den Kirchen und oft auch über ihren Toren gab es Abbildungen des Jüngsten Gerichts zu sehen. Unten links öffneten sich die Gräber, darüber wurden die Seelen gewogen, unten rechts befand sich der Höllenschlund, und über allem thronte Jesus als Weltenrichter. Grässliche Teufel stießen und zogen all jene, die zu schwere Sünde auf sich geladen hatten, hinab in die ewige Folter.

Der Knochenhauergeselle begann sich plötzlich zu fürchten. Nach seinen Untaten war seine Seele doch mittlerweile schwärzer als das Gesicht eines Köhlers, und wenn sie beim Jüngsten Gericht gewogen wurde, würde sie sicher für zu schwer befunden. Und das bedeutete endlose Qualen in der Hölle.

Jacob wandte sich nach rechts. Nach ein paar Schritten hielt er jedoch inne und schaute noch einmal zur Michaeliskirche. Er wollte beichten. Er wollte seine Sünden bekennen. Vielleicht konnte er für sie büßen: eine lange Pilgerfahrt unternehmen, barfuß und im härenen Hemd, sich vor dem Allerheiligsten in Aachen oder Altötting oder Santiago oder Rom oder wo auch immer zu Boden werfen und nie wieder aufstehen, jeden Tag tausend Paternoster und tausend Avemarias beten, sich in eine Einsiedelei zurückziehen und am Ende heilig werden. Aber das war schon wieder jugendliche Eitelkeit, wie er selbst spürte. Sogar als Büßer, der er ja nur in seiner Phantasie war, griff er nach den Sternen.

Außerdem lehnte dieser Luther Pilgerfahrten und Reliquienverehrung ab. Vielleicht war der Martinismus ja ein Weg, seine Sünden leichter loszuwerden?

Jacob schüttelte den Kopf. Wenn er beichtete und büßte, war ihm Marie für immer verloren. Er hatte getan, was sie verlangte, er hatte Magdalena getötet und sie in den Fischteich geworfen. Mit einem Stein an den Füßen, aber sie war trotzdem wieder aufgetaucht. Jacob plagte ein furchtbar schlechtes Gewissen. Sie war doch erst zwölf gewesen. Wie nur hatte er so etwas tun können?

Jacob ließ die Kirche links liegen und machte sich schleunigst zur Neuen Straße davon. Entschlossen begab er sich zu einem niedrigen Haus, das wie alle hier mit der Traufseite zur Straße stand; ihre Giebel zeigten nur die hohen Häuser der sehr reichen Bürger. Das Haus befand sich ungefähr auf halbem Wege zwischen der kleinen Gasse Im Kniepe und der Hagenbrücke, von der die Hakenbeke überspannt wurde.

Vor dem Haus verlangsamte er seinen Schritt. Lange Zeit betrachtete er das Bauwerk. Es war nichts Besonderes an ihm, wenn man von der Tatsache absah, dass in ihm seine geliebte Marie zur Welt gekommen und aufgewachsen war. Ihr Vater war ein Knochenhauer des Amtes von Sankt Michaelis gewesen, er hatte seine Tochter mit Waldemar Klingenbiel verheiratet und war schon lange tot. Auch Maries Mutter war gestorben. Maries Brüder hatten das Haus an einen anderen Metzger verkauft und Hildesheim verlassen, der eine gen Lübeck, der andere gen Reval.

Das Haus versetzte Jacob in eine seltsame Stimmung. Fast liebevoll dachte er daran, dass Marie hier von ihrer Amme gesäugt, gebadet und gewickelt worden war. Ganz sicher hatte sie auch eine Wiege gehabt, und die Amme hatte sie in den Schlaf gesungen. Jacob hatte so etwas nie kennen gelernt, weder Amme noch Wiege. Doch ihn ergriff kein Neid, sondern Rührung, jedenfalls für einen Moment.

Die Amme war noch etliche Jahre später Maries Vertraute gewesen. Sie hatte mit geheimen Mitteln dafür gesorgt, dass Marie von Klingenbiel kein Kind empfing.

Ihr Wissen konnte Marie gefährlich werden. Das sah Jacob durchaus ein. Es konnte ihrem untadeligen Ruf schaden. Aber musste die arme alte Frau deswegen wirklich sterben?

Jacob setzte seinen Weg nur sehr langsam fort.

Wenzel hatte eigentlich über seine Beobachtungen vor dem Dammtor nachdenken wollen, aber als Ort dafür hätte er sich nicht ausgerechnet den *Bunten Ochsen* aussuchen sollen; nur dachte es sich eben besonders gut bei einem Becher Bier. Die

Taverne war zwar nicht bis auf den letzten Platz besetzt, aber die lärmenden Trinker, die beim verbotenen Würfelspiel beisammensaßen, förderten nicht gerade sein Denkvermögen. Eines stand jedenfalls fest: Es konnte nicht Jacob Findling gewesen sein, der zu Alfeld aufs Pferd gestiegen war. Das war undenkbar. Davon abgesehen, ritten Männer mit gespreizten Beinen, was bei Frauen als unschicklich galt. Nun konnte man zwar nicht eigentlich sagen, dass die Person, die sich mit von Alfeld getroffen hatte, geritten war – das hatte der Ratsherr getan. Aber selbst dann, wenn sich zwei Männer ein Pferd teilten, nahmen beide den Rücken *zwischen* die Beine.

»So nachdenklich, Wandergeselle?« Zu allem Überfluss tauchte auch noch der unvermeidliche Christoph von Hagen im *Bunten Ochsen* auf. Seiner geröteten Nase nach zu urteilen, war die Schänke nicht die erste Station seiner Zechtour.

»Ja, ja«, erwiderte Wenzel.

»Ist dir eine Laus über die Leber gelaufen?« Von Hagen deutete auf den Becher und lachte dröhnend. Wenzel war nicht nach dummen Sprüchen zumute, aber er lächelte schicksalsergeben.

»Nun geht es los.« Der Führer der Majorisbäuerschaft setzte sich ungefragt zu Wenzel und bestellte mit einem Wink Bier. »Hildesheim kann sich nicht länger dem neuen Glauben entziehen.« Christoph von Hagen rieb sich die Hände. Das Schankmädchen brachte einen Krug und einen Becher. »Verstehst du? Du kannst deine Verbündeten nicht immer nur vor den Kopf stoßen, und wer unablässig wider den Stachel löckt, dem durchbohrt er eines Tages die Zunge.«

»Aha«, sagte Wenzel bloß.

»Aha?« Christoph von Hagen stierte ihn aus rotgeäderten Augen an. »Mehr hast du dazu nicht zu sagen? Du stehst wohl doch nicht mit ganzer Seele zum Protestantismus?«

»Doch, schon …«

»Aber?« Von Hagens Ton wurde scharf. Er suchte wohl wieder mal Händel.

Wenzel seufzte. »Ich habe gerade eine harte Nuss zu knacken«, sagte er.

»Lass mich daran teilhaben.« Der Burmeister füllte sich den Becher. »Harte Nüsse sind meine Spezialität.«

»Das glaub ich Euch gern.« Wenzel trank. Vermutlich würde er von Hagen erst loswerden, wenn er selbst betrunken unter dem Tisch lag. »Ich kann leider nicht darüber sprechen ...«

»Du liebst eine verheiratete Frau«, rief Christoph von Hagen. Wenzel nickte sofort. Von Hagen hatte ihm eine Gelegenheit geliefert, den Esel aufs Glatteis zu führen.

»Kennt Ihr Euch in solchen Dingen aus?«, fragte er.

»Ich?« Von Hagen starrte den Wandergesellen an. »Wie kommst du denn darauf?«

»Nun, weil Ihr sofort ins Schwarze traft«, sagte Wenzel. Wenn dieser von Hagen auf Streit aus war, musste man ihn offenbar noch vorsichtiger behandeln als ein rohes Ei.

»Das war nicht schwer.« Christoph von Hagen lachte. »Denn welche harten Nüsse gibt es wohl für einen Gesellen sonst zu knacken? Sie ist über deinem Stand, nicht wahr?«

»Eine Meisterin«, log Wenzel und seufzte.

»Dacht ich's mir doch.« Von Hagen lehnte sich zurück.

»Das kommt wohl öfter vor?« Wenzel stellte sich dumm.

»Und liebst du sie wirklich? Oder willst du nur die Stellung ihres Mannes einnehmen? Ich meine jetzt nicht im Bett ...« Christoph von Hagen schlug sich auf die Schenkel vor Vergnügen.

Wenzel fand seine Bemerkung mehr als schal und gab sich betrübt: »Ihr Mann lebt ja noch.«

»Mein Gott, Geselle, hast du denn keine Einbildungskraft?« Von Hagen beugte sich über den Tisch und senkte die Stimme. »Meister sterben auch. Manche werden des Nachts auf offener Straße überfallen. Von bösen Räubern ...« Er kicherte.

Wenzel hob die Brauen. Spielte von Hagen ihm etwas vor? Oder wusste er etwas, was auch Tile Brandis interessiert hätte? Nicht nur Meister starben, auch Meistertöchter. Eine hatte man gerade aus dem Fischteich gezogen. Doch wenn er etwas wusste, warum ließ er dann Jacob Findling ungeschoren davonkommen, denn nur den konnte er doch meinen?

»Ihr versucht mich«, sagte Wenzel.

»Ja, ja, ich bin der große Versucher, und du bist sicher kein Heiliger.«

»Ihr denkt also …?«

Christoph von Hagen zuckte mit den Schultern. »Ich denke, dass Hildesheim noch in diesem Jahr protestantisch wird«, sagte er.

Es war bereits fast dunkel in der Stadt, und Jacob schlich an der Stadtmauer entlang. Ihm war ganz und gar nicht wohl in seiner Haut. Maries Amme bewohnte eine Bude beim Hagentor, ganz in der Nähe der Mauer. Marie hatte ihm deren Lage genau beschrieben. Außerdem gab es ein Zeichen, an dem Jacob das richtige Gebäude erkennen konnte: Über der Tür hing nämlich eine schmiedeeiserne Geburtszange, die allerdings über die Jahre vom Rost fast zerfressen sein sollte.

Trotz der Beschreibung fiel es Jacob nicht leicht, sich zu orientieren. Er kam nicht oft in eines der Budenviertel, und die Häuser hier sahen alle ähnlich aus. Schließlich fand er aber doch das beschriebene Haus. Er betrachtete die Zange, die kaum noch zu erkennen war, er blickte sich um – und zögerte.

Das niedrige, windschiefe Bauwerk gehörte Waldemar Klingenbiel, genauer gesagt, es gehörte zu seiner Erbmasse. Die Amme lebte mietfrei darin, und für einen Augenblick kam Jacob der Gedanke, dass Marie sie vielleicht nur deshalb loswerden wollte, weil sie die Bude lieber vermietet sähe. Jacob schüttelte den Gedanken ab. Das war Unsinn. Er kannte seine Marie, sie war nicht geldgierig. Außerdem brauchte sie die alte Frau doch nur auf die Gasse zu setzen, wenn sie das Häuschen unbedingt vermieten wollte.

Jacob trat einen Schritt vor. Dann fiel ihm ein, dass Marie die Amme nicht mir nichts, dir nichts aus der Bude vertreiben konnte. Dann würde die Alte sicher zu irgendeinem Priester oder gar zum Rat rennen und sie bezichtigen, die Empfängnis verhütet zu haben. Den Ratmannen war das vermutlich gleichgültig, aber jeder von ihnen würde es seiner Frau erzählen, und diese würde es wiederum anderen Frauen brühwarm auftischen, und ganz schnell würde in Hildesheim die Runde machen, dass die Witwe Klingenbiel eine Sünderin war; da spielte es dann keine Rolle mehr, dass womöglich auch andere hoch gestellte Weiber keinen Deut besser waren. Im Gegenteil, es verschaffte immer Befriedigung, mit dem Finger auf eine ertappte Sünderin zu zeigen, wenn man selbst heimliche Schuld auf sich geladen hatte. In Hildesheim wäre Marie erledigt, und kaum jemand würde noch Fleisch bei ihr kaufen.

Der Priester hingegen würde ihr die Hölle heiß machen, und zwar im wahrsten Sinne des Wortes. Marie würde mit sehr schmerzhaften Bußen belegt werden. Nicht schmerzhaft für den Körper, aber schmerzhaft für den Geldbeutel. Jacobs Liebste würde sich gewiss mit Ablässen freikaufen können, aber auch wenn sie nicht geldgierig war, so achtete sie doch darauf, ihren Besitz zusammenzuhalten. Und das war ja auch richtig. Jacob selbst hoffte eines nicht mehr allzu fernen Tages davon zu profitieren.

Der Geselle seufzte. Er konnte es drehen und wenden, wie er wollte, an der Notwendigkeit, der Amme den Garaus zu machen, kam er nicht vorbei.

»Nun, mein Sohn, ich möchte dich ein wenig examinieren«, sagte der Prior, verschränkte die Finger ineinander und ließ die Knöchel knacken. Das Geräusch verursachte Johannes Übelkeit. Zusammengesunken stand er vor dem Klostervorsteher. Den Gehilfen des Infirmarius hatte man bereits in den Karzer gesperrt. »Was ist nach Thomas von Aquin die vornehmste Aufgabe eines Angehörigen des Ordo fratrum Praedicatorum?«

»Beschauen und das Beschaute an andere weitergeben«, sagte Johannes.

»Falsch«, sagte der Prior. Er lächelte. Dieses Lächeln machte dem Novizen Angst. »Beschauen und das in der Beschauung Erkannte an andere weitergeben. Es geht um Erkenntnis, mein Sohn. Und ich möchte dir gern zur Erkenntnis verhelfen.«

»Ja, Ehrwürdiger Vater.« Seine Stimme klang furchtbar dünn. Johannes senkte den Kopf.

»Zuerst möchte ich aber wissen, was du in der Stadt beschaut und was du in der Beschauung erkannt hast.« Der Prior hörte gar nicht mehr auf zu lächeln. Johannes wusste, das war das Ende.

»Ehrwürdiger Vater, ich wollte doch nur Bruder Eusebius helfen«, erwiderte der Novize.

»So, so. Und an Gott denkst du gar nicht?«

»Ich denke unablässig an Gott.« Johannes schämte sich seiner Lüge und spürte, wie er rot wurde.

»Das ist gut, mein Sohn. Indem wir an Gott denken, denken wir an die Menschen. Indem wir an die Menschen denken, denken wir an Gott. Das nennt man Dialektik, Junge. Du hast meine Frage noch nicht beantwortet.«

»Nein, Ehrwürdiger Vater.« Johannes überlegte. Vielleicht sollte er dem Prior reinen Wein einschenken. Der würde dann zwar nicht von einer Strafe absehen, aber seine überlegene Haltung wäre auf einen Schlag dahin. Johannes hatte nichts mehr zu verlieren, allerdings auch nichts zu gewinnen außer einem bescheidenen Triumph.

»Der bischöfliche Offizial und der Ratsherr Heinrich von Alfeld schmieden eine Intrige«, sagte er und wagte es, wieder aufzuschauen. Der Prior lächelte nicht mehr.

»Woher weißt du das?«

»Durch Beschauen«, sagte Johannes.

»Du schleichst dich aus dem Konvent, um den Offizial zu beobachten?« Der Prior schüttelte den Kopf. »Was hast du gesehen?«

»Ratsherr Heinrich und der Offizial haben sich zweimal heimlich getroffen.«

»So heimlich, dass *du* es sehen konntest?« Der Prior konnte den Spott nicht unterdrücken, und Johannes ärgerte sich darüber.

»Ich sah den Offizial einmal das Haus *Güldener Hirsch* verlassen – da war Eusebius dabei. Und heute hat der Offizial es wieder betreten und auch verlassen.«

»Sehr konspirativ!« Der Prior zog die Mundwinkel herab. »Die Häuser in der Saustraße haben wohl keine Fenster?«

»Es dämmerte bereits«, erklärte Johannes.

»Also haben sie nur in der Dämmerung keine Fenster?«

»Da macht man doch die Läden zu.« Johannes begriff nicht, warum der Prior immer noch spottete; es ging hier doch um ernste Dinge. Oder täuschte er sich da? Wusste der Klostervorsteher schon alles?

»Verstehe. Die Läden sind also zu. Niemand aus den umliegenden Häusern kann beobachten, dass der Offizial von Alfelds Haus betritt. Aber wie ist es mit dem Gesinde? Hat ein Knochenhauermeister und Ratsherr keins?«

»Ehrwürdiger Vater, ich ...« Johannes verstummte. Es hatte doch überhaupt keinen Zweck, noch ein Wort zu verlieren. Der Prior glaubte ihm nicht. Oder wenn er ihm glaubte, wollte er es nicht zugeben. Oder er wollte schlichtweg nicht wahrhaben, was Johannes gesehen hatte. Doch er hatte zwei Augen im Kopf, und die waren scharf. Er musste noch keine Augengläser tragen wie der Prior, wenn dieser eine Messe hielt und dabei etwas ablesen musste.

»Jedenfalls hast du heute schon wieder die Vesper und die Komplet versäumt.« Die Miene des Klostervorstehers wurde überaus ernst. Darauf also kam es dem alten Mann an; was Johannes gesehen hatte, interessierte ihn gar nicht. »Dass du die Horen versäumst, ist sträflich, aber ich gestatte dir sogar, es mit Gott selbst abzumachen. So gnädig bin ich.«

»Aber Ehrwürdiger Vater, heißt es nicht in den liturgischen Anweisungen: ›Alle Horen sollen in der Kirche kurz und bündig gebetet werden, dass die Brüder ihre Andacht nicht verlieren und das Studium nicht den geringsten Nachteil erfährt‹?«, fragte Johannes, selbst davon überrascht, dass ihm diese Weisung gerade jetzt einfiel, ja dass er sie überhaupt kannte und sich an sie erinnerte. Wo er sie aufgeschnappt hatte, wusste er nicht. Hatte Vater Eusebius sie vielleicht zitiert? Manchmal hatte ihn Johannes nämlich in Verdacht, dass auch ihm die endlosen Zitationen manchmal auf den Geist gingen.

Der Prior war aufgesprungen. Die Schlagadern an seinem Hals traten wie zwei schmutzig blaue Stränge hervor, und Johannes sah sogar das Blut pulsieren.

»Willst du damit sagen, unsere Stundengebete seien zu lang und … langweilig?«, brüllte er. Doch ganz überzeugend klang die Empörung des Priors nicht. Vor allem wenn sie der Subprior leitete, rang selbst er mühsam mit dem Schlaf. »Und vor allem, welche Andacht willst du nicht verlieren? Die Andacht beim Schnüffeln? Bei welchem Studium kann ausgerechnet dir durch zu lange Horen ein Nachteil erwachsen? Sprich, frecher Knabe!«

Johannes drückte den Rücken durch und machte sich dadurch ein wenig größer. Lange genug hatte man ihn wie ein Kind behandelt, das von der Welt rein gar nichts verstand und daher an die Hand genommen werden musste. Er bewegte sich aber seit Tagen in dieser Welt, wenn auch nur in der kleinen Welt der Stadt Hildesheim. Vater Eusebius hatte ihn mit zu Consul Brandis genommen, und sie hatten gemeinsam gegessen; der Prior war bestimmt noch nie im Haus des Ratsherrn gewesen. Und in den letzten Stunden hatte sich Johannes ganz allein in der Stadt durchgeschlagen und dabei Beobachtungen gemacht, die Vater Eusebius bestimmt interessieren würden. Johannes hatte allen Grund, selbstbewusst zu sein.

»Ich lese die *Summa theologica*«, sagte er, eine sehr kühne Behauptung zwar, aber er versuchte es zumindest.

»Jetzt kommt das wieder!« Der Prior stöhnte und richtete seinen Blick gen Himmel. Eine Balkendecke geriet auf diese Weise in sein Blickfeld. »Du blätterst in ihr, Johannes, du liest sie nicht. Aber gut.« Der Klostervorsteher war ruhiger geworden und ging einen Schritt auf den Novizen zu. »Wende dich um! Was siehst du?«

Johannes tat, wie ihm geheißen.

»Ein Kruzifix, Ehrwürdiger Vater«, sagte er.

»Und unter dem Kruzifix?«

»Eine Truhe.«

»Geh und öffne sie!«, befahl der Prior. Johannes ging und öffnete sie. »Was siehst du nun?«

»Ehrwürdiger Vater!« Johannes hatte damit rechnen müssen, aber nun prallte er doch zurück.

»Also?«, fragte der Prior in einem befriedigten Ton.

»Eine Geißel, Ehrwürdiger Vater«, antwortete der Junge mit leiser Stimme.

»Bring sie mir!«, befahl der Prior.

Eigentlich hatte Johanna von Alfeld ihre Nachbarin Gesche Brandis eingeladen, um gemeinsam mit ihr zu sticken. Das war immer eine gute Gelegenheit, sich über Neuigkeiten auszutauschen, und Gesche war die Gattin eines einflussreichen Mannes, viel einflussreicher als Heinrich. Natürlich pflegte ein Mann wie Brandis seine Frau nicht in alles einzuweihen, aber ein kluges Weib erfuhr trotzdem eine Menge. Und Gesche war zweifellos ein kluges Weib.

An diesem Abend mochte Johanna von Alfeld jedoch niemanden empfangen, denn schwere Gedanken quälten sie. Also schrieb sie ein paar Zeilen an die Nachbarin, in denen sie sich über Ohrensausen und Kopfweh beklagte und zugleich ihrer tiefen Trauer darüber Ausdruck verlieh, dass sie das Bett hüten müsse, man also das Sticken wohl oder übel um einen Tag verschieben müsse oder vielleicht auch um zwei, jedenfalls bis zur Genesung. Sie faltete den Brief zusammen, siegelte ihn und beauftragte eine Magd, ihn ins Nachbarhaus zu tragen. Dann legte sie sich tatsächlich auf ihr Bett.

Was sie beim Dammtor gesehen hatte, ließ sie an ihrem Verstand zweifeln. Aber was hatte sie eigentlich gesehen? Ihre

Augen hatten ein Bild wahrgenommen, das zutiefst verstörend war: Heinrich hatte einen Knaben zu sich aufs Pferd gehoben und war mit ihm davongeritten. Dass sie dies gesehen hatte, unterlag keinem Zweifel. Die Frage war nur, was es bedeutete. Irgendetwas bereitete ihr Mann vor, und ganz gewiss nichts Gutes. Vermutlich brauchte er den Jüngling in dem langen Kapuzenmantel als Handlanger. Es musste ein armer Junge sein, der sich kein eigenes Pferd leisten konnte. Womöglich hatte Heinrich ihm mit dem Pferd imponieren wollen. Vielleicht hatte er ihm ein eigenes Pferd versprochen, wenn er tat, was Heinrich ihm befahl.

Johanna von Alfeld grübelte darüber nach, was ihr Mann wohl planen mochte. Hatte es etwas mit der päpstlichen Kirche zu tun oder mit dem neuen Glauben? Das würde immerhin erklären, warum sich der Mönch an Heinrichs Fersen geheftet hatte.

Bei der Kirche, hieß es, sei einiges zu holen – man munkelte von riesigen Schätzen in den Klöstern und auf der Bischofsburg. Vielleicht bereitete Heinrich mit anderen Verschwörern die Enteignung vor.

Diese Erklärung gefiel Johanna ganz und gar nicht. Nervös, wie sie war, verließ sie das Bett und trat vor den kleinen Hausaltar in einer Nische des Schlafzimmers. Die farbig gefassten Schnitzereien stellten auf drei Tafeln die Passion Christi dar: die Geißelung links, die Kreuztragung rechts und auf der Mitteltafel die Kreuzigung. Die kleine Predella hingegen war bemalt, und zwar mit den Leidenswerkzeugen des Herrn.

Johanna sank auf die Knie. Auch sie war nicht mit allem einverstanden, was die katholische Kirche tat. Aber in ihrem Glauben schwankte sie nicht. Im Gegensatz zu den Lutherischen hielt sie alle sieben Sakramente für notwendig, um das Seelenheil zu erlangen. Außerdem musste man der Kirche lassen, was der Kirche war, und durfte sie nicht bestehlen; und Enteignung war Diebstahl.

»Christus, Sohn Gottes, erbarme dich unser«, flehte Johanna

von Alfeld den Gekreuzigten an. Dann verstummte sie, weil sie mit den Gedanken nicht allein bei dem Gebet war und ihr etwas einfiel. Johanna von Alfeld spürte sofort aufsteigende Hitze. Peter Groper, der Geschäftsfreund ihres Mannes, war ein Altgläubiger gewesen. Er hatte es im reformierten Einbeck damit sicher nicht leicht gehabt, doch hatte er sich nie davon abbringen lassen, dass sein Glaubensbekenntnis das rechte war. Hatte er deswegen sterben müssen, so wie der Weihbischof es verkünden ließ? Bisher hatte sie daran gezweifelt, nun zweifelte sie an ihren Zweifeln.

Johanna von Alfeld hielt es nicht länger auf den Knien. Sie sprang auf und wandte sich zur Tür. Doch dann zögerte sie. Sie wusste nicht, wohin sie sich wenden sollte. Wie eine Gefangene kam sie sich vor.

Nun hatte sie wirklich Kopfweh, und in ihren Ohren sauste es.

Wenzel atmete auf. Nachdem Christoph von Hagen seinen Krug Hildesheimer Biers geleert hatte, winkte er die Bedienmagd herbei, zahlte und stand auf. Die Art, wie ihn der Burmeister der Majorisbäuerschaft von oben herab ansah, war Wenzel äußerst unangenehm, allerdings war er froh, dass sich von Hagen zum Gehen anschickte. Gönnerhaft klopfte er dem Wandergesellen auf die Schulter.

»Die Pflicht ruft«, erklärte er mit einem Lächeln, das Wenzel hinterhältig vorkam. So war er denn froh, als Christoph endlich die Schankstube verließ, und nahm seine unterbrochene Grübelei wieder auf.

Bisher hatten sich seine Gedanken im Kreise gedreht, und er fürchtete, dass sich daran nichts ändern würde. Dass es eine enge Verbindung zwischen dem Hause von Alfeld und dem Hause Klingenbiel gab, war nichts Neues, schließlich hatte Alfelds Sohn Peter Klingenbiels Tochter Magdalena heiraten sollen, diese war nun aber tot. Tot wie ihr Vater und wie er nicht eines natürlichen Todes gestorben. Diese enge Verbindung erklärte aber nicht, dass sich von Alfeld vor dem Dammtor mit dem Gesellen Findling traf. Es sei denn …

Wenzel zuckte zusammen. Seit seinem Besuch im Frauenhaus hatte er Jacob in Verdacht, er könne etwas mit dem Tod Waldemar Klingenbiels zu tun und den Raub nur fingiert haben. Jetzt ergab sich, zumindest in seiner Vorstellung, eine weitere erschreckende Möglichkeit: Heinrich von Alfeld konnte den Mord bei Jacob in Auftrag gegeben haben.

»Noch Bier, Fremder?«, fragte das Schankmädchen.

»Was?« Wenzel schreckte aus seinen Gedanken auf.

»Möchtest du noch Bier, Fremdling?«

Wenzel nickte. Er kam nun seit geraumer Zeit fast täglich in den *Bunten Ochsen*, galt aber immer noch als Fremder. Nun, das war er ja auch. Auch wenn es der Ratmann Brandis offen bezweifelte: Wenzel war wirklich ein Zimmermannsgeselle auf Wanderschaft. Im Gegensatz zu vielen anderen Gesellen jedoch – und sogar im Gegensatz zu manchem Ratsherrn – konnte er lesen und schreiben. Wenzel liebte das gedruckte Wort. Er war kein Gelehrter, natürlich nicht, und er war sicher nicht so gebildet wie dieser Dominikaner, den der Weihbischof beauftragt hatte, die Morde den Lutheranern anzuhängen. Genau das würde Wenzel verhindern. Nicht nur für das Honorar, das ihm Tile Brandis versprochen hatte, sondern auch aus Überzeugung. Wenzel hatte Luthers Schrift *Von der Freiheit eines Christenmenschen* nicht nur gelesen, er hatte sie studiert. Das hatte sein Widersacher sicher auch getan; die meisten Mönche waren rohe Klötze, aber die wenigen Belesenen unter ihnen waren gefährliche Gegner. Man durfte sie nicht unterschätzen, und Wenzel unterschätzte den Frater Eusebius keineswegs. Und auch Fannemann galt als kluger Kopf. Wenzel hatte es mit ernst zu nehmenden Widerparts zu tun, und das gefiel ihm. An Schwächlingen rieb sich ein kluger Geist nur auf. Er bewies sich allein an den Starken.

Von Nordhorn war Wenzel aufgebrochen, um bei einem Zimmermann Arbeit zu finden. Dieses Ziel war in weite Ferne gerückt. Ein neues, aufregenderes Ziel hatte sich ihm eröffnet: Vielleicht würde er den Beweis antreten können, dass ein einfacher Geselle selbst Klerikern haushoch überlegen war.

Der Wandergeselle stand auf. Neue Fragen stürzten auf ihn ein. War Alfeld tatsächlich der Auftraggeber für den Mord an Waldemar, so steckte er sicher auch hinter dem Tod von Magdalena. Er musste also ein Interesse an beider Ableben haben. Es konnte ein geschäftliches Interesse sein, oder aber es handelte sich um Rache, denn immerhin sah es so aus, als wolle jemand die gesamte Familie auslöschen. Das hinwiederum bedeutete, Marie Klingenbiel war in Gefahr. Damit, dass Jacob in seine Meisterin verliebt war, hatte das alles also gar nichts zu tun. Oder vielleicht doch?

Bevor die Bedienmagd das frische Bier bringen konnte, verließ Wenzel den *Ochsen*.

»Entblöße deinen Rücken!«, befahl der Prior. Seine Stimme zitterte. Bei Johannes zitterte nicht die Stimme, sondern der ganze Leib. Er gehorchte, legte seine Kutte ab und stützte sich vornübergebeugt mit den Armen auf die Truhe. Er schloss die Augen, biss die Zähne zusammen und erwartete den ersten Schlag.

Der Klostervorsteher ließ die Geißel einmal durch die Luft sausen. Johannes schrie auf. Erst dann stellte er fest, dass er gar nicht getroffen worden war.

Vom Gang vor der Tür zum Zimmer des Priors waren eilige Schritte zu vernehmen. Johannes wagte einen zaghaften Blick über die Schulter. Der Prior verdrehte die Augen.

Die Tür wurde aufgerissen, und Vater Eusebius stürmte herein. Johannes sank in sich zusammen und begann zu schluchzen.

»Bitte, gnädiger Vater«, rief Eusebius, »ich flehe Euch an, verschont den Knaben!«

»Aber er muss gezüchtigt werden«, sagte der Prior unwillig. »Nicht nur dass er gegen die Ordensregel verstoßen hat …

Er hat meine Anweisungen und Verbote missachtet und meine Autorität in Zweifel gezogen, wenn nicht gar untergraben.«

»Kann ein Novize denn das?«, fragte Eusebius.

»Was?«

»Eure Autorität untergraben?«

»Du meinst, weil er bloß ein Novize ist?« Der Prior betrachtete die Geißel in seiner Hand, als sei ihm schon klar, dass sie nicht zum Einsatz kommen würde. Johannes wusste es auch. Er setzte sich, den beiden Männern zugewandt, auf die Truhe und wischte sich mit dem Handrücken die Tränen aus dem Gesicht.

»Ich meine, weil Eure Autorität felsenfest gegründet ist«, erwiderte Eusebius. Johannes musste sogar lächeln, als er diese Schmeichelei vernahm.

Der Prior durchschaute sie sofort. »Ich wusste gar nicht, dass du es verstehst, anderen Honig ums Maul zu schmieren«, sagte er und leckte sich demonstrativ die Lippen. »Oh, der ist gut, der Honig. Lindenblüte!« Er warf die Geißel auf den Tisch. »Und nun warte ich«, sagte er.

»Worauf?«, wollte Eusebius wissen.

»Dass du wieder die Schuld für das Versagen des Knaben auf dich nimmst.«

»In gewisser Weise ...«, begann Eusebius, doch der Prior gebot ihm mit einer Handbewegung zu schweigen.

»Johannes hat sich doch aus eigenen Stücken entschieden, mein Verbot zu missachten und sich aus dem Konvent zu schleichen?«, fragte der Prior. »Oder hast du ihn dazu angestiftet?«

»Nein, natürlich nicht.«

»Aber die Konsequenzen aus seinen Handlungen nimmst du ihm ab?«

Eusebius zuckte nur die Schultern. Johannes hatten die Worte des Priors tief getroffen. Der Klostervorsteher hatte Recht: Er verzapfte einen Unsinn, und wenn es daran ging, dafür gerade zu stehen, versteckte er sich hinter Eusebius' Rücken.

»Entmündigst du ihn damit nicht?«, fragte der Prior. »Du behandelst ihn wie ein Kind, das machen darf, was es will, denn sein Vater verzeiht ihm nicht nur alles, weil es noch so klein und sich über die Folgen seiner Taten nicht im Klaren ist, nein, er trägt sogar die Folgen. Soll er selbst entscheiden.« Der Prior deutete auf Johannes. »Soll er entscheiden, ob er ein Kind oder ein Mann sein will. Als Mann muss er die Konsequenzen seiner Taten oder Untaten zu tragen imstande sein ... als Kind erlaube ich ihm, mit den Blüten im Klostergarten zu spielen, auf den Schweinen zu reiten und unsere schöne Abschrift der *Summa theologica* als Bilderbuch zu betrachten. Er darf lallen und mit Klappern und Murmeln spielen, er darf in die Hosen scheißen, und ich persönlich wische ihm den Arsch ab.« Der Prior wirkte überaus gereizt. »So, und nun geht schlafen! Johannes, ich erwarte deinen Entschluss morgen zwischen Lectio Divina und Sext.«

Nun gab es keine Zweifel mehr, kein Zögern. Jacob näherte sich der Bude und legte sein Ohr an die morsche Tür. Im Ärmel hatte er das Messer, das Marie ihm gegeben hatte. Aus dem Inneren der Bude war kein Geräusch zu hören.

Die Glocken schlugen gerade die neunte Abendstunde, als Jacob versuchte, die Tür leise aufzuschieben. Das gelang ihm nicht. Die Amme musste von innen einen Riegel vorgelegt haben.

Jacob hatte damit gerechnet. In einer solchen Bude gab es nicht viel zu holen, aber trotzdem schliefen die Insassen offenbar besser, wenn sie sich geschützt fühlten. Jacob klopfte. Irgendwo in einer der Nachbarbuden grölten zwei Männer, dann schrie eine Frau. Jacob konnte es wagen, lauter zu klopfen. Ein Kind begann zu weinen, weitere stimmten ein.

»Ja?«, fragte jemand hinter der Tür.

»Ich bin der Geselle Jacob«, flüsterte er. »Meine Herrin schickt mich.«

»Zu dieser Stunde?« Es war ein Weib, das fragte, und es musste eine altes Weib sein, nach der brüchigen Stimme zu urteilen.

»Sie braucht deinen Rat in einer unaufschiebbaren Angelegenheit«, sagte Jacob. Flüstern war unnötig, denn das Spektakel in der Nachbarbude fing nun erst richtig an. Der Riegel wurde fortgeschoben, die Tür einen Spalt geöffnet. Jacob blickte in vollkommene Finsternis. Nur als kaum erkennbarer heller Fleck hob sich das Gesicht der Amme von der Dunkelheit im Innern der Bude ab.

»Ja, die Marie«, sagte die Alte, »wenn sie in Schwierigkeiten ist, dann erinnert sie sich des Weibes, das sie gesäugt und in den Schlaf gewiegt hat.«

»Darf ich eintreten?«, fragte Jacob.

»Ich muss erst Licht machen«, sagte die Alte und wandte sich ab. Jacob schob die Tür auf und schlüpfte hinein. Die ehemalige Amme stocherte in der Herdglut und entzündete einen Kienspan. Sie war klein und beugte sich über die Glut. Besser konnte es gar nicht sein. Jacob ließ das Messer aus dem Ärmel gleiten, packte die Alte bei ihrem lichten, zotteligen Haar, riss ihren Kopf nach oben und schnitt ihr die Kehle durch; das ging wie durch Butter. Mit einem Zischen entwich Luft aus der breiten Wunde, Blut sprudelte hervor, ergoss sich in die Glut und zischte ebenfalls. Rauch stieg auf, dessen Geruch jedem anderen Übelkeit erregt hätte, aber Jacob war den Umgang mit Blut gewöhnt. Er ließ die Alte fallen, und sie stürzte mit dem Gesicht in den Brand, der noch so heiß war, dass es nach wenigen Augenblicken roch wie in einer Folterkammer, nachdem der Henker zur Feuertortur geschritten war.

Jacob wandte sich der Tür zu. Er hatte getan, was getan werden musste, und nun wollte er eilig diesen Ort verlassen. Allerdings blieb er vorsichtig. Ganz langsam zog er die Tür auf, die tatsächlich in den Angeln knarrte. Nicht einmal zur Hälfte hatte er sie geöffnet, als er erstarrte.

Vor ihm standen fünf Männer mit Fackeln. Sie standen unbeweglich, und ihre Mienen waren wie versteinert. Nur einer grinste: Christoph von Hagen.

Tile Brandis, der sich bereits zur Nachtruhe begeben hatte, stürzte aus seinem Haus auf die Saustraße und von dort zum Großen Markt. Er sah Proconsul Sprenger über den Platz laufen, begleitet von Dirich Raven.

»Schon wieder ein Mord!«, rief der Bürgermeister Tile Brandis zu. Diesmal läutete die Glocke nicht, und niemand beschrie die Untat. Es waren Christoph von Hagens Männer gewesen, durch welche die Ratmannen verständigt worden waren.

»Wen hat es erwischt?«, wollte Tile Brandis wissen.

»Irgendeine Beisassin«, erwiderte der Bürgermeister. »Eine ungültige Person.«

»Ich habe schon geschlafen«, sagte Consul Raven und massierte seinen Bauch.

»Ich etwa nicht?« Harmen Sprenger bedeutete Brandis, sich ihnen anzuschließen. Zu dritt begaben sie sich in die Marktstraße. Tile Brandis schwieg.

In der Marktstraße kam Eggert Unverzagt aus seinem Haus. Auch ihn hatte Christoph von Hagen offenbar aus dem Bett geholt. »Ein Mord in den Buden?«, vergewisserte er sich. Er sah verschlafen aus, und seine blonden Haare fielen in wirren Strähnen auf die Schultern. Sein Barett hatte er in der Eile vergessen.

»Ja, für solche Kinkerlitzchen weckt man uns.« Harmen Sprenger überquerte den Hohen Weg, um zur Hagenbrücke zu gelangen. »Als ob das nicht bis morgen Zeit hätte.«

»Einstweilen hätte es genügt, den Gerichtsdiener und den Büttel zu verständigen«, stimmte Raven zu.

»Ja, ja, aber ihr kennt Christoph von Hagen. Er schlägt gern Krach.«

»Interessant ist allerdings, wer der Mörder ist.« Tile Brandis mischte sich nun doch ein.

»Ach, den hat man schon?« Unverzagt schaute Brandis überrascht an. »Das nenne ich endlich einmal eine gute Zeitung.«

»Soweit ich den Anhänger von Christoph verstanden habe,

der mich aus dem Bett holen ließ, handelt es sich um Waldemar Klingenbiels Gesellen«, sagte Brandis.

»Etwa um jenen, der bei diesem seltsamen Raubüberfall verletzt wurde?«, fragte Unverzagt.

»Um den Nämlichen«, bestätigte Brandis.

»Und der mordet in den Buden?« Consul Unverzagt gähnte. »Nun, das gibt einem wirklich zu denken.«

»Ich will nicht denken, sondern schlafen«, schimpfte Harmen Sprenger.

Obwohl die Nachtwachen bereits ihre Runden durch die Straßen drehten, hatte sich in der Gasse am Hagentor ein großer Auflauf gebildet. Es waren vor allem Büdner mit ihren Frauen und Kindern, die Zeter und Mordio schrien, obwohl der Rat längst in Kenntnis gesetzt war. Die Kinder machten sich einen Spaß daraus, zwischen den Beinen der Erwachsenen herumzuflitzen und ebenfalls zu schreien.

Tile Brandis warf einen Blick auf den Bürgermeister. Sprenger fühlte sich zwischen all den abgerissenen Gestalten offenbar sehr unbehaglich. Brandis verstand ihn. Die Stimmung konnte schnell umschlagen. Ratsherren waren bei den Armen nicht gerade beliebt. Im Übrigen war es wie immer in derartigen Fällen: Christoph von Hagen hatte mehr Krach geschlagen, als notwendig war.

Der Führer der Großen Bäuerschaft stand neben dem Eingang zu einer der Buden und genoss offensichtlich seinen Triumph. Zwei seiner Männer hatten Jacob Findling in die Mitte genommen. Seine Arme waren ihm auf den Rücken gefesselt worden, und er blickte nicht gerade glücklich drein. Dazu hatte er auch keine Veranlassung.

In der Gosse vor der Bude lag ein altes Weib. Ihr Gesicht glich einem frisch gepflügten Acker, das Haar war dünn und ungepflegt. Tile Brandis konnte den Blick nicht von der großen Halswunde abwenden. Das frische Blut war sehr deutlich zu sehen, schließlich ließ es sich von Hagen nicht nehmen, die Tote für die Ratmannen mit zwei Fackeln zu illuminieren. Brandis bemerkte aus den Augenwinkeln, welche Wirkung das hatte: Raven und Unverzagt wandten sich sofort ab und traten ein paar Schritte beiseite, Harmen Sprenger folgte ihrem Beispiel.

Tile Brandis kannte das Weib. Vor vielen, vielen Jahren war es Marie Klingenbiels Amme gewesen. Warum der Geselle ausgerechnet sie beiseite geräumt hatte, war dem Consul schleierhaft. Er war jedoch sicher, dass man es beim Verhör erfahren würde. Sollte der junge Mann sich wider Erwarten als verstockt erweisen, würden ein paar Stunden mit Meister Hans genügen, um seine Zunge zu lockern. Meister Hans verfügte da über gewisse hilfreiche Instrumente.

Eines stand für Tile Brandis jedenfalls fest: Die Morde an Waldemar und Magdalena Klingenbiel und vielleicht auch die Ermordung Gropers erschienen nach dieser Nacht in einem neuen Licht.

Nachdem Brandis die Leiche in Augenschein genommen hatte, wandte er sich an von Hagen. Die Büdner waren mittlerweile ruhiger geworden, und nur ihre barfüßigen und schmutzigen Bälger krähten noch.

»Wie bist du ihm auf die Spur gekommen, Christoph?«, wollte Brandis wissen.

»Mir hat schon die Geschichte vom Raubüberfall auf Waldemar nicht sonderlich gefallen«, sagte der Burmeister. »Ich meine, ein Räuber, der auf zwei Männer losgeht …«

Consul Brandis nickte. Ihm war es seinerzeit nicht anders gegangen.

»Als wir dann Magdalena aus dem Teich fischten, habe ich mir gedacht, man sollte vielleicht ein wenig auf den Findling aufpassen«, fuhr von Hagen fort. »Wenn jemand aus dem Haus die Untaten begangen hat, kam nur er in Frage. Der Knecht Matthias ist alt, die Lehrburschen noch zu jung, und Marie selbst …«

»Du hast auch an sie gedacht?« Brandis hob aufmerksam die Brauen.

»Als Witwe macht sie einen guten Schnitt«, sagte von Hagen.

»Aber reich war sie bereits, als Waldemar noch lebte«, wandte Brandis ein.

»Nicht sie, er. Waldemar war reich. Doch nun ist sie es.«

»Den Gedanken an Marie hast du aber verworfen?«

»Ich habe gar nichts verworfen.« Christoph von Hagen reckte das Kinn vor und warf den Kopf in den Nacken. Jetzt könnte jemand ihm in die Nasenlöcher speien, dachte Brandis. Jemand, der größer ist als er, und da gab es nicht viele, außer Gott vielleicht.

»Aber erst einmal hielt ich mich an Jacob«, fuhr von Hagen fort. »Zu Recht, wie man sehen kann. Meine Männer folgten ihm auf Schritt und Tritt.«

»Dann hättet ihr das Verbrechen ja verhindern können«, stellte Tile Brandis fest.

»Aber es ist doch nur eine alte Amme ohne Bürgerrecht«, entgegnete Christoph von Hagen und deutete auf die tote alte Frau. Sie lag noch immer im Fackelschein.

NEUNTES KAPITEL

Meister Hans

Heinrich und Johanna von Alfeld hatten sich nach der Morgensuppe ins Amtshaus der Knochenhauer begeben, denn es war Schlachttag. Von seinem nächtlichen Ausritt war Heinrich am folgenden Morgen nach dem Öffnen der Stadttore in sein Haus zurückgekehrt. Er hatte seiner Frau nicht die geringste Erklärung abgegeben, und Johanna hatte ihn nicht zur Rede gestellt. Sie war es müde, sich mit ihrem Mann zu streiten. Sollte er doch tun, was ihm beliebte, sie würde schweigen. Doch insgeheim sann sie auf Rache.

Die Knochenhauergattin und ihr Mann betraten das Amtshaus vom Markt her. In dem Gang zwischen den Verkaufsständen, den Scharren, standen bereits einige Meisterfrauen und Meisterwitwen beisammen. Johanna von Alfeld erkannte die Schmalenberg und die Amborstel, die Witwe Moytse und die noch junge Barbara Grashoff. Sie wandten sich den beiden Eintretenden zu und grüßten. Heinrich ging wortlos an ihnen vorüber zur Kuhhaut hinter dem Amtshaus, wo die Mitglieder der Großen Knochenhauergilde schlachteten. Johanna von Alfeld nickte ihnen zu und lächelte. Sie mochte sich nicht an Klatsch und Tratsch beteiligen, also begab sie sich in den Scharren, den ihr Mann gepachtet hatte. Noch waren die beiden Klappen zum Gang geschlossen.

Johanna von Alfeld konnte sich denken, was die Frauen zu besprechen hatten. Der Mord an der Amme bewegte die Gemüter stärker als die Verbrechen, die an Waldemar Klingenbiel und dessen Tochter begangen worden waren, und die Untat gegen den Einbecker hatte man schon fast vergessen. Echtes Mitleid brachten allerdings nur die Büdner auf, deren Nachbarin die alte Frau gewesen war. Wenn in den Bürgerhäusern gelegentlich »Ach, die Ärmste!« geseufzt wurde, dann war man mitleidig höchstens aus Christenpflicht. Die Beisassin hatte das irdische Jammertal verlassen und würde vielleicht bald Gottes Antlitz schauen, wobei man nicht ganz sicher war, ob es ihr nicht zum Schaden gereichte, dass sie ohne Sterbesakramente verschieden war. Die Altgläubigen waren der Ansicht, dass ihrer Seele dessenthalben der Zutritt zum Paradies versperrt bleiben würde, die Martinisten lehnten das Sterbesakrament ab, die Wankelmütigen zuckten die Schultern. Sie warteten lieber ab, welche Confessio sich am Ende in Hildesheim durchsetzen würde, und schwiegen vorsichtshalber, um es sich mit keiner Seite zu verderben.

Johanna von Alfeld tat die Amme wirklich Leid. Mit ihrer Muttermilch war die kleine Marie Klingenbiel aufgezogen worden, weil es üblich war bei den hoch gestellten Bürgern, ihre Kinder bis zum dritten Lebensjahr einer Nährmutter anzuvertrauen. Auch Johanna von Alfeld hatte ihren Sohn in die Obhut einer Kinderfrau gegeben, was ihr nicht leicht gefallen war. Diese Frau, die vor einigen Jahren gestorben war, hatte sich wirklich sehr um Peter gekümmert. Sie hatte ihm die unerreichbare Liebe der Mutter ersetzt, und dafür war Johanna von Alfeld dankbar.

Die Knochenhauergattin kannte das Gerede in der Stadt. Marie Klingenbiels Amme hatte am Rande der Gesellschaft gelebt, und so stand sie nicht im Mittelpunkt der Aufmerksamkeit. Der Mörder hingegen gab zu mancherlei Spekulationen Anlass. Der Geselle des angesehenen Knochenhauers hatte das Weib getötet, das seine Meisterin gesäugt und gewickelt hatte. Um Geld konnte er es kaum getan haben, denn die Alte hatte keins. Sie hatte vom Gnadenbrot gelebt, das Waldemar Klingenbiel ihr gewährt hatte. Doch wie man die Sache auch drehte und wendete, auf eines einigte man sich rasch: Einem Findelkind war nicht zu trauen.

»Vielleicht war es Rache«, überlegte die Witwe Gertrud Moytse, die das Metzgerhandwerk ihres verstorbenen Mannes übernommen hatte und es weit erfolgreicher als er fortführte.

Johanna von Alfeld wollte eigentlich nicht lauschen, aber die Frauen gluckten so nahe bei ihrem Scharren herum, dass sie einfach zum Zuhören gezwungen war. Außerdem war sie ja doch auch neugierig.

»Welche Ursache sollte es geben, sich ausgerechnet an einer alten Amme zu rächen?«, fragte die Frau des Metzgers Schmalenberg. »Das Weib wäre doch ohnehin bald gestorben.«

»Wenn Geld und Rache ausscheiden, was bleibt dann übrig?« Die Stimme der Moytsesche klang kratzig. »Liebe«, schlug Barbara Grashoff vor. Johanna von Alfeld musste lächeln. Barbara Grashoff war die jüngste der Frauen und träumte wohl noch.

»Du meinst, Jacob hat die Alte aus Eifersucht getötet?« Gertrud Moytse klopfte sich auf die Schenkel. Das klatschte ordentlich, und Johanna von Alfeld sah die dicken Schenkel der Witwe vor ihrem inneren Auge. »Er hat sie ... geliebt ... und weil sie ihn ...«, sie rang offenbar nach Atem, »weil sie ihn abgewiesen hat ... oder weil sie ... einen noch jüngeren Liebhaber ...« Ihr versagte die Stimme.

»Dass du nie ernst sein kannst, Moytsesche!« Das sagte Hildegard Amborstel. »Überleg doch mal! Zuerst muss Waldemar dran glauben – Gott sei seiner armen Seele gnädig –, dann trifft es seine Tochter, nun auch die frühere Amme seiner Frau. Und das bedeutet ...« Sie hob die Stimme und wahrscheinlich den Zeigefinger, wie Johanna von Alfeld sich ausmalte. Hildegard Amborstel belehrte gern. »Ich weiß nicht, was das bedeutet«, bekannte sie dann.

»Wenn man alles zusammen betrachtet, kann es eben doch um Geld gehen«, meinte die Schmalenbergsche.

»Oder um Liebe«, sagte Barbara Grashoff.

Johanna von Alfeld begann, die Klappen zu öffnen, zuerst die untere, den Laden. Sie sah die vier Frauen nacheinander schweigend an. Sie wirkten ein wenig ratlos, und Johanna von Alfeld konnte sie verstehen. Wenn ein Mensch getötet wurde, lagen die Beweggründe des Untäters fast immer auf der Hand: Habgier, Eifersucht, Rache. Oder, und das war am häufigsten, es handelte sich schlicht um eine typisch männliche Raserei im typisch männlichen Zustand der Volltrunkenheit. Aus nichtigem Anlass entstand ein Streit, eine nebensächliche Bemerkung wurde als Angriff auf die Ehre aufgefasst, und schon lag jemand mit einer tödlichen Wunde am Boden. Das geschah nicht alle Tage, aber doch öfter, als dem Rat lieb war. Alle seine Versuche, die Trunksucht zu steuern, waren vergeblich. Der Rat konnte alles Mögliche regeln und verbieten, aber das sinnlose Saufen bekam er nicht unter Kontrolle.

Nun aber waren Vater und Tochter aus gutem Hause grausam ausgelöscht worden und die Amme der Hausherrin noch dazu – das passte in kein Schema. Die Morde hatten etwas Schillerndes und nicht Greifbares und entzündeten deshalb die Phantasie.

Johanna von Alfeld öffnete die obere Klappe, das Lid, und blickte nach rechts. Der Geselle ihres Mannes betrat das Amtshaus von der Kuhhaut her. Er trug eine Schweinehälfte auf der Schulter. Dann wandte sie sich an die Frauen und brach ihr Schweigen.

»Wie wäre es denn mit Geld *und* Liebe?«, fragte sie. Die Frauen starrten sie an. Johanna von Alfeld bedauerte ihre unbedachte Äußerung sofort und hätte sie am liebsten zurückgenommen.

Gertrud Moytse kam auf den Scharren zu und stützte ihre breiten Arme auf den Laden. »Wie kommst du darauf?«, wollte sie wissen.

»Nur so ein Einfall«, entgegnete Johanna von Alfeld und senkte den Blick. Auch Hildegard Amborstel, Barbara Grashoff und die Schmalenbergsche traten an die Verkaufsluke. Johanna wich ein kleines Stück zurück. Der Geselle hängte gerade die Schweinehälfte an einen Haken an der Decke.

»Und Liebe«, murmelte Barbara Grashoff.

»Weißt du etwas?«, fragte Hildegard Amborstel.

»Nein, gar nichts«, sagte Johanna von Alfeld.

»Dein Mann ist Ratsherr, Alfeldsche«, sagte die Witwe Moytse. »Du musst doch etwas wissen. Oder redet dein Mann nicht über Ratsangelegenheiten mit dir?«

»Natürlich nicht!«

»Was ist denn hier los?« Heinrich von Alfeld betrat den Scharren mit einer Schüssel voll Gekröse. Seine Frau atmete auf. Sie war ihrem Gatten alles andere als grün, aber in diesem Moment freute sie sich über sein Auftauchen. »Habt ihr nichts zu tun?«, herrschte er die Frauen an.

Gertrud Moytse ließ nicht locker. »Was wisst Ihr, Consul?«

»Dass Ihr Euer Geschäft vernachlässigt, Wittib.« Heinrich von Alfeld stellte die Schüssel auf den Laden. Er trug eine braune Lederschürze, auf der eine zähe dunkle Flüssigkeit glänzte: Blut. »Und dass ihr meine Frau von der Arbeit abhaltet, also schert euch fort, allesamt!«

Die Frauen murrten, aber sie zogen sich zurück. Johanna von Alfeld schaute ihren Mann dankbar an.

»Sage bloß kein Wort zu diesen Weibern. Denk an ...« Heinrich führte den Satz nicht zu Ende, sondern verließ den Scharren wieder. Johanna von Alfeld lehnte sich an die Wand, die ihren vom Nachbarstand schied. An den Knotenstock sollte sie sicher denken. Sie dachte auch an ihn. Alles würde sie dafür tun, dass ihr Mann ihn nie mehr zur Hand nahm.

Der Wandergeselle Wenzel war wütend auf sich selbst. Er hatte sich noch einmal zum Dammtor begeben und hockte nun mit angezogenen Beinen am Ufer der Innerste. Das Flüsschen zog an ihm vorbei gen Mitternacht, es beförderte allerlei Treibgut, Äste zumeist, aber einmal auch einen ganzen Baumstamm. Wenzel starrte auf das Wasser. Der Fluss zog an ihm vorbei, unermüdlich und unaufhaltsam, seiner Mündung entgegen.

Auch ich sollte weiterziehen. Zwar kenne ich meine Bestimmung noch nicht, aber ich habe keine Lust mehr, in dieser Stadt zu bleiben. Und irgendwo muss es doch eine Arbeit für mich als Zimmermann geben.

Wenzel hatte zwar das Gefühl, seinen Auftrag fast erfüllt zu haben, dennoch war er unzufrieden. Christoph von Hagen hatte ihm das Wichtigste abgenommen, er hatte den Mörder gestellt. Wenzel zweifelte nicht daran, das Jacob auch Meister Klingenbiel und die junge Magdalena auf dem Gewissen hatte. Die Gründe für seine Taten beschäftigten ihn kaum, denn sie würde die gerichtliche Untersuchung ohnehin zutage fördern. Wahrscheinlich hatte Jacob längst gestanden.

Was Wenzel so wütend machte, war der Umstand, dass Marie Klingenbiel ihn hinters Licht geführt hatte. Mittlerweile war er sicher, dass sie es gewesen war, die in Männerkleidern durch die Stadt geschlichen war und sich vor den Mauern zu Heinrich von Alfeld aufs Pferd geschwungen hatte. Jacob konnte es nicht gewesen sein, er hatte in jener Nacht die Amme getötet. Die Person, die das Haus der Witwe Klingenbiel in den Kleidern eines Gesellen verlassen hatte, war jung gewesen. Es gab in dem Haus *Blauer Schwan* aber nur zwei junge Menschen: Marie Klingenbiel und Jacob Findling. Wenn Jacob jedoch nicht in Frage kam, blieb allein die Witwe übrig. Obendrein erklärte Wenzels Verdacht auch die Art, wie sie sich auf den Rücken des Tieres gesetzt hatte.

Seine Überlegungen warfen weitere Fragen auf. So war es immer: Wenn man eine Frage beantwortet glaubte, hatte die Antwort sofort neue Fragen im Gepäck. Das war in einer Mordsache nicht anders als in der Religion.

Marie hatte ihn also hinters Licht geführt. Es hatte keinen Zweck, sich darüber aufzuregen, denn zu ändern war es nicht mehr. Nun hatte sie doch aber gar nicht wissen können, dass er vom Andreaskirchhof aus ihr Haus beobachtete. Wozu also die Maskerade?

Die Verkleidung, folgerte der Wandergeselle, war nicht für ihn bestimmt. Verständlicherweise wollte die Witwe Marie bei ihrem Stelldichein mit Consul von Alfeld nicht erkannt werden. Und das war schon etwas, was nur Wenzel wusste oder zumindest ahnte: Heinrich von Alfeld war ein Ehebrecher, Marie Klingenbiel verstieß gegen die Trauerfrist und hatte ihn zum Ehebruch verführt. Wenn das herauskäme, wäre es ein großer Skandal.

Wenzel musste grinsen. Die Vorstellung, die beiden Ehebrecher auffliegen zu lassen, gefiel ihm. Männer wie von Alfeld und Frauen wie die Witwe Klingenbiel, all diese hochgestellten Personen gaben sich immer so verdammt tugendhaft und gesetzestreu. Ihre Häuser hatten schöne, mit Schnitzwerk und Malereien verzierte Fassaden, aber in den Dielen und Speichern lagerten nicht nur die Waren, mit denen sie Handel trieben, sondern auch jede Menge Unrat.

Der Wandergeselle sprang auf. Der Ratsherr Brandis konnte doch ganz zufrieden mit ihm sein.

Meister Hans war bereit. Das war er natürlich immer, wenn der Rat ihn brauchte. Die peinliche Befragung eines Delinquenten war nur eine seiner Aufgaben, und so oft, wie er es gern hätte, wurden seine Fähigkeiten als Scharfrichter nicht benötigt. So erzielte er seine Einnahmen hauptsächlich als Abdecker, obwohl er als Scharfrichter besser bezahlt wurde und sich daher so viele Verbrechen wie nur möglich wünschte. Reich konnte er ohnehin nicht werden, aber ein bescheidener Wohlstand genügte ihm auch, gerade ihm, dessen Beruf als unehrlich galt. Die Menschen begegneten ihm mit Misstrauen und Furcht, etliche machten sogar einen großen Bogen um ihn und schickten die Kinder ins Haus, wenn er vorbeiging. Kein anständiger Mensch verkehrte gern mit ihm, und selbst die unanständigen mieden den Umgang. Kehrte Meister Hans in eine Schänke ein, bekam er immer einen Tisch für sich allein. Nur sehr selten kam es vor, dass sich jemand zu ihm setzte, und es waren immer nur Betrunkene. Aber das war nun einmal das Schicksal seines Berufs. Das Handwerk des Abdeckers und Scharfrichters befand sich seit Generationen in den Händen seiner Familie. Es ging vom Vater auf den Sohn über, stets begleitet von der Ermahnung, mit dem Schicksal nicht zu hadern. Meister Hans haderte nicht mit seinem Los. Gott hatte die Welt eingerichtet, wie sie war, und der Herr war über jeden Zweifel erhaben.

Und Meister Hans war bereit.

Doch es sah nicht danach aus, als ob man ihn brauchen würde. Jacob Findling, der in einem kleinen Raum des Rathauses vernommen wurde, bekannte seine Untaten. Allein die Anwesenheit von Meister Hans machte ihn gesprächig.

Seit drei Stunden dauerte das Verhör schon an, das Bürgermeister Sprenger in höchsteigener Person und die Consules Raven und Unverzagt durchführten. Anwesend war auch der Gerichtsdiener, der sich als Schreiber betätigte, denn Sprenger legte Wert auf gründliche Protokolle. Gründliche Protokolle waren ihm nahezu heilig.

Soeben hatte man auf seinen Wunsch eine Pause eingelegt. Consul Raven hatte ein Fenster geöffnet, denn in dem kleinen Raum stand die Luft, und es roch nach Schweiß. Der dicke Raven blieb vor dem Fenster stehen, damit der Delinquent nicht hinausspringen konnte.

»Für das Protokoll brauche ich immer noch den Namen«, sagte der Gerichtsdiener. Consul Raven seufzte. Bürgermeister Sprenger, der sich gern lange an Kleinigkeiten aufhielt, hatte am Anfang des Verhörs viel Zeit auf den Namen des Verbrechers verschwendet. Jacob nannte sich Klingenbiel, aber allgemein war er als Findling bekannt.

Hoffentlich begann das nun nicht noch einmal von vorn. Meister Hans lehnte mit verschränkten Armen an der Wand neben der Tür. Bei ihm unten im Keller wäre das alles viel schneller gegangen. Aber auch Proconsul Sprenger schien den Namensstreit leid zu sein.

»Nenne ihn des Meisters Klingenbiel Gesellen Jacob«, wies er an.

Jacob protestierte nicht. Er stand mit gesenktem Kopf und hängenden Schultern mitten im Raum, denn sitzen durften nur die Ratsherren. Das langatmige Verhör, dessen war Meister Hans gewiss, hatte den Jungen erschöpft. Außerdem hatte man ihm die Hände auf den Rücken gebunden, und mittlerweile waren seine Hände sicher fast abgestorben, und die Gelenke schmerzten von dem rauen Strick.

»Nun, dann wollen wir das Protokoll noch einmal durchgehen«, sagte der Proconsul und lächelte Jacob an. »Es soll ja nichts Falsches darinnen stehen, nicht wahr?«

Jacob nickte. Consul Raven schloss das Fenster.

»Du gibst also zu, deinen Meister auf offener Straße erstochen zu haben?«, fragte Sprenger.

»Ja.«

»Es hat nie einen Raubüberfall auf den Meister und dich gegeben?«

»Nein.«

»Der Überfall war vorgetäuscht?«

»Ja.«

Der Bürgermeister atmete tief durch. »Außerdem hast du deines Meisters Tochter Magdalena, ein junges, blühendes Mädchen mit rosiger Haut, dessen Lächeln so bezaubernd war …«

Consul Raven tauschte mit dem Ratmann Unverzagt einen raschen Blick und runzelte die Stirn. Meister Hans musste schmunzeln. Er wusste die Blicke zu deuten: Wenn Proconsul Sprenger nun auch noch ins Schwärmen geriet, würde das Verhör endlos währen.

»Dieses unschuldige Mädchen, das dem Sohn des Knochenhauers und Consuls Heinrich von Alfeld versprochen war«, fuhr Sprenger fort, »das hast du auch getötet?«

»Ja.«

»Und die ehemalige Amme deiner Meisterin, der Witwe Klingenbiel?«

»Auch, Herr.«

»Und warum tatest du das?«

»Marie hat es von mir verlangt.«

»Was?« Consul Unverzagt, der bislang wenig gesagt hatte, trat einen Schritt näher an den Gesellen heran. »Du wagst es, deine Herrin beim Vornamen zu nennen?«

Meister Hans seufzte leise. Dass der Ratsherr sich mit solchen Kleinigkeiten aufhalten musste. Gerade jetzt begann es, richtig spannend zu werden.

Consul Raven setzte sich in Bewegung und stellte sich neben Unverzagt. Er nahm den Delinquenten beim Kinn und zwang ihn so, ihm in die Augen zu blicken. »Du willst behaupten, die Witwe Klingenbiel hätte dich mit diesen grässlichen Untaten beauftragt? Weil sie es wollte, hättest du den verehrten Meister Klingenbiel, seine Tochter und die Amme ausgelöscht? Das glaubst du doch selber nicht.«

Meister Hans nickte. Diese Fragen waren nach seinem Geschmack. Dass der Geselle die Schuld auf seine Herrin abwälzen wollte, empörte ihn ebenso wie die Ratsherren.

»Es ist die Wahrheit, Herr«, sagte der Delinquent mit schwacher Stimme.

»Warum hätte sie so etwas tun sollen?«, fragte Consul Raven.

»Weil sie mich liebt«, erklärte der Geselle.

Meister Hans merkte auf. Der Ton des Delinquenten hatte sich verändert; er wirkte jetzt fast aufmüpfig.

»Sie liebt dich?« Eggert Unverzagt lachte kurz auf. »Du hast sie beschlafen, das mag sein. Aber sie ist eine Bürgerin, du bist nur ein Findelkind. Niemals könnte eine Frau wie Marie Klingenbiel einen Mann lieben, der seine eheliche Geburt nicht nachweisen kann.«

»Sie liebt mich«, beharrte Jacob.

Meister Hans drückte seinen Rücken durch, der nach dem langen Lehnen an der Wand zu schmerzen begonnen hatte. Interessiert betrachtete er den Gesellen. Es schien ihm, dass der junge Mann, der zweifellos nicht mehr lange zu leben hatte, die Illusion mit an den Galgen nehmen wollte, tatsächlich von der Witwe geliebt worden zu sein. Oder dass er seine Worte, je öfter er sie wiederholte, umso stärker selbst glaubte.

»Also, es mag ja sein, dass sie so tat, als liebe sie dich«, sagte nun Pronconsul Sprenger in einem sanften Ton. Es klang in Meister Hans' Ohren beinahe so, als spräche ein milder Vater zu seinem Sohn. Das fand der Scharfrichter nicht ungeschickt. »Du bist jung, während Klingenbiel ein … wie soll ich sagen?

Er hatte seine beste Zeit sicher hinter sich. Auch was die Lenden betrifft …« Der Bürgermeister brach ab, anscheinend hatte er sich vergaloppiert. Die Ratsherren Raven und Unverzagt stöhnten gleichzeitig auf. Meister Hans wagte nicht, sich zu regen; was so verheißungsvoll begonnen hatte, war nun verdorben.

»Du hast also Marie Klingenbiel zum Ehebruch verführt«, stellte Consul Raven fest.

»*Sie* wollte es«, sagte Jacob Findling. »Und es war keine Verführung, sondern Liebe.«

»Nun gut, nehmen wir einmal an, es war, wie du sagst.« Bürgermeister Sprenger hatte seine Haltung verändert und beide Hände flach auf den Tisch gelegt. »Warum wollte Marie den Tod ihres Gatten?«

»Damit ich Meister werden kann.«

»Damit du was?« Der Bürgermeister lachte laut auf. »Du meinst, nach Verstreichen der Trauerfrist wolltet ihr heiraten? Unglaublich.«

»Ohne den Bürgereid und ohne einen Nachweis ehelicher Geburt hättest du nie Meister werden können«, sagte Ratmann Unverzagt.

»Marie meinte, sie kenne da zwei Männer aus … aus … aus Einbeck«, sagte Jacob, »die hätten meine eheliche Abkunft beschworen.«

Meister Hans stand kurz davor, ebenfalls nahe an den Delinquenten heranzutreten. Er würde ihm die Lügen mit einem einzigen Faustschlag austreiben, aber er hatte kein Recht, sich in ein Verhör durch Ratmannen einzumischen, also blieb er stehen.

»Aus Einbeck, ja?« Harmen Sprenger zwinkerte den Consules Raven und Unverzagt zu. »Warum denn gerade aus Einbeck?«

»Das weiß ich nicht.«

»Peter Groper hast du nicht zufällig auch auf dem Gewissen?«

»Nein, nein«, beeilte sich Jacob zu versichern.

Meister Hans begriff. Dem Jungen war in der Eile und in seiner Angst keine andere Stadt eingefallen. Einbeck spukte ihm wegen des Mordes an Groper im Kopf herum, aber nun war ihm klar geworden, welchen Fehler er begangen hatte.

»Nein, nein«, wiederholte Sprenger. »Peter Groper also nicht?«

»Nein, Herr!«

»Aber Waldemar Klingenbiel?«

»Ja, Herr.«

»Dessen Tochter?«

»Ja, Herr.«

»Warum die Tochter?«

»Sie stand Marie im Wege.«

»Wobei?«

»Ich weiß es nicht«, sagte Jacob.

»Er weiß es nicht«, sagte Sprenger, schaute zu den anderen Consules und wirkte amüsiert. »Er tötet und weiß nicht, warum. Und die Amme?«

»Das kann ich nicht sagen.«

»Kannst du nicht, oder willst du nicht? Aus welchem Grund hast du dich in die Lovekenstube geschlichen und dem Holzhändler Groper die Kehle durchgeschnitten?«

»Aber das war ich nicht«, rief Jacob.

»Ach, stimmt ja, das warst du nicht. Warum die Amme?«

»Ich habe Marie versprochen, darüber für immer zu schweigen.«

»Für immer schweigen?«, herrschte Unverzagt den Jungen an. »Dazu erhältst du bald Gelegenheit. Aber hier, vor dem Rat, hast du zu reden!«

»Warum die Amme?«, wiederholte Sprenger.

Jacob ließ den Kopf sinken. Meister Hans hätte sich am liebsten die Hände gerieben. Dass der Bürgermeister plötzlich einen solchen Schwung in die Befragung brachte, hätte der Scharfrichter ihm nach den anfänglichen Peinlichkeiten gar nicht zugetraut.

»Die Amme hat Marie ein Mittel gegeben«, sagte der Geselle leise.

»Ein Mittel? Was für ein Mittel denn?«

»Ich kann nicht«, schrie der Delinquent. Tränen liefen ihm über die Wangen.

Bürgermeister Sprenger schaute zu Consul Raven, der blickte zum Scharfrichter.

»Meister Hans«, sagte er nur.

»Bin bereit.« Der Scharfrichter trat vor.

»Nein!«, rief der Geselle Jacob. Sein Körper zuckte. »Verbotene Mittel«, sagte er. »Mit denen man die Empfängnis verhüten kann.« Er krümmte sich zusammen, und sein Kopf schwankte hin und her.

Für einen Moment waren alle Anwesenden sprachlos. Selbst der Gerichtsdiener hörte auf zu schreiben. Meister Hans war drauf und dran, den Delinquenten zu stützen, nicht aus Mitleid, sondern damit er nicht zu Boden fiel. Der Geselle winselte nur noch.

»Ich glaube, ich höre schlecht.« Consul Raven fand als Erster die Sprache wieder und fuhr sich mit dem Zeigefinger ins Ohr. »Das würde bedeuten, dass Marie keine Kinder von ihrem Mann wollte. Du lügst!«

»Natürlich lügt er«, sagte Sprenger. »Er ist ein mordlustiger Spitzbube. Kann sich jemand von euch vorstellen, dass die Witwe Klingenbiel drei Morde oder vielleicht sogar vier in Auftrag gibt? Dass sie mit ihrem Gesellen hurt? Dass sie verbotene Mittel nimmt?«

Ratmann Unverzagt schüttelte den Kopf. Consul Raven schüttelte den Kopf. Jacob wimmerte.

»Ich schlage vor, dass wir eine härtere Gangart einlegen«, sagte der Proconsul.

Die Consules Raven und Unverzagt nickten. Jacob stürzte nun doch zu Boden.

Meister Hans lächelte zufrieden. Er würde seine Künste doch noch zur Entfaltung bringen können.

»Heinrich von Alfeld und Marie Klingenbiel treiben es miteinander?«, vergewisserte sich Tile Brandis. Er hatte den Wandergesellen in seiner Schreibkammer empfangen und den Knecht Bertolt angewiesen, sie nur zu stören, wenn die Kölner Kaufleute einträfen, ansonsten aber unter keinen Umständen. Eigentlich wäre Brandis gern bei dem Verhör des Jacob Findling dabei gewesen, aber er erwartete eine Lieferung von Siegburger Keramik und wollte sie persönlich in Empfang nehmen, um die Ware sofort prüfen zu können. Das Monopol auf den Handel mit der Töpferware hatten die klugen Kölner den Siegburgern abgeluchst. »Bist du sicher?«

Wenzel nickte.

»Das muss ich erst einmal verdauen.« Brandis setzte sich an den Tisch und forderte Wenzel auf, es ihm gleichzutun. »Wie lange geht das schon?«

»Das weiß ich nicht, Herr.«

»Und welche Schlüsse ziehst du daraus?«, fragte Brandis.

»Waldemar Klingenbiel könnte sie erwischt haben.«

»Und musste deshalb sterben?«

»Vielleicht.«

»Allerdings hat der Geselle Jacob seinen Meister getötet«, sagte Brandis, der kurz vor dem Besuch des Wandergesellen den Knecht Bertolt aufs Rathaus geschickt hatte; wenn er schon dem Verhör nicht beiwohnen konnte, wollte er wenigstens informiert sein. »Er hat es bereits gestanden.«

»Marie oder von Alfeld oder beide könnten ihn gedungen haben«, meinte Wenzel. »Er brauchte Geld, um den Bürgereid leisten zu können – der erste Schritt zur Aufnahme in ein Amt.«

»Jacob behauptet tatsächlich, im Auftrag seiner Herrin gehandelt zu haben«, sagte Brandis. »Nur, wie passt die Amme in das Bild?«

»Womöglich hat sie heimliche Treffen arrangiert«, sagte Wenzel.

»Das könnte sein.« Tile Brandis rieb sich die Schläfen. Was der Wandergeselle ihm hier mitteilte, ließ die Morde plötzlich in einem anderen Licht erscheinen. Ob es aber das richtige Licht war, blieb abzuwarten. Das lag jetzt auch in den geschickten Händen von Meister Hans.

»Ich danke dir.« Der Ratsherr erhob sich, trat vor den Wandschrank und öffnete die beiden Schlösser, die mit Beschlägen in Form von Eichenblättern verziert waren. Er zog einen ledernen Beutel aus dem Schrankfach, löste die Schnur und griff mit spitzen Finger in die Börse. Vier Silbermünzen nahm er heraus. »Ich wünsche, dass du über alle deine Beobachtungen und Erkenntnisse Stillschweigen bewahrst«, sagte er und reichte dem Wandergesellen das Geld. Der ließ es sofort in einem Ärmel verschwinden. »So, nun geh und labe dich im Ratskeller an ein paar Krügen vom guten Einbeckischen, das dort ausgeschenkt wird – in Hildesheim übrigens nur dort.«

»So früh schon, Herr?«

»Mit deinem Geld kannst du natürlich machen, was du willst.« Tile Brandis setzte sich. »Du bist aus deinem Auftrag entlassen. Was wirst du nun tun?«

Wenzel zuckte mit den Schultern.

»Was ein Wandergeselle eben so tut«, meinte er. »Wandern. Vielleicht könnt Ihr mir einen Rat geben, wohin ich mich wenden soll?«

»Was schwebt dir vor? Möchtest du lieber gen Mittag ziehen, nach Morgen oder Abend oder gen Mitternacht?«

»Tja«, Wenzel dachte nach. Wenn er das nur so genau wüsste. »Vielleicht … gen Mittag?«

»Und soll die Stadt der Hanse angehören, so wie Hildesheim? Dann könnte ich dir ein Empfehlungsschreiben mit auf den Weg geben.«

»Das würdet Ihr tun?«

»Warum nicht?« Brandis lächelte. »Alfeld etwa. Oder Einbeck. Natürlich, die Einbecker brauchen nach dem großen Stadtbrand bestimmt noch immer geschickte Zimmerleute.«

»Alfeld? Einbeck?« Irgendwie schmeckten die Namen dem Wandergesellen nicht. Langsam stand er auf.

»Denk drüber nach«, riet Consul Brandis und schlug sein Handlungsbuch auf.

»Und das Empfehlungsschreiben, Herr?«

»Kannst du dir morgen abholen.«

Der Bürgermeister Sprenger hatte befohlen, den Delinquenten Jacob Findling in den Keller schaffen zu lassen. Zwei Stadtknechte hatten den jungen Mann eher hinuntergetragen als begleitet, und Meister Hans hatte tatkräftig mit Hand angelegt. Nun waren Sprenger selbst und die beiden Consules auf dem Weg in das Reich des Scharfrichters. Der Bürgermeister war zutiefst überzeugt, dass in manchen Gerichtsprozessen die peinliche Frage unumgänglich war. Außerdem hatte der Rat strenge Regeln für ihre Anwendung erlassen. Nur wenn auf anderem Wege kein Geständnis zu erlangen war, durfte man sich ihrer bedienen, und zwar weder zu lange noch zu hart: Der Delinquent musste sie überleben. Und der Stadtphysikus war hinzuzuziehen, ein Ratsbote war schon zum Haus des Arztes unterwegs.

Immer, wenn Sprenger einem peinlichen Verhör beiwohnen musste, war ihm mulmig zumute; ein schöner Anblick wurde einem nicht geboten. Liebend gern hätte er es Brandis überlassen, diese unangenehme Pflicht zu erfüllen. Doch der Schwiegersohn seines Vorgängers war daheim unabkömmlich. Musste er ausgerechnet heute eine Lieferung Siegburger Irdenware in Empfang nehmen? Und warum jetzt, warum nicht am Nachmittag?

Wie dem auch sei, Sprenger ärgerte sich zwar, aber er verstand den Mann seines Rates. Die Siegburger Keramik war berühmt und kostbar. Auch er wäre zu Hause geblieben, wenn er eine solche Lieferung erwarten würde. Man musste ihre Güte prüfen, und das konnte man keinem Bediensteten überlassen, selbst wenn man noch so großes Vertrauen zu ihm hatte.

Sprenger seufzte, während er vor Raven und Unverzagt die schmale Treppe in den Keller hinabstieg. Er hätte sie gern vorgehen lassen, aber er war der Primus inter pares, da musste er wohl oder übel die Führung übernehmen. Bürgermeister zu sein war ein verdammt schweres und undankbares Amt. Keinen Pfennig bekam man dafür, nur die Auslagen wurden ersetzt. Das Amt fraß viel Zeit, so dass man häufig genug seine eigenen Geschäfte vernachlässigen musste, und es hatte schon Proconsules gegeben, die sich mit dieser Bürde ruiniert hatten. Trotzdem wollte sie Sprenger nicht missen. Als Gewandschneider und Brauer war er einer unter vielen. Als Bürgermeister war er der Erste von allen.

Harmen Sprenger und seine Begleiter hatten die unterste Stufe der Treppe noch nicht erreicht, als sie von oben hastige Schritte hörten. Der Proconsul blieb stehen, Raven und Unverzagt gezwungenermaßen auch. Der Physikus kam die Treppe herunter geeilt. Sprenger nickte ihm zu und setzte seinen Weg fort in jenen Teil des Rathauses, den er als infernalisch empfand.

Die ihr hier eintretet, lasst alle Hoffnung fahren.

Irgendein Welscher hatte es so oder so ähnlich gedichtet.

Als Proconsul brauchte Sprenger die Hoffnung nicht fahren zu lassen.

In der Folterkammer brannten ein paar Fackeln. Der ganze Keller war feucht, und es roch muffig wie in einer Gruft. Der Rauch der Fackeln brannte in den Augen. Meister Hans verbeugte sich vor seinen Gästen.

Offensichtlich hatte er schon alles vorbereitet.

Bürgermeister Sprenger musterte sein Gesicht. Er wusste wenig über den Scharfrichter und Abdecker, kannte nicht einmal seinen richtigen Namen. Im Rosenhagen, da wohnte er. Das war nichts Ungewöhnliches: In allen Städten, in denen Sprenger sich zu Hansetagen oder zu Zusammenkünften der Sächsischen Konkordie aufgehalten hatte, wohnten der Henker und seine Familie in einer Straße, die etwas mit Rosen zu tun hatte – Rosengasse, Rosenstraße und in Hildesheim eben im Rosenhagen. Und überall liebten sie es, ihre Häuser von Rosenstöcken zuwuchern zu lassen.

Rosen. Ausgerechnet!

Sprenger nahm an dem Tisch Platz, der für ihn und die Ratsherren vorgesehen war. Der Gerichtsdiener saß dort schon auf dem äußeren linken Stuhl. Raven und Unverzagt folgten dem Beispiel ihres Bürgermeisters, und auch der Physikus setzte sich. Sprenger nickte dem Scharfrichter zu.

»Hinauf mit ihm!«, befahl Meister Hans und lächelte dem Bürgermeister dankbar zu.

Weil er doch noch Geld verdient, dachte Sprenger.

Die Gehilfen des Meisters banden Jacobs Hände auf den Rücken, befestigten sie an einem Flaschenzug und hievten ihn in die Höhe. Wippe nannte man die Vorrichtung, und das war ein harmloses Wort für das, was es bedeutete.

Bürgermeister Sprenger, die Ratmannen Raven und Unverzagt, der Schreiber und der Arzt saßen nebeneinander an dem Tisch und betrachteten das Geschehen.

Das Körpergewicht des Gesellen dehnte die Muskeln an seinen Armen bis zum Zerreißen. Der Geselle brüllte. Harmen Sprenger wandte das Gesicht ab. Man konnte ja regelrecht Mitleid mit dem jungen Burschen bekommen – wären da nicht seine blutigen Untaten.

Meister Hans wartete. Die Gehilfen warteten. Raven strich sich über seinen Kugelbauch, und Unverzagt blies eine unsichtbare Staubflocke von seinem roten Wams. Sprenger schaute zum Gerichtsdiener. Der schärfte seine Feder.

Er kann auch nicht hinschauen, dachte Sprenger, und war doch schon bei so vielen peinlichen Befragungen dabei gewesen.

Aus Jacobs Brüllen wurde ein lang gezogenes, nicht enden wollendes Jaulen.

Sprenger spürte, dass alle eine erste Frage von ihm erwarteten. Er schwieg jedoch und blieb mit dem Blick beim Gerichtsdiener, der das Pergament glättete, das vor ihm lag.

»Wer hat Waldemar Klingenbiel, seine Tochter Magdalena, die Amme und Peter Groper auf dem Gewissen?«, fragte Consul Raven endlich. Sprenger atmete auf.

»Ich«, schrie Jacob.

Der Schreiber tunkte die Feder ins Tintenhorn und schrieb.

»Warum hast du sie getötet?«

»Ich, ich, ich«, schrie Jacob.

»Das ist keine Antwort auf die Frage: Warum?«, sagte Unverzagt.

»Neiiiiin«, schrie Jacob.

Sprenger hielt es nicht mehr aus. Er wandte sein Gesicht dem Scharfrichter zu und befahl: »Lasst ihn herunter!«

Meister Hans gab den Gehilfen einen Wink. Wenig später berührten Jacobs Füße wieder den Boden, und er sank einem der Männer in die Arme, die der Scharfrichter entlohnen musste.

»Warum hast du Klingenbiel, Magdalena, die Amme und den Einbecker getötet?«, fragte Sprenger und bemühte sich, einen strengen Ton in seine Stimme zu legen. Er musste sich endlich seiner Stellung würdig erweisen.

»Den Einbecker doch nicht«, erwiderte Jacob unter lautem Stöhnen.

»Warum deinen Meister?«

»Weil Marie es wollte.«

»Meister Hans!« Der Pronconsul nickte dem Henker zu. Wie sollte er anders handeln? Dass Brandis nicht da war, machte ihn jetzt geradezu wütend.

Der Geselle wurde wieder aufgezogen. Er brüllte und jaulte. Meister Hans hängte eigenhändig ein Gewicht an Jacobs Füße. Das Brüllen und Jaulen wurde unerträglich.

»Ich werde dich ausdehnen, bis die Sonne durch deinen Leib scheint«, drohte Meister Hans.

»Weil … Marie … es … wollte«, schrie Jacob.

Meister Hans holte ein zweites Gewicht.

Bürgermeister Sprenger studierte die Maserung des Tisches.

Der Wandergeselle hatte tatsächlich den Ratskeller aufgesucht, weil er fand, dass er eine Belohnung verdient hatte. Er ließ sich einen Krug Einbecker Bier bringen und fühlte sich prächtig.

Wenzel hatte Geld in der Tasche, und morgen würde er das Empfehlungsschreiben eines der reichsten Männer der Stadt bekommen. Eines Ratsherrn immerhin – was konnte ihm da noch passieren?

Nach Alfeld würde er gewiss nicht gehen; was sollte er in Alfeld? Er hatte von dieser Stadt noch nie etwas gehört, aber nun wurde ihm klar, dass die Familie eines gewissen ehebrecherischen Knochenhauers von dort stammen musste.

Und Einbeck?

Wenzel leerte seinen Krug. Sofort stand das Schankmädchen neben ihm, denn zu dieser Stunde waren nur wenige Gäste im Ratskeller. Der Wandergeselle schaute dem Mädchen nicht ins Gesicht, sondern auf die Brüste. Sie waren so klein wie Zitronen – wie Früchte also, die sich Wenzel vor seinem Besuch Hildesheims niemals hätte leisten können.

»Noch einen Krug«, befahl er. Das Schankmädel nickte und ging zum Fass. Ihr Becken war breit, die Brüste waren klein.

Genau so, wie ich es liebe.

Durch die dicken Mauern drang schwaches Geschrei aus dem benachbarten Verlies. Wenzel betrachtete seine Hände.

Brandis hatte ihm ausdrücklich gesagt, dass er keine dauerhafte Arbeit für ihn hätte. Trotzdem hatte sich Wenzel Hoffnungen gemacht. Der Kaufmann brauchte natürlich keinen Zimmermann, aber auch für eine andere Arbeit war sich der Wandergeselle nicht zu schade. Er konnte Säcke schleppen und Fässer rollen, er würde lernen, mit einem Ochsen- oder einem Pferdegespann umzugehen, und selbst den Aufgaben eines Hausknechts fühlte er sich gewachsen. Aber vermochte er nicht auch zu lesen, zu schreiben und leidlich zu rechnen? Als Handlungsgehilfe des Kaufmanns würde er gewiss keine schlechte Figur machen.

Das Schankmädchen brachte den nächsten Krug.

Wenzel hatte dem Ratsherrn Brandis dankbar zu sein, und das war er auch. Er hatte ein anständiges Salär erhalten, daran gab es nichts zu deuteln. Dennoch war er enttäuscht.

Der Wandergeselle nahm einen kräftigen Schluck von dem einbeckischen Bier. Seine anfänglich gute Stimmung begann, einer schlechten Laune zu weichen.

Ich habe aber doch gar keinen Grund dafür!

Wenzels Gedanken kreisten um den Wandschrank in Consul Brandis' Schreibkammer, um den Wandschrank mit den beiden Schlössern, die mit Eichenlaub beschlagen waren. Dort also verwahrte der Kaufmann sein Geld, und sicher nicht nur das, sondern auch Wechsel, Anteilscheine und andere Wertpapiere. Der Mann war reich. Zumindest wohlhabend konnte man auch als Zimmermann werden, aber nur wenn man ein Meister war. Ein Zimmermannsgeselle blieb immer auf Kost und Logis und die paar Pfennige angewiesen, die der Meister ihm gewährte, vorausgesetzt, man hatte überhaupt einen.

Ein Kaufmann, der im Fernhandel tätig ist – plötzlich erschien dieser Gedanke dem Wandergesellen verlockend. Auch den Kaufmannsberuf musste man erlernen; normalerweise bildeten die Väter ihre Söhne aus. Manchmal schickten sie die Söhne auch zur Ausbildung in ein Hansekontor, etwa nach Brügge oder Bergen, wenn sie denn in einer Stadt der Hanse lebten.

Wenzel trank aus und orderte einen weiteren Krug. Kaufmann zu werden, das wäre doch auch etwas für ihn. Als Zimmermannsgeselle vergeudete er nur seine Talente.

Manche Kaufherren machten geschickte Handlungsgehilfen zu ihren Teilhabern. Sie verheirateten sie mit ihren Töchtern, und am Ende wurde der Gehilfe selbst zum Kaufmann. Er gründete mit bescheidenem eigenem und mit dem Kapital des Schwiegervaters eine Handelsgesellschaft, wurde unermesslich reich und stieg ins Patriziat auf.

Je mehr Wenzel trank, desto glänzender erschien ihm seine Zukunft. Brandis würde ihn nicht als Handlungsgehilfen aufnehmen. Aber vielleicht ein Kaufmann in einer anderen Stadt? Wenn er dann sogar etwas Geld in das Unternehmen einbrachte, konnte doch niemand widerstehen.

Unwillig schob Wenzel seinen Becher hin und her. Er hatte sich die falsche Stadt ausgesucht, um Träume zu pflegen, die erst hier geweckt worden waren. In Lübeck oder Bremen, in Hamburg oder Danzig waren solche Aufstiege in die Oberschicht vielleicht möglich. Aber das waren Fernhandelsstädte. Hildesheim konnte ihnen nicht das Wasser reichen.

»Mehr Bier!«, rief Wenzel dem Ratskellerwirt zu.

Er sollte nach Lübeck gehen. Lübeck war das Haupt der Hanse. In Lübeck würde er finden, was er suchte. Dort wurden Schiffe gebaut. Wo Schiffe gebaut wurden, brauchte man Zimmerleute. Wo Schiffe in alle Welt ausliefen, brauchte man Handlungsgehilfen. Wo man reicher war als der Kaiser, konnte es sogar ein Wandergeselle aus Nordhorn zum Kaufmann bringen.

Das Schankmädchen brachte das Bier.

Eigentlich hatte Wenzel immer nur als Zimmermann arbeiten wollen. Er liebte Holz und was man aus ihm machen konnte. Das Holz hatte eine Seele. Keine unsterbliche natürlich. Aber eine Seele. Es gab Hölzer, die passten sich den Händen des Zimmermanns an. Sie waren geschmeidig und biegsam. Und es gab Holz, das leistete Widerstand. Wenn man es nicht richtig behandelte, verzog es sich oder brach.

Man musste das Holz behandeln wie ein Weib. Wenzel hatte keine großen Erfahrungen mit Frauen, aber davon war er überzeugt. Es gab Holz, das wollte gestreichelt werden. Es gab Holz, das bedurfte der Züchtigung. Es gab Holz, das so stolz war, dass man es überlisten musste.

Wenzel goss sich Bier aus dem Krug in seinen Becher. Er verschüttete bereits einen Teil, also war er betrunken. Das machte ihm nichts aus. Er hatte Geld. Er würde für das verschüttete ebenso bezahlen wie für das getrunkene Bier.

Durch die dicken Mauern drangen schwache Schreie.

Nie in seinem bisherigen Leben hatte Wenzel daran gedacht, Kaufmann zu werden. Kaufleute befanden sich außerhalb seines Vorstellungsvermögens. Sie verkehrten nicht mit einem

Zimmermannsgesellen. Wenn sie einen Zimmermann brauchten, wandten sie sich an den Meister.

Wenzel leerte den Becher in einem Zug. Die schwachen Schreie verebbten.

Wenzel kannte die Fassaden. Häuser reicher Kaufleute gab es auch in Nordhorn. Es gab sie überall, und die Fassaden ähnelten sich.

Beim Ratsherrn Brandis hatte er zum ersten Mal ein solches Haus von innen gesehen.

Er wollte auch Kaufmann werden. Und er brauchte noch mehr Geld.

»Ein Geselle?« Der Weihbischof starrte den Offizial, den Domherrn Friedag und den Subdiakon Caspari an, als sei ihm soeben der Leibhaftige erschienen.

»Klingenbiels Geselle«, ergänzte Caspari.

»Ist er denn wenigstens Protestant?«, wollte Fannemann wissen.

»Das ist nicht bekannt«, sagte der Offizial.

»So, nicht bekannt. Sehr bedauerlich. Denn es sind gerade die Gesellen, die besonders lauthals nach einem lutherischen Prädikanten schreien.«

»Der Findling Jacob hat sich meines Wissens nie an derartigem Aufruhr beteiligt«, sagte der Offizial. Die Magd des Bischofs trug eine große Schüssel mit Pfauenfleisch auf, aber jeder am Tisch wusste, dass es kalt werden würde.

»Und er hat gestanden?«, fragte Fannemann.

Arnold Friedag, Johann Caspari und der Offizial nickten.

»Alle vier Morde?«

»Alle vier«, bestätigte Friedag. »Aber er hätte auch jedes Verbrechen seit der Verleihung des Stadtrechts eingeräumt. Meister Hans hat ihn der peinlichen Befragung unterzogen.«

»Ja, der gute Meister Hans.« Fannemann schob energisch seinen Weinbecher beiseite. »Welche Beweggründe hat er denn angegeben?«

»Meister Hans?«, fragte Domherr Friedag.

Der Weihbischof hob die Stimme. »Der Jacob Findling natürlich!«

»Zuerst sagte er, er habe in Marie Klingenbiels Auftrag gehandelt«, erklärte der Domherr. »Sie würden einander lieben, behauptete er. Aber schließlich kam doch heraus, dass er bloß die Stellung seines Meisters wollte. Im Bett bei der jungen Witwe Klingenbiel und später dann im Knochenhaueramt zu Sankt Andreas.«

»Ehebruch?«, fragte Fannemann.

»Allerdings«, sagte der Subdiakon.

»Das ist gut.« Der Weihbischof langte in die Schüssel. Nichts war anstrengender, als den Diözesanherrn Valentin von Teteleben zu vertreten, also musste er sich wenigstens am Abend ordentlich stärken. Fannemann hoffte, dass der Bischof bald wieder in sein Bistum zurückkehren würde, aber danach sah es nicht aus; noch immer focht Teteleben seinen sinnlosen Kampf um das Große Stift aus. »Ehebruch deutet auf die Verlotterung der Sitten hin. Das können wir als Folge des Martinismus hinstellen.«

»Das nimmt uns keiner ab«, meinte Friedag und beugte sich ein wenig vor. »Ehebruch hat es immer schon gegeben, und selbst manche gut katholische Priester haben sich als große Ehebrecher erwiesen.«

»Ja, verdammt!« Balthazar Fannemann warf das Stück Pfauenfleisch, das er gerade in der Hand hielt, auf den mit Sand bestreuten Boden. Seine Finger waren fettig, und er wünschte sich, dass man bald die gar nicht mehr so neue venezianische Sitte auch im Heiligen Römischen Reich einführen würde: In Venedig benutzten die vornehmen Leute nämlich die Gabel, mit der man im Heiligen Römischen Reich nur große Bratenstücke aufspießte, in miniaturisierter Form als Essbesteck. Das war ein feiner Lebensstil. Fannemann wünschte sich, der Heilige Vater beriefe ihn nach Rom. Rom war zwar eine Ruinenstätte, aber es hieß allerorten, es würde nun so schön und noch viel schöner als zur Zeit der heidnischen Kaiser wieder aufgebaut. Rom war die Hauptstadt der Welt. Das war es immer gewesen, auch wenn die Stadt in den letzten Jahrhunderten zu einem großen Dorf verkommen war. Einige Zeit mochte Byzanz ihr den Rang abgelaufen haben, aber seit der Eroberung durch die Türken vor einem knappen Jahrhundert hieß Konstantinopel nicht nur Stambul, es war auch eine muselmanische Wüstenei. Die Türken waren Barbaren, und in Venedig aß man mit Gabeln. »Was hat Eusebius ans Tageslicht gebracht?«, fragte er. Von Rom nach Venedig war es gar nicht so weit. Allerdings waren die venezianischen Pfeffersäcke und Bankiers nicht immer gut auf den Heiligen Vater zu sprechen.

»Eusebius?« Der Offizial lachte. »Wie man hört, verkehrt er fast jeden Tag im Hause Brandis, lässt sich dort mit Wein traktieren und verführt einen Novizen zum Ungehorsam.«

Das musst ausgerechnet du sagen, dachte der Weihbischof. Er kannte die fatalen Leidenschaften des bischöflichen Richters, denn seine Gewährspersonen hatten ihn längst aufgeklärt. Der Offizial trieb es mit irgendeinem Stallburschen oder Schmiedegesellen oder was auch immer, jedenfalls mit einem jungen Mann. Fannemann sah darüber hinweg. Er musste um den Ruf der heiligen Mutter Kirche besorgt sein und konnte das Verbrechen des Offizials nicht an die große Glocke hängen: Das Bürgerpack würde sofort auf jeden Kleriker zeigen und ihn der Sodomie beschuldigen. Außerdem misstraute er seinen Spitzeln, so wie er jedem misstraute. Nur Bruder Eusebius nicht. Aber der hatte ihn am meisten enttäuscht.

»Also er hat nichts herausgefunden?«

»Nein, nichts.«

»Ich hätte dich damit beauftragen sollen, Caspari«, sagte der Weihbischof. »Du hättest mir die gewünschten Ergebnisse geliefert.«

»Ganz bestimmt, Eminenz.« Der Subdiakon verbeugte sich, was im Sitzen immer etwas komisch aussah. Fannemann mochte eigentlich keine Speichellecker, aber sie waren nützlich. Das war wie mit den Verrätern: Man liebte nicht sie, sondern den Verrat. Oder wie mit sodomitischen geistlichen Richtern: Man musste nur eine kleine Anspielung machen, und schon fraßen sie einem aus der Hand. Fannemann seufzte. Das war ja auch verständlich, denn wer wollte schon auf den Scheiterhaufen? Auch wenn das Feuer die Seele rettete, war das doch kein angenehmer Tod.

»Wir bleiben bei unserer Linie«, befahl der Weihbischof. »Jacob Findling ist ein verkappter Protestant, der aus der Lehre Luthers herauslas, dass Moral und Sitte überflüssig sind. Mehr noch, er fasste Luthers Schriften als direkte Aufforderung zum Ehebruch auf.«

»Das geben die Schriften des Luther aber nicht her«, meinte Domherr Friedag.

»Na und? Welcher von den Schreihälsen kennt sie denn? Wer am lautesten nach einem lutherischen Prädikanten kräht, hat am wenigsten gelesen.«

»So hat er also gestanden«, resümierte Eusebius. Er war schon wieder Gast in Tile Brandis' Haus. Es war einfach unmöglich, sich dessen Einladung zu entziehen. Außerdem schien es dem Ratsherrn Freude zu bereiten, mit dem Mönch zu plaudern. Dieses Mal war auch Johannes wieder mit dabei. Der Prior ließ ihn an der langen Leine laufen; vermutlich hatte er ihn ganz für ein geistliches Leben abgeschrieben.

»Nachdem ihm der Henker ein zweites Gewicht an die Beine hängte, brach sein letzter Widerstand zusammen«, sagte Brandis.

»Wie grausam«, meinte Johannes, bevor er sich wieder der gebackenen Forelle widmete.

»Grausam? Ja, sicher.« Brandis zuckte die Schultern. »Ich fürchte, der junge Mann hat mehr gestanden, als er überhaupt getan hat.«

»Wie meint Ihr das?«, erkundigte sich Eusebius.

»Jacob Findling hat Waldemar und Magdalena Klingenbiel

sowie die Amme getötet«, sagte Brandis. »Das unterliegt keinem Zweifel. Zuerst gab er an, dass Marie Klingenbiel ihn dazu angestiftet hat. Das halte ich für glaubwürdig, denn allein von Waldemars Tod hätte er profitieren können. Er hatte keinen Grund, Magdalena oder das alte Weib umzubringen. Aber die Witwe Klingenbiel ist eine angesehene Frau, daher wollte Bürgermeister Sprenger nicht wahrhaben, dass sie solch entsetzliche Mordtaten in Auftrag geben könnte. Also ließ er Jacob so lange foltern, bis er das aussagte, was Sprenger hören wollte. Jacob ist ja bloß ein Geselle, und nächste Woche wird er hingerichtet.«

Johannes verschluckte sich und musste husten. Eusebius klopfte ihm auf den Rücken. Er verstand den Novizen: Der Geselle Jacob war viel zu jung zum Sterben. Aber er war auch ein Mörder.

»Ich habe das Protokoll gelesen«, fuhr Brandis fort. »Ich halte die Witwe Klingenbiel für mitschuldig. Magdalena muss ihr irgendwie im Weg gestanden haben – ich weiß nur noch nicht, wobei. Eigentlich sollte das Mädchen Peter von Alfeld heiraten. Kaum war Waldemar Klingenbiel tot, oder vielleicht auch schon früher, jedenfalls …« Der Consul verstummte.

»Ihr wolltet etwas sagen, was …«, Eusebius suchte nach dem angemessenen Wort, das feinfühlig klingen sollte, »… was vielleicht zu heikel ist?«

»Heikel? Nun, womöglich.« Brandis schien zu überlegen, ob er Eusebius ins Vertrauen ziehen konnte. »Ich bin mir nicht sicher, dass ich Euch mein Wissen mitteilen sollte, Ehrwürdiger Vater, bevor ich weitere Erkundigungen einziehe.«

»Wir Mönche können schweigen«, sagte Eusebius und lächelte. Zugleich warf er Johannes, der die Gräte der Forelle abnagte, einen Blick zu. Johannes wurde rot.

»Ich sag's Euch.« Brandis beugte sich zu Eusebius. Auch er schaute zum Novizen, der nun noch roter wurde. »Marie Klingenbiel hat ein ehebrecherisches Verhältnis zu Heinrich von Alfeld.«

»Nein!«, rief Eusebius und sah auf Johannes. Der ließ die Gräte auf seinen Teller fallen.

»Doch.« Brandis betrachtete ebenfalls den Novizen. Dessen Ohren glühten.

»Geh hinaus!«, befahl Eusebius.

»Aber …«

»Kein Aber! Du bist zu jung für derlei Dinge.«

Johannes schluckte, erhob sich und ging hinaus.

»Ein ehebrecherisches Verhältnis zwischen Heinrich von Alfeld und der Witwe Klingenbiel?«, fragte Eusebius sicherheitshalber noch einmal nach.

»So ist es«, erwiderte Brandis.

»Aber Heinrich von Alfeld ist doch verheiratet!«

»Sonst wäre es ja auch kein Ehebruch.«

»Worum geht es aber? Was meint Ihr?«

»Und Ihr, Ehrwürdiger Vater, was denkt Ihr?«

»Geht es um Geld?«, fragte Eusebius.

»Darum geht's ja immer.« Brandis lächelte. »Klingenbiel war wohlhabend. Wenn seine Witwe in die Familie von Alfeld einheiratet, wird sie reich. Eine der reichsten Frauen Hildesheims.«

»Heinrich von Alfeld kann sie doch aber nicht heiraten«, sagte Eusebius, der Schwierigkeiten hatte, das alles zu begreifen. »Der ist doch schon verehelicht.«

»Und der Sohn? Peter?«

»Der war Magdalena versprochen.« Eusebius schlug sich an die Stirn. »Doch Magdalena ist tot. Und das heißt …«

»Das heißt, dass Peter von Alfeld frei ist«, sagte Brandis. »An den Ehevertrag, den von Alfeld und Klingenbiel einst aushandelten, ist er nicht mehr gebunden. Die Braut existiert nicht mehr.«

»Und Ihr meint, dass Marie Klingenbiel …?«

»Ich kann nichts beweisen«, sagte Brandis.

»Und das bereitet Euch keine schlaflosen Nächte?« Eusebius war enttäuscht.

»Warum sollte es? Ich kann weder Heinrich von Alfeld noch Marie Klingenbiel in die Obhut von Meister Hans geben. Heinrich sitzt im Rat. Der Rat wird ... Denkt an die Krähen, Ehrwürdiger Vater. Krähen sind sehr klug. Sie fressen gern Augen, aber einander hacken sie keine aus.«

Tile Brandis hatte von Wenzel Stillschweigen verlangt. Einen Eid hatte er nicht gefordert. Der Wandergeselle fühlte sich an seinen Auftraggeber nicht mehr gebunden. Der Auftrag war erledigt, und es gab keinen schriftlichen Vertrag. Und Geld hatte er auch bekommen. Viel Geld, aber nicht genug, um in eine Handelsgesellschaft einzusteigen.

Müssen ja nicht die Fugger sein.

Wenzel lachte. Es bereitete ihm einige Mühe, den Ratskeller halbwegs aufrecht zu verlassen. Überrascht nahm er wahr, dass es draußen noch taghell war.

Und nicht nur das. Über dem Großen Markt wehte die Marktfahne. Wenzel schwankte durch die Verkaufsstände hindurch. Schuster und Krämer, Kräuterweiber und Täschner, Gewürzhändler, Bäcker und einfache Bauern boten ihre Ware feil. Der Marktmeister, erkennbar an seinem offiziellen Gewand, und seine Gehilfen stolzierten von Stand zu Stand. Es war ihre Aufgabe, die Ware nach Maß und Gewicht zu prüfen, aber es sah nicht so aus, als ob sie ihrer Pflicht nachkommen wollten. Stattdessen ließ sich der Marktmeister hier und da einen Pfennig zustecken.

Betrug ist überall.

Wenzel war zum Schweigen aufgefordert worden, aber er hatte sich nicht zum Schweigen verpflichtet. Das war ein kapitaler Unterschied. Brandis, dieser reiche Pfeffersack, wollte das Wissen nur für sich. Er hatte es gekauft. Das Wissen, nicht Wenzels Gehirn.

Der Wandergeselle stützte sich auf die Bank einer Kräuterhändlerin. Die sagte etwas. Wahrscheinlich beschimpfte sie ihn, weil er betrunken war. Wenzel hörte nicht hin.

Betrug ist überall. Verrat auch.

Wenzel wollte sein Wissen noch einmal verkaufen. Damit er irgendwo Handlungsgehilfe, vielleicht aber auch Kaufmann werden konnte.

Schritt für Schritt.

Jemand klopfte an die Tür des Esszimmers. Tile Brandis warf Eusebius einen Blick zu und hob bedauernd die Schultern. Der Ratsherr rief »Herein!«, und der Hausknecht Bertolt betrat den Raum. Er deutete eine Verbeugung vor Eusebius an und ging schnurstracks zu seinem Herrn.

Nach seiner Miene zu urteilen, schien Brandis über die Störung verärgert zu sein. »Was willst du?«

»Eine Frau und zwei Männer wünschen Euch zu sprechen«, sagte der Knecht.

»In welcher Angelegenheit?«

»Das weiß ich nicht. Die Frau kommt aus Einbeck und nennt sich Hiltrud Groper.«

»Die Witwe!« Brandis schaute zu Eusebius. »Ich lasse bitten. Und wir brauchen noch drei Gedecke.«

»Sehr wohl, Herr.« Bertolt ging rasch hinaus.

»Das nenne ich eine Überraschung«, sagte Brandis. »Aber ich ahne schon, dass es eine unangenehme Begegnung wird.«

»Warum denkt Ihr so, Herr?«, wollte Johannes wissen.

»Nun, wenn die Witwe Groper sich persönlich nach Hildesheim bemüht, dann doch wohl, weil sie unzufrieden mit unseren Ermittlungen ist«, sagte der Ratsherr.

ZEHNTES KAPITEL

Der Gerstensaft

»Ihr müsst Nachsicht mit mir üben, Herr Brandis«, bat Hiltrud Groper. »Es ist nicht gerade höflich, Euch beim Abendessen mit Gästen zu stören. Aber Euer Rat schickte einen Boten an den Rat meiner Stadt und ließ ausrichten, dass man den Mörder meines Mannes gefasst habe. Da war kein Halten mehr; ich ließ sofort den Reisewagen beladen, und hier bin ich!«

»Ihr seid willkommen, Frau.« Tile Brandis erhob sich. Die kleinen Brüste der Besucherin fielen ihm sofort auf. »Bitte, speist mit uns. Wer sind Eure Begleiter?«

»Dies ist mein Bruder.« Hiltrud Groper zeigte auf den großen und sehr dürren Mann links neben sich. Nur wenn man sehr genau hinsah, erkannte man eine gewisse Ähnlichkeit in den Zügen der Geschwister: Sie hatten beide einen sehr schmalen Mund und leicht vorstehende Wangenknochen. »Und das«, sie deutete nach rechts, »ist mein Knecht. Er lenkte den Wagen.«

»Hermann Wagner, wenn Ihr erlaubt«, stellte der Bruder sich vor. »Gewandschneider und Gewürzhändler zu Einbeck. Und Brauer.« Ein feines Lächeln umspielte seinen Strichmund. »Aber das sind in Einbeck ja fast alle Bürger.«

»So setzt Euch doch.« Brandis wies zum Tisch.

»Habt Dank.« Die Witwe Groper und ihr Bruder nahmen Platz. Der Knecht stand etwas unsicher bei der Tür, nur ein paar Handspannen von Bertolt entfernt.

»Bertolt«, wandte sich Brandis an seinen Dienstmann, der die Gäste begleitet hatte, »die Magd soll nun den Lammbraten bringen. Und den Kapaun für Bruder Eusebius und seinen Novizen. Außerdem nimm den Knecht der Frau Groper mit in die Gesindestube. Die Köchin soll ihm auftischen.«

»Jawohl, Herr.« Bertolt trollte sich, der Knecht der Groper folgte ihm.

Eusebius hatte sofort registriert, dass Tile Brandis Johannes als *seinen* Novizen bezeichnet hatte, und auch Johannes war es nicht entgangen. Der Junge strahlte ihn an. Eusebius war nicht so begeistert: Johannes war ein Novize des Pauliklosters, nicht sein persönlicher.

Eusebius wandte seine Aufmerksamkeit wieder den Gästen zu. Die Witwe tat ihm Leid; sie ging davon aus, dass der Tod ihres Mannes schon bald gerächt werden würde, aber sie irrte sich.

»Ich möchte mit dem Mörder meines Mannes sprechen«, sagte Hiltrud Groper denn auch.

Ratsherr Brandis schenkte ihr und ihrem Bruder Wein ein.

»Ich will ihm in die Augen schauen. Peter war ein guter Mann. Wir waren fast zwanzig Jahre verheiratet. Warum musste er sterben?«

»Das wissen wir nicht.« Brandis setzte sich.

»Aber wir haben einen Brief bekommen.« Hiltrud Groper schaute Brandis voll Skepsis an. »Euer Proconsul schreibt an unseren Rat ...«

»Von diesem Brief habe ich keine Kenntnis«, sagte Brandis wahrheitsgemäß. »Wir haben erst morgen Ratssitzung. Sprenger hat ihn ohne die Zustimmung der Ratmannen verfasst.«

»Das stimmt nicht«, sagte Hiltruds Bruder. »Ein Consul Raven und ein Consul Unverzagt haben das Schreiben ebenfalls unterzeichnet.«

»Raven und Unverzagt waren beim Verhör des mutmaßlichen Täters dabei«, sagte Brandis. »Sie haben übereilt gehandelt. Der Rat hat sie nicht autorisiert. Gleichwohl darf ein Bürgermeister natürlich Briefe schreiben ...«

Die Küchen- und die Spülmagd unterbrachen das Gespräch. Die Küchenmagd brachte eine große Schüssel mit Lammfleisch, die Spülmagd, die ihr assistierte, eine Schüssel mit gebratenem Kapaun.

»Ihr habt eine andere Auffassung von ... der Sache?«, fragte Hermann Wagner.

Brandis nickte. Er gab der Küchenmagd einen Wink. Daraufhin legte sie zuerst Hiltrud Groper und ihrem Bruder vom Lamm auf, dann Eusebius und Johannes vom Kapaun und schließlich ihrem Herrn Lamm und Kapaun.

Consul Brandis wartete, bis die Mägde den Raum verlassen hatten. Erst dann sagte er zur Witwe Groper: »Ich bin – ebenso wie Bruder Eusebius – davon überzeugt, dass der geständige Jacob Findling Euren Mann nicht getötet hat.«

»Aber wer war es dann?« Hiltrud Groper wandte sich ausgerechnet an Eusebius. Offenbar hatte sie Vertrauen zu Dominikanern. Eusebius fiel ein, dass Groper ein Altgläubiger gewesen war, und das traf sicher auch auf seine Frau zu.

»Keine Ahnung«, erwiderte der Mönch und nahm sich schnell ein Stück Hahnenfleisch, um sich den Mund zu stopfen.

»Auch das wissen wir nicht«, sagte Brandis und hob den Becher. »Aber wir könnten es herausbekommen, liebe Frau, wenn Ihr uns sagt, warum Euer ehrenwerter Gatte nach Hildesheim gekommen ist.«

»Das wisst Ihr nicht?« Hiltrud Groper schaute zu ihrem Bruder. Der hob die Schultern. »Aber der Anlass stand in seinen Papieren.«

»Die wir nicht gefunden haben«, sagte Tile.

»Ihr habt sie nicht gefunden?« Hiltrud schaute den Ratsherrn mit gerunzelten Brauen an. Bevor Brandis etwas erwidern konnte, betrat seine Frau den Raum. Eusebius hörte auf zu kauen. Gesche Brandis trug ein langes rotes Samtkleid, das mit silbern glänzenden Brokatfäden durchwirkt und an den Ärmeln und am Saum mit einer Goldbordüre besetzt war. Ihr Haar trug sie unter einer hohen Haube, denn schließlich war sie eine verheiratete Frau. Ihr Bauch wölbte sich vor, weil sie, wie Eusebius wusste, in anderen Umständen war. Brandis schaute sie mit einem zärtlichen Lächeln an.

»Bertolt sagte mir, dass wir wichtige Gäste haben«, sagte Gesche Brandis. Ebenfalls lächelnd, trat sie auf Hiltrud Groper und Hermann Wagner zu. »Er kam sogar hinüber zu Johanna.

Unsere Nachbarin«, erklärte sie den Einbeckern. »Wir treffen uns gelegentlich zum Spinnen oder Sticken. Gesche Brandis.« Sie beugte den Kopf.

Hiltrud Groper und ihr Bruder erhoben sich.

»Mein Name ist Hermann Wagner«, stellte sich der Bruder abermals vor. Er deutete neben sich: »Meine Schwester Hiltrud Groper. Es ist mir eine Ehre.« Auch die beiden verbeugten sich.

»Die Ehre ist auf meiner Seite«, erwiderte Gesche Brandis. Dann setzte sie sich zu ihrem Mann.

Der Wandergeselle fand Christoph von Hagen wie erwartet im *Ochsen*. Er war allein und hatte einen Bierkrug und einen Becher vor sich. Wenzel ging sofort zu ihm und setzte sich.

»Ich habe eine Nachricht, die Euch entzücken wird«, sagte er.

»Aha?« Christoph von Hagen stierte den Wandergesellen aus geröteten Augen an.

»Und ich frage mich, was Euch diese Nachricht wert ist.«

»Kommt auf den Wert der Nachricht an.« Von Hagen hob den Arm und winkte dem Wirt. »Bier für meinen Freund!«, befahl er.

»Zwei Gulden, denke ich«, sagte Wenzel.

»Zwei Gulden?« Christoph von Hagen lachte dröhnend. »Du wirst unverschämt, Geselle.«

»Ihr wollt nicht wissen, was ich in Erfahrung gebracht habe?« Wenzel lehnte sich zurück. »Über einen Consul von Alfeld etwa?«

»Weiß Brandis davon?«

Wenzel überlegte. Sollte er dem Führer der Majorisbäuerschaft reinen Wein einschenken? Von Hagen fürchtete Brandis, aber er hasste ihn auch. Sicherheitshalber zuckte Wenzel die Achseln.

»Wenn Brandis es weiß, ist die Nachricht höchstens einen Gulden wert«, sagte von Hagen. Der Wirt kam und brachte Wenzel einen Krug Hildesheimer.

Der Wandergeselle rechnete in Gedanken. Auch ein Gulden war eine Menge Geld. Wenn er nichts mehr ausgab – und das Bier würde sicher von Hagen zahlen –, dann hätte er ein ansehnliches Sümmchen im Beutel.

»Heinrich von Alfeld hat ein ehebrecherisches Verhältnis zu Marie Klingenbiel«, sagte er und nahm einen Schluck.

»Der saubere Ratsherr von Alfeld schläft mit der Witwe Klingenbiel?« Christoph von Hagen beugte sich über den Tisch. Er näherte sein Gesicht etwa eine Handspanne dem Antlitz des Wandergesellen, der von Hagens Atem zu riechen bekam: Er stank nach Bier. Wenzel überspielte seinen Ekel mit einem Lächeln. Diese Zeitung, das spürte er, überraschte selbst den hartgesottenen Burmeister.

»Kannst du das beweisen?«

»Noch nicht«, sagte Wenzel. »Aber es sollte möglich sein, sie in flagranti zu erwischen.«

»Dann hatten die beiden ja möglicherweise ein Interesse an Klingenbiels Tod«, sagte von Hagen.

Der Burmeister, fand der Wandergeselle, zog schnell die richtigen Schlüsse. »Das will ich meinen«, sagte er.

»Dumm ist nur, dass Jacob Findling die Tat gestanden hat.«

»Vielleicht haben sie ihn dafür bezahlt.«

»Für das Geständnis?«

»Für die Tat.«

»*Das* gefällt mir.« Von Hagen setzte sich wieder auf die Bank. »Aber leider ist Jacobs Geständnis in dieser Hinsicht schlüssig. Er wollte Meister werden und hat den alten Klingenbiel deshalb aus dem Weg geräumt.«

»Anfangs hat er aber behauptet, Marie hätte ihn zu allen Untaten angestiftet«, sagte Wenzel. Das hatte er von Brandis erfahren, er stellte es aber als selbst erworbenes Wissen dar – und hatte nicht einmal ein schlechtes Gewissen dabei. *Dieses verdammte Hildesheim hat mich sehr verändert.* »Erst als Bürgermeister Sprenger ihn bei der peinlichen Befragung in eine bestimmte, ihm genehme Richtung drängte, gab Jacob seine eigensüchtigen Motive zu«, fügte er noch hinzu.

»Woher weißt du das?« In Christoph von Hagens Augen trat ein gefährliches Funkeln. Ihm gefiel offenbar nicht, dass ein Wandergeselle über bessere Quellen verfügte als er selbst.

»Ich hab's gehört«, behauptete Wenzel.

»So etwas hört man nicht auf dem Marktplatz«, sagte Christoph.

»Ist es nicht egal, woher ich es weiß?«

»Im Grunde ja.« Von Hagen winkte erneut dem Wirt. »Wenn stimmt, was du mir gesagt hast, sollst du deine zwei Gulden bekommen. Wofür aber brauchst du sie?«

»Ich will Kaufmann werden.« Wenzel erschrak ob seiner eigenen Worte. Das hätte er nicht sagen dürfen, auch wenn es sein Ziel war; er gab sich doch nur der Lächerlichkeit preis.

Doch Christoph von Hagen lachte nicht. »Du bist ja genauso ein Spinner wie Jacob Findling«, sagte er nur.

»Die Sache mit den Briefen nimmt und nimmt kein Ende«, erklärte die Witwe Groper. Sie hatte nach ihrem Knecht rufen lassen und ihn beauftragt, ihre Reisetasche zu holen. Die lag nun auf dem Tisch. »Vor etwa zwei Jahren fing es an. Ihr wisst sicher, dass die Einbecker Brauherren ihr Bier nur in der Stadt und im Umland selbst vertreiben. Im Fernhandel beauftragen sie Zwischenhändler.«

»Wie Heinrich von Alfeld«, stellte Tile Brandis fest.

»So ist es«, bestätigte Hiltrud Groper. »Ihn will ich auch zur Rede stellen. Ich habe die Geschäfte meines Mannes übernommen. Aber ich bin nicht sicher, ob ich von Alfeld vertrauen kann. Vielleicht suche ich mir einen neuen Kumpan.«

»Und was ist der Anlass Eures Misstrauens?«, wollte Eusebius wissen.

»Eben die Briefe«, erwiderte die Witwe. Sie öffnete die Reisetasche und förderte ein Bündel Briefe zutage. »Die Brauberechtigten in Einbeck stellen Bier von dreierlei Güte her«, erklärte sie. »Das besonders stark gehopfte geht in den Fernhandel, das Mittelbier ist für den lokalen Markt bestimmt, und dann gibt es noch den Kofent, ein aus dem letzten Aufguss zubereitetes Schwachbier. Ihr wisst, dass unser Hopfenbier überall berühmt ist. Der Rat der Stadt Wittenberg hat es sogar mehrfach an den Doktor Luther verschenkt, so anlässlich seiner Hochzeit. Mein Mann war kein Anhänger des Martinismus, ich bin es auch nicht, aber Einbeck ist nun mal protestantisch. So!« Sie entfaltete einige der Briefe und reichte sie Brandis, der sie rasch überflog. Dann gab er sie an Eusebius weiter.

Die Briefe hatte der Rat der Stadt Braunschweig verfasst, und das gab Eusebius einen Stich ins Herz, denn diese Stadt war ihm einst Heimat gewesen. Die Ratmannen, die ihn und seine Mitbrüder vertrieben hatten, waren Verfasser der Briefe. Eusebius musste schlucken. Am liebsten hätte er geweint, aber diese Blöße wollte er sich weder vor Consul Brandis noch vor Johannes geben. Der Junge sollte an ihn als Vater glauben, und Väter weinten nicht.

Der Braunschweiger führte Beschwerde vor dem Einbecker Rat, das Bier eines Peter Groper betreffend. Die Ratsherren beklagten, dass sich in den Fässern aus Einbeck wohl eine Art Bier befinde, dass aber kein gutes Einbeckisches wäre. *Es lässt die wohl bekannte Stärke und Würze vermissen*, hieß es in einem Brief. *Auch verdirbt es schnell, wenn es nicht gar schon verdorben ankommt. Von solcherlei Unbill abgesehen, erreicht der Inhalt genannter Fässer nicht die Eichmarke*, schrieben die Braunschweiger Ratsherren. *Daher möchten wir den hochehrsamen und weisen Rat der berühmten Stadt Einbeck bitten, dermaßenen Betrug abzustellen.* Anfangs baten sie noch. Dann forderten sie. Und der letzte Brief, erst zwei Wochen alt, war zwar höflich, wie es sich für ein Ratsschreiben gehörte, aber aus jeder Zeile sprach unterdrückte Wut.

»Versteht Ihr jetzt?«, fragte Hiltrud Groper. »Die Fässer, die Heinrich von Alfeld in Einbeck abholt, tragen die Hausmarke meines Mannes, so wie es verlangt wird. Und die Fässer, die in Braunschweig eintreffen, tragen ebenfalls das Markenzeichen. Trotzdem befindet sich darin gefälschtes Bier. Und obendrein auch noch zu wenig.«

»Ihr meint, Alfeld ist ein Bierfälscher?«, fragte Gesche Brandis. Das war ein schwer wiegender Vorwurf.

»Mein Mann hatte so einen Verdacht«, sagte die Witwe. »Denn wie soll man die Verwandlung des guten Einbeckischen Bieres in eine namenlose Plörre sonst erklären? Aber nicht nur das. Wenn der Verdacht meines Gatten zutrifft, muss von Alfeld auch ein Markenfälscher und ein Meineidiger sein. Der Braunschweiger Rat verlangt nämlich eine eidliche Zusicherung, dass das gelieferte Bier echt ist.«

»Mann Gottes!«, rief Tile Brandis. »Das wäre ja ... Solche massiven Verstöße gegen das Recht traue ich meinem Nachbarn eigentlich nicht zu.«

»Ich kann die Hand dafür ins Feuer legen, dass mein Mann ehrlich war«, sagte Hiltrud Groper erregt. »Einwandfreies Einbecker hat unser Brauhaus verlassen. Ich war selbst oft genug dabei, wenn Peter die Fässer befüllen ließ.« Sie fuhr sich kurz über die Augen, aber nicht eine Träne zeigte sich. »Er achtete auch strikt auf die vereinbarte Füllmenge«, fuhr sie fort. »Der Betrüger kann nur in Hildesheim sitzen. Es kann nur Heinrich von Alfeld sein.«

»Und deswegen ist Euer Mann nach Hildesheim gekommen?«, erkundigte sich Eusebius. »Er wollte sich mit Alfeld aussprechen?«

»Ja, das wollte er. Und offenbar hat er dabei einen grausamen Tod gefunden.«

Die Männer, die von sich behaupteten, dass sie für Christoph von Hagen Kind und Kegel hinter sich lassen würden, kamen in seinem Haus zusammen. Christoph misstraute ihnen allen. Sie wollten Protestanten sein, kannten auch die lutherischen Kirchenlieder, hatten aber nicht eine Zeile seiner Schriften gelesen. Christoph schon. Zumindest hatte er in dem einen und anderen Traktat geblättert. Die Lektüre war wenig unterhaltsam.

Christoph von Hagen schaute die Männer an, die ihm mit Ehrfurcht begegneten. Was er wirklich plante, wussten sie nicht. Sie hatten nicht einmal eine Ahnung. Von Hagen wollte Bürgermeister werden. Und das würde ihm nur auf dem Rücken seiner protestantischen Parteigänger gelingen.

Dann hätte er die Macht, und nichts weniger wollte er. Die Machtansprüche seines Vaters hatte der grässliche Wildefuer, der Schwiegervater von Tile Brandis, immer beschnitten – wie die Klauen eines Löwen. Christophs Vater war ein Löwe gewesen, Wildefuer nur ein Fuchs. Aber am Hof eines schwachen Kaisers hatten Füchse mehr Gelegenheiten als Löwen. Der Kaiser hielt sich ja selbst für einen Fuchs. Vor Löwen hatte er Angst.

Christoph würde seinem toten Vater eine späte Genugtuung verschaffen. Sein Vater hatte es nie geschafft, die Macht in Hildesheim zu übernehmen. Aber er hatte seinem erstgeborenen Sohn immer wieder gesagt, dass er es schaffen müsse.

Christoph war berufen. Und der Berufene musste nun endlich anfangen. Am besten mit von Alfeld. Heinrich von Alfeld war reicher, mächtiger und gefährlicher als jeder von Hagen. Für ihn war ein von Hagen nur eine Arabeske.

Aber noch reicher, noch mächtiger, noch einflussreicher war Tile Brandis. An den wagte sich Christoph nicht heran.

Er wollte mit von Alfeld beginnen.

»Heinrich von Alfeld muss Tag und Nacht beobachtet werden«, befahl von Hagen seinen Männern. »Euer Auftrag ist eindeutig: Ihr sollt ihn beim Ehebruch erwischen.«

»Heinrich von Alfeld ist ein Ehebrecher?«, fragte einer seiner Männer.

»Wir haben wenig Zeit«, sagte Christoph von Hagen. »In einer Woche will ich den Beweis.«

Johanna von Alfeld betrachtete ihren neben ihr liegenden Gatten. Heinrich schlief mit offenem Mund und schnarchte, aber daran hatte sie sich längst gewöhnt. Er hatte sie seit längerer Zeit nicht angerührt, und das gab ihr zu denken. Nicht, dass es schön gewesen wäre, mit ihm zu schlafen; im Gegenteil, es war ekelhaft. Aber der Beischlaf war eine Art Siegel auf ihre Ehe.

Seit Wochen rührte er Johanna nicht mehr an. Vermutlich weil er sich Befriedigung bei seinem Jüngling verschaffte. Denn je länger Johanna von Alfeld über ihre Beobachtung vor dem Dammtor nachdachte, desto klarer wurde ihr, dass mit ihrem Ehemann etwas nicht stimmte. Den Gedanken an irgendeine Verschwörung hatte sie rasch aufgegeben; es passte einfach nicht zu Heinrich, sich gegen die Obrigkeit zu wenden, der er als Ratsherr selbst angehörte. Also blieb nur die Todsünde der Sodomie.

Allein die Vorstellung war widerlich. Obendrein war es ein Verbrechen. Wenn Johanna ihren Gatten beim Rat anzeigte, würde er auf dem Scheiterhaufen enden.

Aber das wollte Johanna nicht.

Sie wusste eigentlich gar nicht, was sie wollte.

Am Abend war Gesche Brandis zu ihr gekommen, und sie hatten gemeinsam Tischdecken bestickt. Mit Motiven aus der Passion Christi. Der Gottessohn war für alle Menschen gestorben, sogar für die Sünder. Vor allem für die Sünder. Er hatte alle Sünden auf sich genommen, um die Menschen zu retten. Wahrscheinlich sogar die Sünde ihres Mannes.

Aber dann schwankte sie wieder. Eigentlich schaute Heinrich doch jedem Rock hinterher, und sein Interesse galt den jungen Mädchen. Dass er einen Jüngling begehren könnte, erschien ihr fast ein Ding der Unmöglichkeit. Aber ein Knabe war auf sein Pferd gestiegen. Das hatte sie mit eigenen Augen gesehen.

Mit welchen auch sonst? Man sah immer nur mit den eigenen Augen. Mit fremden Augen konnte man nicht sehen.

Johanna von Alfeld wusste nicht ein noch aus. Sie fühlte sich entsetzlich verlassen, sie brauchte einen Menschen, mit dem sie sprechen konnte. Mit Gesche, ihrer lieben Nachbarin. Johanna schlüpfte aus dem Bett. Sie warf ihr Nachtgewand und ihre Schlafmütze ab. Nackt stellte sie sich vor den Spiegel.

Sie hatte Narben unterhalb des Bauchs von ihren Schwangerschaften. Die meisten Kinder waren früh gestorben. Peter lebte.

Dass Frauen ihre Kinder früh verloren, kam häufig vor. Man musste sich damit abfinden, was nicht hieß, dass man sich daran gewöhnte. Aber gerade deshalb liebte eine Mutter ihre überlebenden Kinder. Die toten waren bei Gott. Um sie musste man sich keine Sorgen machen. Um die lebenden Kinder schon.

Johanna von Alfeld liebte ihren Sohn. Er war der jungen Magdalena Klingenbiel versprochen gewesen, aber das Mädchen war nun tot. Heinrich würde eine andere Ehefrau für ihn aussuchen müssen. An Töchtern aus gutem Hause bestand kein Mangel. Aber Peter sollte glücklich werden mit seiner Frau. Johanna wollte nicht, dass Heinrich nur eine Ehe aus pekuniären Erwägungen stiftete. Eine solche Ehe konnte die Hölle sein. Das hatte Johanna von Alfeld am eigenen Leib und an der eigenen Seele erfahren.

Sie betrachtete sich ausgiebig im Spiegel, berührte ihre Brüste, fuhr sich durch das Haar. Ihre Brüste waren klein und fest wie die eines Mädchens. Ihr Haar, das sie mit Henna färbte, war lang und glänzend. Ein richtiger Mann musste sie begehrenswert finden.

Aber Heinrich begehrte sie nicht mehr.

»Verzeiht, Herr!« Der Knecht Bertolt hatte ebenso wie Tile Brandis, Gesche und ihre Gäste die Türglocke vernommen, aber es war seine Aufgabe, die Person, die Einlass begehrte, zu melden oder abzuwimmeln. Brandis war fürs Abwimmeln. Gesche fragte, wer denn da draußen auf der Saustraße stünde.

»Die Frau von Alfeld«, sagte der Knecht.

»Johanna?« Gesche sprang sofort auf.

Brandis wandte sich an Hiltrud Groper. »Dann werdet Ihr

heute noch die Frau des Mannes kennen lernen, den Ihr für einen Betrüger haltet«, sagte er.

Wenig später betrat Johanna von Alfeld das Speisezimmer. Sie war in Tränen aufgelöst. Gesche nahm sie bei den Händen und führte sie zum Tisch.

»Liebe Johanna, was ist mit dir?«, wollte sie wissen.

Johanna von Alfeld schaute in die Runde. »Ich kann nicht ... Ihr habt Gäste.«

»Es ist schon spät«, meinte Hiltrud Groper daraufhin und sah ihren Bruder an. Der nickte.

»Wir haben Eure Gastfreundschaft lange genug in Anspruch genommen«, sagte er zu Tile Brandis. »Habt Dank für Eure Geduld. Und für Speise und Trank natürlich.« Er stand auf.

»Aber das ist doch selbstverständlich«, entgegnete Brandis.

»Ich möchte niemanden vertreiben«, sagte Johanna von Alfeld.

»Das tut Ihr nicht.« Auch Hiltrud Groper hatte sich erhoben. »Wir sind müde von der Reise und werden uns in unsere Herberge begeben, nicht wahr, Hermann?«

»Verzeiht mir meine Unaufmerksamkeit.« Tile Brandis nickte zuerst in Richtung der Einbecker, dann zu der Nachbarin. »Johanna, ich möchte dir Hiltrud Groper und ihren Bruder Hermann Wagner vorstellen.«

»Es ist mir eine Ehre.« Johanna von Alfeld wischte sich über das Gesicht. »Was Eurem Mann geschehen ist, tut mir sehr Leid«, sagte sie, an die Witwe Groper gewandt. Diese quittierte die Beileidsbekundung mit einem Nicken.

»Gesche«, sagte Tile Brandis zu seiner Frau, »unsere beiden Gäste nächtigen selbstverständlich in unserem Haus. Sag der Magd Bescheid, dass sie zwei Zimmer richten soll.«

Gesche Brandis nickte, fasste Johanna von Alfeld bei den Händen und ging mit ihr hinaus.

»Das können wir nicht annehmen«, sagte Hiltrud Groper rasch.

»Aber Ihr beleidigt uns mit einer Ablehnung«, erwiderte Tile

Brandis. »Wir unterhalten ein gastfreies Haus.« Der Ratsherr blickte zu Eusebius. Der Mönch nickte. »Euer Knecht kann in der Gesindestube schlafen. Er wird sich ein Bett mit Bertolt teilen müssen, aber das wird ihn nicht anfechten. Für Euch wird man ein Zimmer im Seitenflügel herrichten. Gesche kümmert sich darum.«

»Eure Großherzigkeit beschämt uns«, sagte Hermann Wagner. »Wir stehen in Eurer Schuld.«

»Steht Ihr nicht.« Brandis lachte. »Wir haben ja noch keinen Vertrag.«

»Noch keinen Vertrag?« Hiltrud Groper sah ihn mit skeptischer Miene an.

»Wenn Ihr Heinrich von Alfeld so sehr misstraut, meine Liebe – und dies offenbar zu Recht –, dann braucht Ihr doch einen neuen Zwischenhändler für Euer Bier«, sagte Brandis und zwinkerte Eusebius zu.

Jacob konnte sich nicht bewegen. Er lag auf fauligem Stroh, und wenn er nur einen Finger hob, hatte er Schmerzen im ganzen Körper. Der Henker hatte ihm die Glieder ausgerenkt. Und bald würde er ihn töten.

Jacob vernahm ein Rascheln. Das waren die Ratten. Denen ging es gut im Loch. Meister Hans hatte Jacob einen Napf mit Hirsebrei vor die Füße geworfen. Der Geselle war nicht in der Lage, auch nur einen Finger zu rühren, geschweige denn zu essen.

Die Ratten hatten sich über den Napf hergemacht. Der Hirsebrei fand dankbare Abnehmer. Und eine besonders freche Ratte schnupperte an Jacobs Zehen.

Jacob war ein guter Knochenhauer. Er hatte Meister werden wollen. Er war in der Lage, die Pflichten eines Meisters zu erfüllen.

Nun lag er im Loch und würde hingerichtet werden.

Jacob wollte noch nicht sterben.

Er wollte leben.

Die Rattenzunge kitzelte ihn.

Niemand glaubte ihm. Magdalena und die Amme hatte er nur ermordet, weil Marie es wollte. Die Ratmänner hatten es nicht hören wollen. Marie war Vollbürgerin. Er war nur ein Findelkind.

Er hatte Waldemar Klingenbiel Vater genannt. Dann hatte er seinen Vater getötet.

Jacob bedauerte längst, es getan zu haben. Nun hatte er keinen Vater mehr. Niemand kümmerte sich um ihn.

Auch Marie hatte ihn abgeschrieben. Sie würde unbeschadet aus der Sache herauskommen. Ihn würde man rädern.

Jacob hatte ungeheure Angst vor einem langsamen und qualvollen Tod.

Die Ratte fiepte.

Es war Bertolt, der Hiltrud Groper und ihren Bruder zu den Zimmern im Seitenflügel geleitete. Kaum hatten sie das Esszimmer verlassen, nahm Brandis den Novizen ins Visier.

»Du musst nun auch hinausgehen, Junge«, sagte er.

»Aber warum?« Johannes schaute Hilfe suchend zu Vater Eusebius. Der Pater sah haarscharf an dem Jungen vorbei. Er ahnte, was Brandis vorhatte, und es war völlig klar, dass der Novize dabei fehl am Platze war.

»Weil du zu jung bist«, erklärte Brandis. »Du hast heute schon genug Dinge gehört, die für deine Ohren eigentlich nicht bestimmt waren. Ich möchte wissen, was meine Nachbarin Johanna so verzweifelt macht. Meiner Frau wird sie sich anvertrauen. Einem Geistlichen wie dem Ehrwürdigen Vater sicher auch – er ist ja zum Schweigen verpflichtet. Aber ich weiß nicht einmal, ob sie mit mir sprechen wird. Doch wenn du dabei bist, Kind, wird sie nichts sagen.«

»Ich bin kein Kind«, protestierte Johannes und schaute wieder zu Eusebius. »Ich habe sogar …«

»Die zweite Seite der *Summa theologica*?«, stöhnte der Mönch.

»Immerhin angefangen«, sagte Johannes.

»Ich kenne nicht einmal die erste«, sagte Brandis und lächelte den Novizen an. »Irgendwann, sagen wir, wenn du bei Seite drei angelangt bist, erklärst du sie mir. Ist das in Ordnung? Aber nun gehe in die Küche. Du isst doch gern? Verlange von der Magd, was dein Herz begehrt.«

Johannes stand auf.

»Wir könnten die *Summa* auch gemeinsam lesen«, schlug er vor.

Brandis lachte. »Das solltest du lieber mit dem Ehrwürdigen Vater tun«, sagte er. »Die Magd soll dir zubereiten, was du forderst.«

»Ich kann nicht fordern.«

»Dann lerne es.«

»Sie fürchtet, dass ihr Mann sie hintergeht«, sagte Gesche Brandis und suchte den Blick der Johanna von Alfeld. Johanna betrachtete das Tischtuch und nickte.

»Ich bin Geistlicher«, sagte Eusebius, der spürte, dass die Frau sich endlich aussprechen wollte. Und er wollte auch wissen, was sie quälte, und das nicht allein aus Neugierde. Vielleicht kam man endlich hinter die Gründe für den Mord an Peter Groper, wenn man die Frau einfach reden ließ.

»Stört dich meine Anwesenheit?«, fragte Brandis. »Möchtest du mit Gesche und dem Ehrwürdigen Vater allein sein?«

»Ach, ich weiß nicht.« Johanna von Alfeld fuhr mit der rechten Hand über das Tischtuch und berührte dabei die Heilige Ursula, und zwar in jener Szene, die Ursula an Bord des Schiffes darstellte. Eusebius vermutete, dass Gesche Brandis das Tapet bestickt hatte, wahrscheinlich gemeinsam mit ihrer Nachbarin.

»Was ist denn geschehen?«, wollte Brandis wissen.

Eusebius betrachtete den rechten Rand des Tapets. Dort speiste Elisabeth die Armen, und der Mönch musste an Johannes denken, der mehr als Brot in der Küche dieses reichen Mannes bekam. Aber der Junge war nicht nur fresslustig. Er wollte auch begreifen. Eusebius war nicht sicher, ob Johannes nicht etwas von ihm erwartete, was er gar nicht leisten konnte. Er hatte die *Summa theologica* natürlich nicht nur gelesen, sondern auch studiert. Der Junge brauchte aber andere Handreichungen. Er bedurfte eines Vaters, der ihm an einer Weggabelung sagte, dass es klug wäre, nach links zu gehen.

Und damit bewirkte, dass er nach rechts ging.

Eusebius fühlte sich ausgesprochen ehrwürdig, aber eigentlich war er kein Vater. Eigentlich war er alt.

»Mit wem betrügt er dich denn?«, fragte Brandis. »Wenn du bereit bist, es uns zu sagen …«

»Warum nicht? Mir ist schon fast alles egal.« Johanna von Alfeld seufzte. »Einige Zeit dachte ich, es wäre ein Jüngling.«

»Mit einem Jüngling?« Tile Brandis lachte schallend.

Johanna schaute ihn verstört an. Auch Eusebius fand, dass ihre Sorgen und ihr Verdacht keine Gründe darstellten, ihr ins Gesicht zu lachen.

»Es ist kein Jüngling«, sagte Brandis. »Bei den Männerkleidern handelt es sich nur um eine Verkleidung.«

»Aber wer ist es dann?«, fragte Johanna.

»Marie Klingenbiel.«

»Nein, das glaube ich nicht.« Alfelds Frau schüttelte vehement den Kopf. »Doch nicht Marie! Heinrich will sie mit unserem Sohn verheiraten.«

»Vermutlich weil sie dann ständig in seiner Nähe ist.«

»Dein Mann hintergeht nicht nur dich«, sagte Gesche.

»Wen denn noch?« Johanna schluchzte. »Mein Gott, ich traue ihm das Schlimmste zu.«

»Er fälscht das Bier, das er aus Einbeck bezieht«, sagte Brandis. »Jedenfalls hat es den Anschein.«

»Unmöglich«, sagte Johanna, aber es klang wenig überzeugend.

»Wohin liefert er denn das Bier, das er aus Einbeck erhält?«

»An den Ratskeller und ins Stift.«

»Nicht auch nach Braunschweig?«

»Nach Braunschweig?« Johanna von Alfeld riss die Augen auf.

»Heinrich liefert doch Einbeckisches nach Braunschweig?«, fragte Brandis.

»Nein, das stimmt nicht. Ich kenne nicht alle seine Geschäfte, aber nach Braunschweig liefert er Hildesheimer Bier.«

»Bist du sicher?«

»Sicher nicht. Aber wir brauen doch selbst. Und einen Teil unseres Gebräus liefert Heinrich nach Braunschweig.«

»Deklariert als Einbecker Bier?«

»Aber das wäre doch Betrug!«

»Eben«, sagte Tile Brandis. »Das *ist* Betrug.«

»Wir müssen ihm eine Falle stellen.« Consul Brandis hatte Bertolt losgeschickt, um Hiltrud Groper und Hermann Wagner wieder in das Esszimmer zu holen. Offensichtlich waren sie noch nicht im Bett gewesen. »Wenn wir ihn auf frischer Tat ertappen, können wir ihn überführen.«

»Fragst du denn gar nicht, ob Johanna damit einverstanden ist?« Gesche blickte ihren Gatten an. »Heinrich ist immerhin ihr Mann.«

»Ach, lass nur.« Johanna von Alfeld winkte müde ab. »Mir ist alles Recht.«

»Und wie stellt Ihr Euch die Falle vor?«, wollte Hermann Wagner wissen.

»Frau Hiltrud, Ihr wolltet doch ohnehin Heinrich von Alfeld aufsuchen?«

»Ja.«

»Um ihn zur Rede zu stellen, nicht wahr? Doch dies tut nicht. Erklärt ihm lieber, dass Ihr in den Vertrag Eures Mannes eintreten wollt. Dann kehrt nach Einbeck zurück, braut die verabredete Menge und liefert sie ihm. Wenn Ihr Recht habt, muss Heinrich das Bier in eigene Fässer umfüllen. Und dabei müssen wir ihn erwischen.« Brandis wandte sich an Johanna. »Wo könnte dieses Umfüllen vor sich gehen?«, fragte er sie.

»Möglicherweise in unserem Lagerhaus an der Innerste«, sagte sie.

»Dort lagern sicher noch andere Waren?«

»Es ist fast bis unters Dach voll gestopft.«

»Ausgezeichnet.« Der Ratsherr schaute mit einem schalkhaften Gesichtsausdruck zu Eusebius. »Jemand muss ihn beim Umfüllen erwischen.«

»Aber doch nicht ich«, protestierte der Mönch. »Ich verstecke mich gewiss nicht in Lagerhäusern, um irgendwelchen Verbrechern aufzulauern. Mein Tagwerk besteht darin, den Horen und den Lesungen der Heiligen Schrift beizuwohnen.«

»Und wie sieht es mit Eurem gefallenen Engel aus? Mit Eurem Novizen?«

»Es ist weder *mein* gefallener Engel noch *mein* Novize!« Das musste endlich einmal gesagt werden.

»Aber?«

»Ja, er könnte das schon machen.«

»Dann lasse ich ihn rufen.« Brandis wandte sich an seine Frau. Gesche stand auf, ging zur Tür und befahl Bertolt ins Esszimmer. Der erfahrene Knecht kam sofort. Und wenige Minuten nachdem ihm Gesche seinen Auftrag erklärt hatte, erschien er mit Johannes.

»Junge, ich habe eine Aufgabe für dich«, sagte Brandis.

»Für mich?« Johannes errötete. Eusebius mochte es, wenn der Junge rot wurde. Er sah dann immer so kindlich und verlegen aus.

»Du bist der Kleinste und Schlankste in unserer Runde«, sagte Brandis. »Dir wird es am ehesten gelingen, dich in Heinrich von Alfelds Lagerhaus zwischen Stoffballen oder hinter Fässern zu verstecken. Nur für ein paar Tage, die Tage zwischen der Ankunft des Biers aus Einbeck«, Brandis nickte Hiltrud Groper zu, »und dem Weitertransport nach Braunschweig. Würdest du das tun?«

»Was soll ich denn herausfinden?«

»Wie mein Nachbar Bier fälscht.«

»Ja, das mache ich gern«, sagte der Novize aufgeregt und schaute zu Eusebius. Der bemühte sich um eine nichtssagende Miene. So recht gefiel ihm nicht, was Brandis von Johannes erwartete. Für den Jungen war es ein Abenteuer. Der Prior würde schon wieder einen Wutausbruch bekommen, wenn er davon erfuhr.

»Ihr könntet ihm Zugang zum Lagerhaus verschaffen?«, fragte der Consul Johanna von Alfeld. Sie nickte. »Und Ihr, Frau Hiltrud, wann könnt Ihr liefern?«

»In frühestens zwei Wochen.«

»Perfekt.« Tile Brandis rieb sich die Hände.

»Aber ich bin kein Kind«, sagte Johannes. »Ein Junge, das ja. Aber kein Kind.«

»Das kannst du bald beweisen«, sagte Brandis.

ELFTES KAPITEL

Der Betrug

Christoph von Hagen schlug mit der flachen Hand auf den Tisch. Seine Männer verfolgten Heinrich von Alfeld auf Schritt und Tritt, aber der Knochenhauer und Ratsherr ging nur seinem gewöhnlichen Tagwerk nach. Er kaufte Vieh und schlachtete es auf der Kuhhaut, er ließ in seinem Haus Hildesheimer Bier brauen, er besuchte die Ratssitzungen, die Zusammenkünfte seines Amtes und jeden Tag die Messe in Sankt Andreas. Er ging mit den Consules im Ratskeller Einbeckisches oder Wein trinken, er soff mit seinen Amtsbrüdern im Gildesaal. Die verbleibenden Abende verbrachte er im Kreis der Seinen. Mit Marie Klingenbiel traf er sich nicht.

Wenn er aus dem Haus ging, dann nicht, um sich mit irgendeiner Frau zu treffen.

Der Burmeister der Großen Bäuerschaft wünschte sich, den Wandergesellen in die Finger zu bekommen, um ihn eigenhändig zu erwürgen. Offenbar hatte Wenzel gelogen, und einen Christoph von Hagen log man nicht an. Am meisten schmerzte diesen jedoch, dass er Wenzel Geld gegeben hatte für ein Wissen, das sich als Schwindel herausstellte.

Nachdem Wenzel das Geld eingesackt hatte, war er weder im *Ochsen* noch in der *Glocke* je wieder aufgetaucht. Von Hagen hatte einen seiner Männer zu dem Gasthaus geschickt, in dem der Wandergeselle logierte. Wenzel hatte sein Quartier gekündigt. Es war anzunehmen, dass er die Stadt verlassen hatte und längst über alle Berge war. Christoph war einem Betrüger aufgesessen. Das machte ihn rasend.

Eine Woche gab er sich noch. Wenn innerhalb dieser Woche nichts geschah, würde er von dem Knochenhauer ablassen. Es brachte nichts, seine Kräfte zu verschleißen, vor allem jetzt nicht, da alle Zeichen in der Stadt von einer baldigen Einführung des Luthertums kündeten. Der Druck der befreundeten Städte wurde größer, immer mehr Ratsherren schwankten. Es hieß sogar, dass Tile Brandis in kleinem Kreis geäußert haben sollte, dass es nun unausweichlich sei, Hildesheim lutherisch zu machen. Wenn schon der kluge Schwiegersohn von Wildefuer so etwas sagte, konnte es wenig Zweifel geben. Allerdings war das nur ein Gerücht, und Christoph gab nichts auf Gerüchte.

Auch an diesem Abend saß von Hagen im *Bunten Ochsen*, aber das Bier wollte ihm nicht schmecken. Es besänftigte seine Wut auf den Wandergesellen nicht, im Gegenteil, es machte ihn noch hitziger. Christoph konnte seine Angriffslust nicht länger im Zaum halten, er musste etwas tun. Irgendetwas, und wenn er Alfeld auf den Kopf zusagte, dass er es mit der Witwe Klingenbiel trieb. Er wollte einen Streit vom Zaun brechen, selbst auf die Gefahr hin, dass er sich lächerlich machte. Oder er konnte sich die Witwe Klingenbiel vornehmen. Vielleicht würde sie ihm beichten, wenn er sie gehörig unter Beschuss nahm.

Christoph von Hagen sprang auf. Er schleuderte eine Münze auf den Tisch, verließ mit großen Schritten die Taverne und eilte in die Saustraße. Die Dämmerung hatte eingesetzt.

Drei seiner Leute hatten sich geschickt in Torwegen oder hinter Erkern verborgen, so dass es selbst ihrem Anführer schwer fiel, sie auszumachen. Doch er wusste, dass sie da waren, also fand er sie auch. Zu einem der Männer, der schräg gegenüber vom *Güldenen Hirsch* Position bezogen hatte, gesellte er sich.

»Und?«, fragte er nur.

»Nichts. Mit dem Geläut der Bierglocke hat Alfeld das Amtshaus der Knochenhauer verlassen und ist schnurstracks nach Hause gegangen. Und dort hockt er nun.«

»Woher weißt du, dass er hockt?«

»Was immer er auch tun mag«, Christophs Mann zuckte die Schultern, »das Haus hat er jedenfalls nicht verlassen.« Kaum hatte er es ausgesprochen, packte er von Hagen am Ärmel. Mit einer Kopfbewegung deutete er zum *Güldenen Hirsch*. Christoph wandte sich um. Heinrich von Alfeld war in der Tür seines Hauses erschienen.

Es musste nichts bedeuten, jedenfalls nicht das Erhoffte. Vielleicht hatte von Alfeld noch eine Zusammenkunft mit den Meistern seiner Zunft. Vielleicht war er mit anderen Consules im Ratskeller verabredet. Vielleicht wollte er einfach allein noch einen trinken gehen.

»Nun, wir werden sehen«, sagte Christoph zu sich selbst.

Heinrich von Alfeld hatte eine hundsmiserable Laune. Seine Frau war unter die Maulfaulen gegangen. Im Grunde war sie ihm zwar gleichgültig, aber er war der Herr im Haus, und wenn er sie ansprach, hatte sie zu antworten. Bisher hatte sie das auch getan, wenn auch nur höchst einsilbig. Seit einiger Zeit begegnete sie ihm mit Schweigen. Und sie ging nicht mehr geduckt an ihm vorbei, sondern mit hoch erhobenem Kopf. Irgendeine Wandlung war mit Johanna vor sich gegangen, und das machte ihm Angst. Er gab es nicht gern zu, aber er hatte begonnen, sich vor ihr zu fürchten. Womöglich ahnte sie, dass er seinen Sohn auch aus Eigennutz mit Marie Klingenbiel verheiraten wollte. Aus diesem Grund hatte er Marie gebeten, Geduld aufzubringen und sich vorerst nicht mit ihm zu treffen. Marie hatte sofort eingewilligt. Sie verstand seine Lage nicht nur – sie wollte auch sein Geld. Das gefiel ihm an ihr: Sie dachte wie er, und das Geld kam an erster Stelle.

Der Gedanke an Geld besänftigte Heinrich von Alfeld. Am Morgen waren fünfzehn Fuder Bier aus Einbeck eingetroffen, und Heinrich hatte die dreißig Fässer ins Lagerhaus an der Innerste bringen lassen. Die dumme Hiltrud Groper war nichts ahnend in die Geschäfte ihres im Bade umgekommenen Gatten eingetreten. Heinrich von Alfeld musste lachen. Peter Groper hatte lange Zeit nicht begriffen, dass Heinrich ihn an der Nase herumgeführt hatte. Sein gutes Bier, das für den Braunschweiger Rat bestimmt gewesen war, hatte Alfeld dem Hildesheimer Ratskeller, dem Bischof und sogar nach Wittenberg verkauft, damit dieser Martin Luther ordentlich zu saufen hatte. Für die Braunschweiger tat es auch der Gerstensaft, den Alfeld selbst brauen ließ. Was wussten denn die Braunschweiger von gutem Bier?

Irgendwann hatten sie es aber doch gemerkt. Sie hatten den Einbecker Rat mit geharnischten Schreiben traktiert, und der protestantische Rat hatte die Gelegenheit genutzt, dem altgläubigen Groper eins auszuwischen. Sogar das Brauen hatten sie ihm verbieten wollen. Da war Peter Groper natürlich hellsichtig geworden.

Heinrich von Alfeld hatte das Lagerhaus erreicht. Drei Riegel sicherten das Tor, und bevor er es aufsperrte, schaute er sich um. Keine Menschenseele zeigte sich auf der Straße, und alle Fenster waren verschlossen.

Er wusste, dass es nicht so war. Im Schatten eines benachbarten Warenlagers wurde er erwartet.

Groper hatte den Knochenhauer mit den Briefen aus Braunschweig konfrontieren wollen. Vielleicht war er auch nach Hildesheim gekommen, um vor dem hiesigen Rat Krach zu schlagen. Ein bedauerlicher Vorfall hatte ihn jedoch davon abgehalten. Von Alfeld musste grinsen. Der arme Peter Groper! Ausgerechnet in der Badestube hatte ihn das Schicksal ereilt.

Die Briefe hatte Heinrich von Alfeld noch in derselben Nacht verbrannt. Peter Groper war ja in seinem Haus abgestiegen, und so hatte er sich über dessen Reisetasche hergemacht. Von Alfeld erinnerte sich an das kleine Holzfeuer, das er im Kamin entzündet hatte. In wenigen Augenblicken waren die verräterischen Schreiben in Rauch aufgegangen.

Ratsherr von Alfeld öffnete die Schlösser und schob die Riegel fort. Aus dem Schatten des benachbarten Lagerhauses traten der Offizial und sein Liebchen, der Hufschmied des Bischofs. Von Alfeld verachtete sie beide.

Durch zwei kapitale Fehler hatte sich der Offizial auf Gedeih und Verderb in Alfelds Hand begeben. Er hatte sich Geld von ihm geborgt, vermutlich um sein grobes Schätzchen in Samt und Seide zu kleiden. Heinrich musste innerlich grinsen. Der bischöfliche Hufschmied war ein junger Mann mit breiten Schultern und muskulösen Oberarmen, in Samt und Seide sah er sicher aus wie ein Zugochse in Brabanter Spitze. Und dann hatte der geistliche Richter Heinrich von Alfeld irgendwann gefragt, ob der nicht ein verschwiegenes Gasthaus kenne. Heinrich kannte mehrere. Er hatte die *Wilde Rose* in der Neustadt empfohlen. Der Offizial war ihm dankbar gewesen – bis zu dem Tag, an dem Heinrich in das Herrenzimmer spaziert war und den Richter und den Schmied nackt im Bett erwischte. Seitdem fraß ihm der Offizial aus der Hand.

»Wir müssen uns beeilen«, sagte von Alfeld und deutete auf das Tor. Der Hufschmied wusste diese Geste zu deuten und öffnete die Flügel. Ihm fiel es leicht, denn er verfügte über Bärenkräfte. Seinen Kräften war es auch zu verdanken, dass Groper mit einem einzigen Schnitt ins Jenseits befördert worden war. So war denn das Liebchen des Offizials für Heinrich durchaus nützlich gewesen, ein nützlicher Idiot.

Seit Stunden hielt sich Johannes nun schon hinter den Fässern versteckt, in denen Heinrich von Alfeld die besonders kostbaren Rauchwaren aufbewahrte. Es war sein erster Tag auf Posten, denn erst an diesem Morgen war das Bier aus Einbeck eingetroffen. Der Novize hatte Angst, denn was würde mit ihm geschehen, wenn man ihn erwischte? Der Ratsherr und Knochenhauer Heinrich von Alfeld konnte gefährlich werden. Er würde es nicht dulden, dass ihm jemand bei seinen Machenschaften auf die Schliche kam.

Das Lagerhaus war groß und tatsächlich, so wie Johanna von Alfeld es gesagt hatte, mit Waren vollgestopft. In dem riesigen Gebäude fühlte sich der Novize verlassen und ungeheuer klein. Er war auf sich allein gestellt und konnte mit niemandem sprechen, nur mit sich selbst.

»Du bist ein Mann«, flüsterte Johannes. »Ein erwachsener Mann.« Und er wollte doch nur ein Junge sein. Gerade jetzt.

Das Alleinsein und die Größe des Lagers waren nicht einmal das Schlimmste. Das Schlimmste waren die Geräusche. Johannes wusste, dass er nicht allein war. Es raschelte ganz in seiner Nähe, und der Junge erschrak. Irgendjemand schien ihn zu belauern.

»Nur Ratten und Mäuse«, versuchte er sich zu beruhigen. »Und auch Katzen.«

Etwas fiel um und stürzte mit einem lauten Scheppern zu Boden. Vielleicht war es nur eine der Schaufeln, die Johannes beim Betreten des Lagerhauses neben dem Eingang gesehen hatte. Sein Herz machte dennoch einen gewaltigen Sprung. Eigentlich nahm man ja an, das Herz sitze unter der linken Brust, aber das war ein Irrtum: Wenn man Angst hatte, war das Herz überall. Im Hals. Unter der Schädeldecke. Im Magen. In den Fingerspitzen. »Pater noster qui est in coelis«, betete er, hielt aber rasch inne. Nicht *est*, dachte er und begann von Neuem. »Pater noster qui *es* in coelis«, betete er und war stolz, so gut Latein zu können. Der Prior ließ ihn seit Wochen links liegen. Da Johannes keine Entscheidung gefällt hatte, würde er wohl das Kloster verlassen müssen. Das wollte er aber nicht. Vielleicht konnte er sich durch Wissen rehabilitieren. Wie ging es denn nun weiter? »Adveniat regnum tuum.« Genau so. *Dein Reich komme.* Großartig! »Fiat voluntas … tuo? Nein, tua! Fiat voluntas tua, sicut in coelo et in terra. Panem nostrum …« Johannes hielt inne. Das *quotidianum da nobis hodie* hallte nur noch durch seine Gedanken.

Denn jemand machte sich an den Schlössern und Riegeln des Lagerhauses zu schaffen. Johannes biss sich auf die Lippen. Er hatte damit rechnen müssen, dass jemand in das Lagerhaus kam, denn schließlich war er aus diesem Grunde hier. Trotzdem geschah es nun fast unvermutet. Zum Glück hatte ihm die Frau von Alfeld aber eine Hintertür gezeigt, durch die er jederzeit fliehen konnte.

»Müssen wir uns nicht beeilen?«, fragte der Jemand vor dem Tor. Johannes erkannte die Stimme. Er duckte sich hinter die

Fässer mit den Rauchwaren und wäre am liebsten im Lehmboden versunken.

Nur ein unverständliches Gebrumme antwortete dem Offizial. Das Tor wurde aufgesperrt. Johannes lugte durch den Spalt zwischen zwei Fässern.

Heinrich von Alfeld betrat als Erster das Lager, gefolgt vom bischöflichen Offizial. Johannes zuckte zusammen. Dann kam noch ein junger Mann herein, der stark wirkte wie ein Ringkämpfer oder ein Steinewerfer. Johannes warf verstohlen einen Blick auf seine muskulösen Oberarme. Wenn der Jüngling in Hildesheim einen etliche Pfund schweren Stein aufhob und nach Süden schleuderte, würde er vermutlich ins Dach der Peterskirche einschlagen, die Vater Eusebius seltsamerweise als Ruine bezeichnete.

Die Männer machten sich rasch an ihre Arbeit. Der Offizial stemmte die Fässer aus Einbeck auf, der Jüngling entzündete ein Kohlenfeuer. Johannes konnte seinen Blick nicht von dessen Armen losreißen. Wo dieser junge Mann hinschlug, wuchs kein Gras mehr.

Heinrich von Alfeld schaute den beiden bloß zu. Er machte sich offenbar nicht die Hände schmutzig.

Das Kohlenfeuer glühte. Der Offizial hatte alle Fässer geöffnet.

»Nun hole die neuen!«, befahl Alfeld.

Der Richter des Bischofs gehorchte und rollte Fässer heran, die aussahen, als kämen sie gerade vom Böttcher. Johannes begriff nicht, warum er widerstandslos die Befehle des Knochenhauers ausführte; er war doch ein mächtiger Mann. Währenddessen legte der Steinewerfer ein Eisen in die Glut. Es sah aus wie eines, mit dem man Verbrecher brandmarkte. Johannes wurde ganz kalt. Dann begriff er.

Der Offizial richtete ein Fass auf. Der junge Mann nahm das Eisen aus der Glut und presste es gegen eine der Dauben. Rauch stieg auf.

Er musste Schmied sein. Und er hatte ein Brandeisen dabei.

Mit diesem Eisen brannte er ein Markenzeichen in die neuen Fässer. Johannes konnte sich an fünf Fingern abzählen, dass dies nicht das Markenzeichen Heinrich von Alfelds war. Offenbar hatte der junge Schmied Gropers Zeichen gefälscht, um dem ebenfalls falschen Bier eine Herkunft aus Einbeck anzudichten.

Der Novize zitterte vor Aufregung. Er hatte genug gesehen. Auf allen vieren kroch er zu dem Nebeneingang.

Außerhalb des Lagerhauses richtete er sich auf. Er nahm die Beine in die Hand und rannte, so schnell er konnte, zu Tile Brandis' Haus.

Tile Brandis war nicht überrascht, als er vor dem Lagerhaus auf Christoph von Hagen und drei seiner Männer stieß; man musste sich wohl oder übel daran gewöhnen, dass bei dem Wettlauf zwischen ihnen mal von Hagen und mal er selbst vorn lag. Brandis sah es gelassen, denn er war der Mächtigere. Christoph wollte der erste protestantische Bürgermeister Hildesheims werden, das wusste Brandis genau, genauso wie der ganze übrige Rat. Doch ohne Brandis' Zustimmung konnte von Hagen selbst dann nicht Proconsul werden, wenn man die halb vergessenen heidnischen Götter wieder einführte.

»Ah, Christoph«, sagte Brandis und klopfte dem Anführer der Protestanten leutselig auf die Schulter, weil er wusste, dass dieser das nicht ausstehen konnte. »Weißt du, was darinnen geschieht?« Er zeigte zum Lagerhaus.

»Woher soll ich das denn wissen?« Von Hagens Stimme zitterte vor unterdrückter Wut. Brandis war verwundert, denn der Führer der Majorisbäuerschaft hatte keinen Grund, auf den Ratmann wütend zu sein.

»Bitte?«

»Woher soll ich das wissen, Herr Consul?«

»Brav, Christoph.« Brandis tätschelte dessen Wange.

Von Hagen stand sichtlich kurz davor, in die Luft zu gehen, aber das konnte er sich gegenüber dem einflussreichen Ratmann nicht herausnehmen.

»*Ich* weiß es ja.« Brandis wandte sich an die zwei Stadtknechte und den Gerichtsdiener, die er mitgebracht hatte. »Öffnet das Tor!«

Der Offizial und der bischöfliche Hufschmied waren gerade dabei, ein Fuhrwerk mit nagelneuen Fässern zu beladen. Heinrich von Alfeld stand neben ihnen und erstarrte. Der geistliche Richter war ordentlich ins Schwitzen geraten. Dem Schmied machte die schwere Arbeit nichts aus. Auch sie hielten inne.

»Guten Abend, Heinrich«, sagte Tile Brandis überaus freundlich. »Na, schon alles umgefüllt?«

Dann erschienen die Männer, die Brandis hatte rufen lassen. Bürgermeister Sprenger eilte herbei, und ihm folgten Dirich Raven, Eggert Unverzagt und Hinrich Einem. Brandis wies mit einer weit ausholenden Geste in das Lagerhaus, so als würde er den Ratsherren ein Geschenk oder eine Beute präsentieren. »Euer Bier«, sagte er. Dann schaute er zu Eusebius und dem Novizen. »Auf euch wartet gebratener Biber«, sagte er und lachte.

Heinrich von Alfeld ging in die Knie. Der Offizial war kreidebleich geworden, und als Christoph von Hagens Männer ihn an den Armen packten, schwankte er. Der Hufschmied hingegen versuchte zu fliehen. Er schlug um sich, aber es gelang den Stadtknechten und dem Diener des Gerichts schließlich mit vereinten Kräften, ihn zu bändigen. Die drei Männer wurden gebunden, doch bevor man sie in den Rathauskeller führte, befand sich Tile Brandis bereits auf dem Heimweg.

Eusebius und Johannes begleiteten ihn.

Eine männliche Entscheidung

Tile Brandis saß in seiner Schreibkammer und hatte das Mémoriau aufgeschlagen. Es gab ungeheuer viel zu berichten, und er wusste nicht, womit er anfangen sollte. Am besten, er begann mit dem Wichtigsten.

Gestern wurde mir ein Sohn geboren, schrieb er. *Er wird nach der lutherischen Mode getauft werden.*

Tile machte nur dann Kompromisse, wenn sie unumgänglich waren. Dass Gesche einen Jungen bekommen hatte, begeisterte ihn, doch als sittsamer Kaufmann verlieh er seinem Glück nur verhalten Ausdruck. Dass Hildesheim seit einigen Tagen lutherisch war, machte ihm nicht viel aus. Seine Geschäfte berührte es nicht, und sein Schwiegervater war seit neun Monaten tot. Christoph von Hagen brüllte herum wie ein angestochener Ochse und fühlte sich wichtig. Mit ihm war Tile im Reinen. Christoph konnte brüllen, wie er wollte. Ohne die Familie Brandis war Hildesheim erledigt. Auch Schreihälse brauchten Kredit. Gerade sie.

Tile Brandis warf einen Blick auf den Stich, der jenes seltsame Tier darstellte, das man Rhinocer nannte. Sein gepanzertes Äußeres hatte es nicht vor dem Ertrinken im Mittelmeer zu retten vermocht. Auch von Hagen umgab sich mit einem Panzer aus Hass und Wut. Man würde sehen, was aus ihm würde, wenn ihm das Wasser irgendwann einmal bis zum Halse stand.

Tile widmete sich wieder seinem Gedenkbuch. *Um Bartholomäi*, schrieb er in Erinnerung an den vierundzwanzigsten August, *am Freitagabend kamen die Gesandten der Städte Magdeburg, Braunschweig, Goslar, Göttingen, Hannover und Einbeck und handelten den ganzen Sonnabend mit dem Rat darum, dass Hildesheim sollte lutherisch werden. Aber sie konnten sich nicht vergleichen.*

Tile schmunzelte. Dann tauchte er die Feder erneut in die Tinte.

Am siebenundzwanzigsten Tag des August wollte der Rat die Religion annehmen und sich in den Bund geben, schrieb der Consul. Ob der Schmalkaldische Bund der Stadt Glück bringen würde, wusste man noch nicht, und Tile hatte so seine Zweifel. Den Geschäften allerdings war kein Bündnis abträglich, wenn man sich nicht so vom Kaiserhaus abhängig machte wie die Fugger. Tile war flexibel.

Am Montag bat Bürgermeister Harmen Sprenger den Kurfürsten, den Landgrafen und die von Braunschweig um einen Prädikanten, schrieb er. *Der Kurfürst schickte uns Johannes Bugenhagen genannt Pomeranus, den Beichtvater Luthers, der Landgraf schickte Antonius Corvinus und die von Braunschweig Magister Heinrich Winckel, obgleich der Rat nur um einen Prädikanten gebeten hatte.* Tile musste abermals schmunzeln. Wenn man die Hand ausstreckte, wurden einem mitunter der Arm abgerissen. *Die kamen am Mittwoch nach Bartholomäi,* notierte er. *Am folgenden Freitag dann predigte Pomeranus Bugenhagen das erste Mal in der Sankt Andreaskirche.*

Tile streckte sich. Noch an diesem Tag erwartete er eine Lieferung von zwanzig Fudern Bier aus Einbeck. Hiltrud Groper war in die Geschäfte ihres Gatten eingetreten, und Tile Brandis hatte den Zwischenhandel von Heinrich Alfeld übernommen. Der saß im Loch, während man den Offizial und den Hufschmied auf der Domburg eingekerkert hatte. Über sie würde der Bischof Teteleben zu Gericht sitzen, mit dessen Eintreffen man in den nächsten Tagen rechnete: Dass seine Stadt Hildesheim zum lutherischen Glauben übergetreten war, konnte der Episcopus nicht widerstandslos hinnehmen.

Es gab noch eine Nachricht, die Tile aufzuschreiben gedachte. Über Heinrich von Alfeld würde der Rat erst in seiner nächsten Sitzung Gericht halten. Ein Urteil aber war schon gefällt und vollstreckt worden.

Dem Jacob Findling haben sie heute Schlag zehn in der Sand-

grube die Knochen gar jämmerlich zerstoßen und ihn aufs Rad geflochten, schrieb Tile Brandis. *Helfe uns Gott! Die Sonne sinkt, und er stirbt noch immer.*

Weihbischof Balthazar Fannemann hatte seinen Secretarius aus dem Raum geschickt, denn er wollte allein sein. Seine Pläne waren gescheitert. Er hatte nicht verhindern können, dass der Rat die Reformatoren Bugenhagen und Winckel in die Stadt berufen hatte. Sie hatten in der Stadtkirche gepredigt, und die versammelte Gemeinde hatte ihnen andächtig gelauscht Die meisten konnten sogar die lutherischen Kirchenlieder mitsingen.

Hildesheim war nun protestantisch geworden. Weihbischof Fannemann hatte im Dom eine Gegenpredigt gehalten, die selbst seine Widersacher beeindruckt hatte; jedenfalls sprach man so auf den Straßen und Gassen. Daraufhin hatte der Rat alle Predigten im Dom verboten. Selbst die Wankelmütigen unter den Consules hatten sich in Windeseile zu den Lutherischen geschlagen.

Fannemann ging seufzend ans Fenster und schaute hinab auf den Domhof. Die Sonne schien, und an diesem noch heißen Septembertag lag der Hof wie ausgestorben da. Fast körperlich spürte der Weihbischof, dass seine Beamten und selbst das Gesinde auf etwas warteten. Bischof Valentin von Teteleben hatte sein Kommen angekündigt. Aber er kam zu spät, es gab nichts mehr zu retten.

Der Weihbischof wandte sich ab. Was sollte er nun beginnen? Das Stift existierte ja noch, und es musste verwaltet werden. Doch Fannemann hatte das Gefühl, dass es vollkommen gleichgültig war, ob er etwas begann oder es sein ließ. Er hatte zum ersten Mal ein nachdrückliches Gefühl von Vergeblichkeit.

Am besten wäre, der Papst beriefe ihn nach Rom. In Hildesheim hielt ihn nichts mehr, und ein kleiner, sicherer Platz an der Kurie würde ihm schon reichen. Immerhin war er Titularbischof von Missene.

Aber Fannemann ahnte, dass ihn der Heilige Vater nicht berufen würde. Er brauchte den Weihbischof selbst noch auf seinem verlorenen Posten.

Mit einem lauten Seufzer setzte sich Balthazar Fannemann an den Tisch und betrachtete die ausgebreiteten Papiere. Dann schob er sie mit einer entschlossenen Geste zusammen. Er war Dominikaner. Ins Kloster konnte er immer gehen.

Wenn der Rat nicht auch die Klöster aufhob.

Dann gäbe es keinen Platz mehr für ihn oder nur den Platz noch, an dem er sich seit zwei Jahren befand. Dann würde er ausharren müssen. Und warten. Warten auf irgendetwas. Wie alle.

Der Prior von Sankt Paul und auch der Novizenmeister hatten Johannes nahe gelegt, den Dominikanerkonvent zu verlassen. Er war, so meinten sie, als Mönch des Ordo fratrum Praedicatorum nicht geeignet. Eigentlich war das eine verlockende Vorstellung: zwar arm, aber vollkommen frei zu sein. Johannes lag die ganze Welt zu Füßen. Er konnte auf Pilgerreise gehen. Vielleicht würde man ihn als geläuterten Menschen wieder in den Orden aufnehmen.

Doch der Novize wollte nicht fort. Nicht jetzt, da Vater Eusebius für immer im Kloster bleiben würde. Oder jedenfalls für so lange, wie der Rat den Konvent nicht vertrieb. Johannes wollte bei ihm bleiben. Er hatte sich ihn als Vater ausgesucht, und nur die verlorenen Söhne verließen ihre Väter – natürlich allein deshalb, um irgendwann zu ihnen zurückzukehren und noch mehr geliebt zu werden.

Johannes hatte das Schicksal des verlorenen Sohnes schon hinter sich. Zu seinem leiblichen Vater war er nicht zurückgekehrt. Er konnte es auch nicht, schließlich hatte sein Vater ihn dem Konvent geschenkt, um einen Fresser loszuwerden.

Johannes wollte bei Eusebius bleiben. Das konnte er nur, wenn er das immer wieder verlängerte Ultimatum des Priors endlich erfüllte.

Johannes saß auf Eusebius' Pritsche und ließ die Beine baumeln. In der Hand hielt er die Geißel. Er hatte dem Prior und dem Novizenmeister versprochen, sich als Sühne für seine Verfehlungen hundert Mal auf den Rücken zu peitschen. Das gefiel ihm nicht.

»Was meint Ihr, Ehrwürdiger Vater«, sagte er zu Eusebius, »genügt es nicht, wenn ich auf die Pritsche schlage und bei jedem Hieb laut schreie? Niemand sieht es.«

»Gott sieht es«, erwiderte der Mönch mit einem zarten Lächeln.

»Mag Gott keine Novizen?«

»Er liebt sie wie jedes seiner Geschöpfe«, sagte Eusebius.

»Dann drückt er bestimmt auch mal ein Auge zu.«

»Du willst Gott betrügen?«, fragte Eusebius.

»Nein, das würde ich nie tun.« Johannes sprang von der Pritsche. »Ich rechne einfach mit seiner Güte.«

»Bei wem hast du diese Sophisterei bloß gelernt?«, fragte Eusebius und lachte.

»Ja, bei wem wohl?« Johannes ließ die Geißel auf das Bettzeug des Mönchs niedersausen. Dann schrie er. Er schrie so herzzerreißend, dass die Fratres den Prior nach der Sext baten, dem armen Sünder doch den Rest der Strafe zu erlassen.

Und der Prior gewährte den Straferlass.

Die allerletzten Dinge

Am sechsten Januar 1543 wurde Christoph von Hagen durch den neuen Hildesheimer Rat zum Bürgermeister gewählt.

Auch Tile Brandis' evangelisch getaufter Sohn führte die Tradition fort, Tagebuch zu schreiben. Die Diarien der Hildesheimer Familie Brandis gehören zu den an- und aufregendsten Quellen der frühen Neuzeit. Nicht jedes Zitat in diesem Buch ist allerdings ein Originalzitat. Ich habe Tile Brandis einiges in die Feder gelegt, was er nie geschrieben hat. Und manches habe ich unserer heutigen Sprache anverwandelt. Ich hoffe, dass die Nachfahren der Familie, so es sie gibt, mir diesen freien Umgang mit dem Quellentext verzeihen mögen.

Was aus dem Wandergesellen Wenzel wurde, ist nicht bekannt. Vielleicht ist er nach Einbeck gegangen und hat sich bei der Witwe Groper verdingt. Vielleicht hat er sie sogar geheiratet, das mag wohl sein. Doch wissen kann man es nicht. Denn wie bei jeder fiktiven Figur verliert sich auch das Schicksal des Wandergesellen im Reich der Phantasie.

Noch mehr

Hanse, Händler, Halsabschneider …

Frank Goyke

Der falsche Abt

Ein Hansekrimi

Taschenbuch

220 Seiten

ISBN 978-3-434-52814-2

Wismar im Jahre 1397:

Hermann Holthusen, Kaufmann und Ratsherr der Hansestadt, tobt. Schon wieder ist ein Fass seines teuren Frankenweins sauer wie Essig. Er wird persönlich nach Würzburg reisen müssen, um seinen Handelspartner Caspar Nürmperger zur Rede zu stellen. Da trifft es sich gut, dass befreundete Klosterbrüder auf dem Weg zum Domkapitel in Wien in Würzburg Station machen wollen. Doch noch ehe die Reisegruppe aufbricht, werden Abt Reinhard von Amelungsborn und ein Laienbruder hinterrücks ermordet. Eine angstvolle Reise beginnt. Doch auch in den Mauern der Frankenstadt Würzburg finden die Reisenden keinen Schutz.

Als zwei weitere Äbte ermordet werden, geht Holthusen den Spuren der Mörder nach. Und Caspar Nürmperger? Er ist wenig erfreut über den plötzlichen Besuch seines Wismaraner Handelspartners und versucht ihn auf seine Weise abzulenken…

Die Hanse

Frank Goyke
Lüneburger Totentanz
Ein Hansekrimi
Taschenbuch
217 Seiten
ISBN 978-3-86393-016-5

Lüneburg im März 1433:
Margarete, die Tochter des Rostocker Kaufmannes und Ratsherren Martin Grüneberg, heiratet Tidemann, den Sohn des Lüneburger Salinenpächters und Bürgermeisters Reyner Stolzfuß. Die feierliche Trauung endet tödlich.
Als die Hochzeitsgesellschaft vor die Kirche tritt, wird der Salzhändler Lüdeke Peters auf den Treppen zur Kirche erstochen. Es soll nicht der einzige Mord bleiben; auch Reyner Stolzfuß wird ermordet, und sein Sohn entkommt nur knapp dem Tod. Die Spuren scheinen nach Reval zu führen. Hat der Revaler Salzhändler Ahlemann mit den Morden zu tun? Für Bruder Anselm und den trinkfreudigen Ritter von Ritzerow steht fest, sie müssen nach Reval. So schiffen sie sich schließlich ein und sorgen dort für einige Verwirrung…

Die Hanse

Tom Wolf
Feuersetzen
Ein Hansekrimi
Taschenbuch
268 Seiten
ISBN 978-3-86393-014-1

Goslar 1552:
Pietro Paolo Volpi aus Padua, Botaniker und Jurist auf Deutschlandreise, hat von seinem Mäzen den Auftrag erhalten, das »nordische Rom« in einem Gedicht zu verherrlichen. Welch schöner Auftrag ... würde ihn nicht eine schreckliche Schreibblockade lähmen! Gerade hat Volpi im Haus des reichen Wandschneiders Jobst Unterkunft gefunden, als die Feuerglocke zum ersten Mal läutet. Gemeinsam mit Ratsarchivar Bartholdi sucht er zu retten, was zu retten ist. Doch die beiden kommen zu spät: Otto Herbst, der Feuerhüter des Rammelsberges, und die »Schwalbe", seine Geliebte, finden bei dem Brand den Tod.
Betört von der Schönheit Sibylle Herbsts, der Witwe, erlangt Volpi seine poetische Schaffenskraft wieder. Er und Bartholdi werden zu Verfolgern des Feuerteufels, der vom Goslarer Rat mit Brandbriefen eine Menge Silber erpresst. Sie sind der Lösung ferner denn je, als Herzog Heinrich mit großer Streitmacht zur Belagerung heranrückt ... Goslar brennt!

Die Hanse

Tom Wolf
Die Bestie im Turm
Ein Hansekrimi
Taschenbuch
247 Seiten
ISBN 978-3-86393-032-5

Goslar 1527:
Heinrich der Jüngere, Herzog von Braunschweig-Wolfenbüttel, fordert von der freien Reichsstadt die Anteile am silber-, blei- und kupferreichen Rammelsberg wieder zurück. Die Stadt wehrt sich erbittert, um nicht die Quelle ihres Reichtums zu verlieren. Mitten in den Auseinandersetzungen wird ein führendes Ratsmitglied, der Metallgroßhändler Ludolf Walberg, tot aufgefunden, von einem Pfeil durchbohrt. War es die Tat eines herzoglichen Schützen?
Als der Fernhandelskaufmann Friedrich von Mellnau mit seinem Gehilfen Georg Basler in der Worth Quartier bezieht, wird ihm die frische Mordgeschichte serviert. Als zwei weitere Ratsherren auf mysteriöse Weise sterben, sind viele Leute sicher, dass die mysteriöse »Bestie im Turm« wieder ihr Unwesen treibt...
Doch Mellnaus humanistisch geschulter Geist fühlt sich herausgefordert und setzt alles daran, die wahren Gründe der Todesfälle zu entdecken.